김창환 장편소설

산하를 찾아서

문학의식

책머리에

우리에게 조국은 없다. 다만 산하가 있을 뿐이다.

소설 '지리산'에서 하준규는 흘러가는 은빛 강물을 물끄러미 바라본다. 한국전쟁 중 인민군 중장 계급장을 달고 인민 유격대(빨치산) 총책으로 활동했던 하준수가 소설 속의 주인공 하준규로 등장한다.

하준수, 그는 일제강점기와 해방 후의 혼란기, 한국전쟁까지 역사의 격랑 속을 관통하는 삶을 살았다. 일본 유학중 학병 징집을 피해 고향으로 돌아왔고 지리산 칠선계곡에서 다른 학병 거부자 70여 명과 함께 항일투쟁 결사체 '보광당'을 결성했다. '널리 빛을 비추자!'는 의미였다. 해방 후 잠시 이승만의 경호대장을 맡기도 했지만 부조리한 현실 속에서 탈출구를 찾듯 그는 결국 북으로 갔다. 김일성으로부터 중장계급장과 '남도부(南到釜)라는 또 다른 이름도 부여받는데, '남단의 부산을 장악하라'는 의미로 그가 지휘할 7군단의 작전명이기도 했다. 전쟁은 멈추었지만 그는 북으로부터 내쳐지듯이 고립됐고, 1955년 수색의 형장에서 생을 마감했다. 이병주와 하준수는 친구사이였다. 이병주는 국제신보에 재직 중 '조국은 없고 산하만 있다.'는 논설을 올린 적이 있었다. 변혁의 소용돌이, 5·16 군사정변 닷새 후였고 그는 군부에 연행되어 10년형을 선고받고 2년 7개월 복역 중 병보석으로 풀려났다.

이십여 년, 푸른 제복을 벗어야 할 즈음 숱하게 지리산을 오르내리면서 소설 속에서 하준규가 독백처럼 절규하듯 던진 그 말이 나의 발길을 막아서곤 했다. 역시 한국전쟁 중 북의 포로가 되어 강제노역에 시달리다가 탈북을 감행했던 이의 증언을 들으면서도 마찬가지였다. 적국의 권력에 예속된 적군으로, 자유를 발탈당하고 때로는 인간이하의 강제노역에 시달렸지만 그들도 역시 조국으로부터 내쳐진 존재였다. 굶주림과 강제노역에 시달리면서도 그는 일말의 기대를 저버리지 못했다고 했다.

"대한민국 정부와 대통령, 우리를 지휘했던 중대장이 살아있는데 때가 되면 반드시 우리를 찾으러 올 거라며 서로를 위로했다."는 것으로.

조국이라는, 국가의 존재와 실체는 무엇인가?

들짐승들에게 조국이 없다. 들짐승들에겐 생존을 위한 터전인 산하만이 있을 뿐이다. 하지만 인간들에게 산하만으로 완성될 수 없는 한계와 의미를 추구한다는 차이가 있다. 어찌 보면 국가라는 유기적인 조직체를 이끌어가는 위정자들이 조국의 실체일 수가 있다. 민초(民草)라는 말, 김수영의 '풀'이라는 시를 읽어보듯이 말이다.

왕조시대를 거쳐 일제강점기, 분단과 동족간의 전쟁을 치르면서 조국, 한민족이라는 정체성은 모호했다. 이 땅의 다대수 민중은 조국의 주인이 아니었고 선대로부터 흘러내린 존재성과 산하가 있었을 뿐이었다. 조국의 실체인 위정자들은 민중의 생명과 재산을 지켜주지 못했고 기본적인 선과 정의의 이정표를 세우지도 못했다. 관용과 포용이 메마르고 인간의, 인간에 대한 신뢰가 무너진 대지였다. 다만 권력을 공고히 하기 위해 권력을 도구로 민중을 억압했고 편을 갈라 대립과 갈등을 통해 자신들의 이익을 도모하고 적폐를 은폐하려 했을 뿐이었다. 민중이 주인이 되는 민주사회가 도래했지만 민중이 진정한 주인이 되는 시대는 요원한 듯 대립과 갈등의 골은 여전하고 메워지지도 못한다. 대다수의 민중들에게 조국은 관념으로만 존재할 수도 있다. 누구든 탐욕의 사슬에서 자유롭지도 벗어난다는 것도 불가한 지경이기 때문이다.

단지 오르기 위해 지리산으로 다가갔다가, 가야 할 길이 많아지면서 들어가 산의 일부가 되는 깨달음이 다가왔다. 직관에 충실한 산짐승처럼 단순해지기를 염원했고 비탈진 바위더미에 뿌리를 내린 나무처럼 외로움을 견디어야 하는 존재, 날선 마음이 무딤의 치유를 염원하듯 한그루 풀과 나무로 서 있고 싶다는 마음도 마찬가지였다. 짐승의 등뼈 같은 장쾌한 능선을 오르내리면서 이육사의 '광야'를 노래하며 때로는 흐르는 눈물을 훔치곤 했다.

모든 산맥들이
바다를 연모해 휘달릴 때도
차마 이곳을 범(犯)하던 못하였으리라

끊임없는 광음(光陰)을
부지런한 계절이 피어선 지고
큰 강물이 비로소 길을 열었다

비록 가난하지만, 그토록 절절한 염원으로 '노래의 씨'를 뿌려, 그것을 천고의 뒤에 백마 타고 오는 초인으로 하여금 부르게 하겠다는 미래의 염원, 절망적 현실과 고난을 극복하고, 새로운 광명의 세계에 도달하겠다는 시인의 의지를 미욱한 자의 발길에 옮기고 싶다는 마음을 품었으리라.

산은 태초부터 그러하였던 것처럼 계절들을 맞고 보내고, 스스로 그러했으므로 지난 상처가 아문 듯 무심하게 흐른다. 하지만 아직 드러내지도 못하고 치유되지 못한 상처가 도처에 웅크리고 있다. 스스로를 드러낸 가해자는 보기도, 찾기도 어렵고 피해자와 방관자로나 흘러가고 있는 현실이다. 기성세대는 흘러간 물처럼 수난의 역사를 반추하는데 회의적이고 청년세대는 아예 다가설 의도나 의욕조차 없는, 원초적인 생존의 문제로 회귀하는 듯 아예 회피하는 것이 일반적인 현실이다.

최근 남북의 화해분위기 속에 불확실하고 신뢰할 수 없는 사안의 전개 및 주변국과의 문제는 수면 하에 있는 이념문제를 노출시키는 기제로 작용하고 있고 상황에 따라서 격화될 조짐도 보이고 있다, 이는 자유민주주의 정체성을 지켜가는 것에 한계와 힘겨움을 노정하고 있음을 엿볼 수 있다. 이는 아직도 우리가 집단이기주의에서 벗어나지 못하고 진정한 민주국가의 틀을 완성하지 못했다는 반증이다. 그러므로 산업화세력이라는 우파든 민주화세력이라는 좌파든 이제는 각자의 영역에서 조금씩 걸어 나와 통합을 이루는 철학을 이루어야한다는 험난한 과제가 우리 앞에 가로놓여 있는 것이다.

이와 같은 현실의 문제는 어디에서 비롯되었고 조국이며, 국가라는 정체성은 무엇인가를 되짚는다는 것은 지난하고 미욱한 자에게 무력함을 스스로 불러들이는 격이었다. 다만 지리산이라는 서사와 서정의 공간을 바탕으로 격변의 소용돌이 속에 굴곡진 삶을 영위해야 했던 3대의 삶을 재조명하여 가해자와 피해자, 방관자로서 각자의 모습을 투영해볼 수 있는 기회를 엿보고 싶다는, 확신이 아닌 염원이었다.

3·1운동이 일어났던 해에 태어난 할아버지가 짊어져야 했던 생존의 문제와 민족의 정체성, 해방 후에 태어난 아버지는 조국 근대화와 종교에서도 배태된 물신주의 속에서, 군사정권 하에서 태어 난 그 아들은 다시 퇴보하듯 원초적인 삶의 문제에 경도되고 있는 현실이다. 그러한 인과 속에서 삼대가 흘러온 시간들은 외부적인 요인과 내부적인 요인이 충돌하며 또렷한 흔적을 남기고 있다는 것. 그런 중에 만난 보통 사람들의 다양한 삶과 애환을 포착해 진술함으로써 오늘 지금의 역사를 기록으로 남긴다는 의미가 크고, 또 급격히 개인화 파편화돼 가는 우리 사회 시스템 안에서도 오롯이 자기 식의 삶을 실천해온 이들의 삶을 조명함으로써 새로운 방향을 모색하고픈 마음이라며 가벼워지고 싶다.

이제 저마다 주인이 되는 세상, 초인을 기다리지 않아도 되는 세상, 개인으로 내가 곧 조국이며 국가의 주인이라는 또 다른 산하를 염원하는 마음으로도.

2019년 1월

김창환

차례

산하를 찾아서

아내가 집을 나갔다

'참으로 어처구니없이 수많은 세월이 흘러갔다.'

그녀의 자서전은 그렇게 시작되고 있었다. 현식은 '어처구니없는 세월'의 의미를 곱씹었다. 한 많은 자신의 운명을 한탄하는 것인가? 아니면 이 땅에 흘러간, 여전히 흘러가고 있는 굴곡진 이념의 바람을 원망하는 것인가?

〈빨치산 사령관의 아내, 무명옷 입은 선생님〉이라는, 책 제목의 위로 붉게 새겨진 문자들이 어처구니없이 흘러갔다던 세월의 소리를 내고 있었다. 그래도 그녀는 살아있었기에 어처구니없는 세월을 말할 수도 있었을 것이다. 그러나 이름 없는 골짜기에서 때로는 시린 벌판에서도 무참히 사라져간 이 땅의 숱한 민중들을 현식은 먼 연민처럼 건너다보았다. 전쟁이나 투쟁은 승자의 편에서 기록 되지만 기록 되지 않은 개인들의 비극적인 삶은 흔적도 없이 지나갔을 뿐이다.

해방 후 처음 맞았던 3·1절 기념식에서 처음 만났던 한 남자,

그는 좌익대표로 나온 연설자였다고 했다. 해방 다음 해, 남조선 노동당 주도 하에 조선정판사 위폐사건과 대구에서 폭동의 바람이 지나갔다. 46년 3·1절 기념식은 그 일이 있기 전이었으니 좌익대표가 공식석상에 연사로 나오는 특별한 장면의 연출이 가능했었을 것으로 현식은 생각했다. 그 자리에서 그녀는 패기만만한 그 청년에게 반했다고 했다. 내용만으로 보면 그 청년이 추구하는 이념과 사상적 노선에 공감했다기보다는 다분히 방향성과 정서적인 면으로 묘사되고 있었다. 해방 전에 사범학교를 나온 당시 특별한 여성과 새로운 영토를 꿈꾸었던 청년은 어렵사리 혼인했고 6개월 짧은 신혼기간을 보내고 청년은 북으로 떠났다. 청년은 한국전쟁 중에 빨치산으로 참전했다지만 한 번 만나지도 못했고 재회의 기다림에 애타던 아내에게 타인을 통해 전해진 마지막 기별은 부상당한 몸으로 스스로 자결했다는 소식이었다.

다시는 만날 수 없었기에 어처구니없던 세월이었던가? 낡은 이념의 사슬로 여전히 가로 막힌 남북 때문인가? 그들에게서 남겨진 혈육, 독일에서 살고 있던 그녀의 딸은 후에 평양의 열사릉, 아버지의 묘비 앞에서 처음 아버지께 인사를 했다고 했다. 그녀는 어느 쪽 하나만을 선택할 수 없는 두 쪽의 조국이 엄연히 존재한다는 사실을 새삼 깨닫게 되자 창공을 날던 날갯죽지는 여지없이 접혔다고 했다.

'아버지는 북에 어머니는 남에, 자신의 가족들은 독일에서, 우

리들의 찢어진 가족사는 한순간의 비상에서 분단의 철책 속으로 추락하고 있었다.'

굴곡진 한 여인의 인생사를 들여다보면서 현식은 초등학생시절 몰래 읽었던 할아버지의 비망록 내용을 떠올렸다. 어처구니없던 세월을 보냈다던 그녀와 비슷한 또래의 전도유망했던 한 청년장교의 비극적인 실종이 현식 자신의 현실처럼 가슴을 짓눌렀다. 누가 가해자이고 누가 피해자인가? 아니면 방관자가 아니었던가?

'국정농단'이라는 희대의 죄명으로 직위와 거처를 쫓겨나 영어(囹圄)의 몸이 된 전직대통령, 반성의 기회가 없이 형량이나 추징금으로 처벌된다면 늘 그랬듯이 그녀 역시 불행한 가정사 등의 이유로 피해자의 반열(?)에 오르게 될 것 같다고 현식은 생각했다. 공권력을 도구화하여 가해한 명확한 혐의는 있었지만 스스로를 가해자라고 인정한 자는 없던 세월이었다. 여전히 이 땅의 세월은 정말 어처구니없이 흘러가고 있는가?

현식이 산을 내려와 보름 만에 집에 들어섰을 때 집안은 여느 때처럼 평온한 듯 했다. 평온함도 잠시 현식이 거실을 지나 방안으로 들어섰을 때 평온은 소리를 내듯 흔들렸다. 단순히 흔들렸다기보다는 쿠데타에 무너진 정권처럼 체제의 붕괴와 질서의 혼돈을 의미했다. 혼돈은 무너진 권력처럼 암울한 현실이었다. 주저앉아 울고 싶도록 암울한 현실은 잠시 하계군사훈련 시절의 아침점호시간이 떠오르게 했다. 야간근무와 모기, 무더위로 설친 짧은 여름밤이 지나고 기상나팔 소리에 주섬주섬 일어나 군복을 걸칠 때 살갗에 닿던, 전날의 훈련으로 땀에 찌든 축축한 군복의 생경하고 섬뜩한 느낌은 아내의 부재만은 아니었다.

옷장 문들이 죄다 열려있었고 옷가지들이 방바닥에 널브러져 있었다. 그 정도의 흔적은 남겨두어야 할 것이라는 나름의 선부른 선언이었을 것이다. 초등학교 5학년인 딸아이의 책상도 치워져있었다. 딸아이는 어미인 자신이 키울 거라고 했다. 외부침입자에 의한 것이 아닌 영화제목처럼 '내부자'에 의해 가정이라는 울타리가 망가트려진 셈이었다.

혼인이라는 절차를 통해 가정을 이루었던 현식의 아내는 십 수 년 만에 이혼이라는 절차는 생략하고 집을 나갔다. 예전에는 감히 생각할 수 없었던, 여자가 이혼을 요구하는 시대. 지난여름 처음 산에 다녀온 후 그녀는 현식에게 집요하게 이혼을 요구했었다. 두 번째 보름간의 지리산행은 현식에게 직장뿐만 아니라 가장으로서 권위도 상실됨을 의미했다. 직장의 상실은 당연히 가장으로서의 권위를 흔들었다.

어린 시절 현식의 아버지도 삶의 방향으로 대척하며 할아버지의 권위를 흔들었고 그건 현식도 마찬가지였다. 현식의 아버지가 목사로서의 신성한 직분을 버리고 산으로 들어갔을 때 현식은 아버지를 이해할 수도 없었고 감히 아버지의 무능을 비난하듯 원망했었다.

끝내 합일을 이루진 못하더라도 끊어낼 수 없는 혈연의 끈은 서로에게 연민과 설령 원망이더라도 결코 내던질 수 없는 것이었다. 하지만 아내와의 불화는 상대적으로 성질이 다른 것이었다. 할아버지와 아버지는 비록 당신들끼리 불화했지만 그들의 아내였던 할머니와 어머니와는 크게 외형적으로는 문제가 되지 않던 세대를 산 사람들이었다. 왕정에서 일제의 강점으로 이어지는 굴절된 역사 속에서 이념의 대립과 절대 빈곤의 고단한 삶을 살아왔지만 유교적인 질서와 관습의 덕택으로 가장으로서 배우자의 직접적인 질시와 모멸은 피할 수 있었던 세대였다. 지아비로서 아비로서 피할 수 없는 엄중한 현실에 절망하면서 현식은 외롭게 산에서 혼자 살아가시는 아버지와, 술만 드시면 일제의 징용으로부터 군 시절의 좌절과 회오(悔悟)를 농축하여 심하게 폭력과 주정을 풀어내셨던 할아버지를 생각하며 자신과 아버지에 대한 연민처럼 오래전에 읽었던 시 한편을 떠올렸다.

툭하면 아버지는 오밤중에
취해서 널브러진 색시를 업고 들어왔다.
어머니는 입을 꾹 다문 채 술국을 끓이고
할머니는 집안이 망했다고 종주먹질을 해댔지만,
며칠이고 집에서 빠져나가지 않는
값싼 향수내가 나는 싫었다.

아버지는 종종 장바닥에서
품삯을 못 받은 광부들한테 멱살을 잡히기도 하고
그들과 어울려 핫바지춤을 추기도 했다.
빚 받으러 와 사랑방에 죽치고 앉아 내게
술과 담배 심부름을 시키는 화약장수도 있었다.
아버지를 증오하면서 나는 자랐다.
아버지가 하는 일은 결코 하지 않겠노라고.
이것이 내 평생의 좌우명이 되었다.
나는 빚을 질 일을 하지 않았다.
취한 색시를 업고 다니지 않았고,
노름으로 밤을 지새지 않았다.
아버지는 이런 아들이 오히려 장하다 했고
나는 기고만장했다. 그리고 이제 나도
아버지가 중풍으로 쓰러진 나이를 넘었지만
나는 내가 잘못했다고 생각한 일이 없다.
일생을 아들의 반면교사로 산 아버지를
가엾다고 생각한 일도 없다.
그래서 나는 늘 당당하고 떳떳했는데 문득
거울을 보다가 놀란다. 나는 간 곳이 없고
나약하고 소심해진 아버지만 있어서
취한 색시를 안고 대낮에 거리를 활보하고
호기 있게 광산에서 돈을 뿌리던 아버지 대신,

그 거울 속에는 인사동에서도 종로에서도
제대로 기 한번 못 펴고 큰소리 한번 못 치는
늙고 초라한 아버지만이 있다.

– 신경림, 「아버지의 그늘」 전문

현식은 자신의 처지를 연민으로 바라보며 할아버지로부터 자신에 이르기까지 삼대의 삶, 그 인과를 들여다보고 싶었다. 할아버지는 이제 무덤에서 말을 잃어버렸고 아버지는 이 땅의 굴곡진 역사를 자신의 운명처럼 들여다보곤 했다.

'왜놈'이라고 하대하였던 일제의 강점과 동시, 오랜 왕정이 청산되어가는 과정에서 현식의 할아버지 세대는 또 다른 섬김의 대상을 받들며 구차하고 억지스럽게 생존해야 했다. 피식민자로서 억압과 수탈은 피할 수 없는 것이었지만 단순히 신분의 고착된 제도적 억압에서는 점차 벗어날 수도 있었던 시절이었다. 그러나 신분의 질서가 와해되며 성숙되지 못한 분배체계와 과도기적인 객체로서의 인격의 분란은 사회주의라는 달콤한 이념에 경도되며 끈질긴 시대의 질곡을 잉태하고 있었다. 해방과 동시 다시 미국과 구소련의 군정으로 이념의 대립은 극화되고 역시 민족상쟁의 참화를 잉태하고 있었던 셈이었다.

전후에도 절대적인 빈곤 속에서 반공과 조국근대화라는 두 개의 깃발이 펄럭이며 대립과 혼란은 여전히 이어졌다. 여기에 한배를 탄 것이 바로 종교였다. 일제강점기와 한국전쟁을 겪으며 종교는 강한 권력에의 동경과 열망이 배태되었고 이로 인해 권력과 동류의식을 갖게 되었을 것이다. 이는 종교가 내면의 정화보다는 물질적 축복과 신의 은총을 동일시한다는 것과 궤를 같이 하는 것이었다. 영적인 정화나 참된 대속을 추구하기보다는 조국근대화 시대에 지배 계층과 이해를 같이하는 '잘 먹고 잘 사는' 욕망의 늪에 빠져들게도 되었을 것이다. 왕권이 무너지면서 이 땅에 들어 온 종교는 새로운 지평을 여는 신학문과 동의어였으나 민족분단은 우리의 의지와 무관하게 서구 제국주의 및 구소련의 공산주의에 의해 잉태되었다. 분단 상황에서 보수적 근본주의 기독교의 폐쇄성과 공산주의자들의 반종교성에 의해 좌우 이념대립의 날선 편협이 이념적 무장의 기제로 밑받침 됐다. 이는 3·1운동 이후 식민의 억압 속에서 작동하기 시작했고 해방 후에 좌우혼란의 비극적 상황을 연출하는 내밀한 기제가 되었을 것이다.

할아버지는 생존과 민족의 정체성, 이념의 질곡 속에서 아버지는 조국근대화와 종교 속에서, 현식 자신은 다시 퇴보하듯 원초적인 삶의 문제에 경도되고 있다. 그렇게 삼대가 흘러온 시간들은 외부적인 요인과 내부적인 요인이 충돌하며 또렷한 흔적을 남기고 있었다. 거기에는 노동에 대한 왜곡이 깊게 똬리를 틀고 있는 셈이었다. 현식이 당면한 삶의 원초적인 문제에는 기본적인 생존의 문제도 있었지만 온전히 가정을 지킬 수 없는 암울한 현실이 가장 큰 비중을 차지하고 있었다.

할아버지는 현식이 초등학교에 들어가던 해 돌아가셨다. '고요한 아침의 나라'라는, 인도 시인의 표현은 단순함이 내포된 일반적인 오류처럼 평온함보다는 어리석은 아집에 은둔의 의미가 더 깊었다. 1919년 기미생으로 태어나셨던 할아버지는 1972년 돌아가셨다. 조부의 삶이 그러하였듯 오십여 년, 한 인간의 시작과 마침의 긴 간극에는 긍정과 부정이 엉켜있었다.

현식의 조부가 태어나기 2년 전, 러시아에서는 농민과 노동자가 왕정을 무너뜨리는 혁명이 일어났고 그 여파는 일본의 강점에 움츠리고 있던 한반도에도 밀려들었다. 당시 3·1운동은 결국 실패했지만 주변 국가들에까지 영향을 주었다. 사회주의의 유입은 개항 후, 서구문물을 받아들였던 젊은 지식층들에 의해 무단통치에서 소위 문화통치로의 전환에 영향을 끼쳤을 것이다.

3·1운동 이전에는 기득권층으로 분류되었을 민족주의자들이 독립운동을 주도했고 식민 지배국 일본 유학 등으로 직간접의 서구문물을 받아들였던 젊은 지식인들에 의해 사회주의 사상이 유입되었다. 이들은 식민통치를 와해시키고 해방시킬 국가의 의미를 재조명했다. 봉건적인 왕조국가로의 회귀는 당연히 거부했지만 자유의 의미는 막연했다. 더불어 경험하지 못했던 서구와 같이 경제적 불평등이 존재하는 자본주의체제도 마찬가지였다. 그러했던 당시 젊은 지식인들의 고민을 일거에 해결해준 것이 유행병처럼 번지고 있던 사회주의였다. 사회주의는 지주, 자본가의 압제에서 계급을 해방시키고 제국주의 침략에서 민족을 해방

시키고 생산수단을 국유화하여 억압과 착취가 없는 공산주의를 만들겠다는 이상을 제시하였다. 즉 자본과 노동의 대립을 해체하기 위해 노동자들 편에서 계획경제를 도모하고 소득을 고르게 나눈다는 달콤한 명분을 내세웠던 것이다. 이 같은 사회주의는 1차 세계대전 뒤 제국주의에 식상한 젊은이들의 얼과 혼을 거센 바람처럼 흔들었다.

그러나 결국 노동자의 편이라는 명분을 내세웠던 자들이 예외 없이 권력화하고 개인의 동기를 유발시키지 못하는, 적당히 해도 국가의 분배로 먹고사는 문제가 해결되자 스스로 몰락한 것이 오늘날의 현실이 되었다.

그 달콤한 이론 속에는 이성보다는 정제되지 못한 분노의 감정이 웅크리고 있었다. 동양의 정체성처럼 주역(周易)은 변화가 바탕이었는데 사회주의는 이론적으로도 시시때때로 변하는 변할 수 밖에 없는 인간의 감정을 배제하고 등한시했다. 그것은 치명적인 약점이었지만 억압과 분노를 가졌던 민중들에게 결말의 초라함은 보이지 않았을 것이다.

자의보다는 타의에 의해 오랜 쇄국의 빗장을 열고 약육강식의 어지럽고 낯선 세계 속으로 휘말려들어야 했던 것은 피할 수 없는 운명과도 같았다. 늦잠을 깬 눈을 비비고 있을 때, 섬나라의 운명을 벗어나려는 듯 끊임없이 한반도를 노략질하며 괴롭혔던 일제는 왕정을 무너뜨리고 이 땅의 주인이 되었고 현식의 할아버지가 태어나던 해가 만세운동이 일어났던 해였다. 이어 돌아가신 해에는 10월 유신이 선포되었으니 할아버지가 태어나고 죽은 해에 이 땅에 긍정과 부정의 엄청난 격변의 소용돌이가 일었던 셈이었다.

삼면에 바다를 두고 있지만 그 바다는 세상으로 나가는 통로의 뱃길이 아닌 침략의 뱃길이었고 단단한 벽에 갇히는 형국이었다. 밤이 지나면 오는 새벽의 의미, 현식은 새로운 벽으로 새벽을 규정하고 싶었다. 벽은 밀치는 자의 손길에 의해 새로운 세상이 열리기도 하고 자신을 가두는 새로움이 없는 벽이 되기도 하는 것, 현식은 언젠가 백두산 천지에 올랐을 때의 감상을 떠올렸다. 우리 강토가 아닌 바다를 건너서도 옥수수 밭이 길게 이어지는 긴 시간을 달려서야 오를 수 있던 곳이었다. 산을 오르면서 애국가를 부를 때마다 가슴속에 일렁이던 오래 앙모했던 천지의 물결을 올려다보기 보다는 뒤로 일망무제(一望無際)로 끝없이 펼쳐진 너른 들판을 내려다보아야했던 것이다. 거센 바람과 진눈깨비가 흩날리는 천지를 내려다보며 뜨거운 불길이 식은 뒤로 한 번도 마른 적 없는 깊고 푸른 물결, 남으로는 한라산과 북으로는 백두산으로 멧부리를 세우고 뜨거운 불길을 뿜어냈던 것은 대륙으로 대양으로 퍼져가라는 계시였을 것이라고 생각했다. 백두산의 그 많은 돌을 칼을 벼리는데 다 없애고 두만강의 그 많은 물은 말이 마셔서 말려버릴 거라는 참으로 호쾌한 청년장수의 기개는 권력의 추악한 다툼 속, 중상과 모략에 의해 한낱 바람이 되었을 뿐이었고 한민족은 다시 그 낡은 틀 안에서 옴짝달싹 못하고 있는 형국이라고 생각했다.

농경을 주축으로 한 정착생활이 오랫동안 영위되었고 외세의 침략은 일상이었다. 이 땅에 철길이 놓이면서 사람들은 떠나는 것에도 익숙해졌지만 여전히 정착하지 못한 사람들에 대한 손가락질이 횡행했다.

반상으로 신분을 구분하였던 통치의 정체성은 배타성을 농축시키는 기제가 되었고 편을 가르는 것을 내재화했다. 편을 가르는 것은 '백성'으로 비루하게 존재하던 시대에는 파벌을 구축하는 데 유리했고 '국민'의 권리를 가진 시대에는 '우리가 남이가'로 대변되듯 표를 결집하는데도 유효한 것이었다.

유교의 근본은 '인의예지'라 했지만 그것은 명분을 위한 외피였고 입신양명(立身揚名)을 독려하는 폐해를 불러왔다. 독일의 사회과학자 막스 베버가 일찍이 이를 갈파했다.

'서양은 자신들의 의식주를 해결하기 위해 자연을 착취했고 그 이유로 과학과 기술을 발달시키게 되었다는 것, 동양은 그 반대로 자연의 착취에는 눈을 돌리지 않았고 인간을 착취했다'라는. 인간을 착취하려니까 권력이 필요했고 그 권력으로 권력이 없는 농민들의 생산물을 수탈했다. 그래서 벼슬을 하려고 목을 매다시피 했을 것이다. 사색당쟁과 당파싸움의 본질은 그 연장선상이었다. 윷놀이가 그 추악한 싸움판을 빗댄 것처럼 먹고 먹히는 말판의 말들은 당시 기득권층의 민낯이었다. 반상으로 신분이 엄격하게 구분되던 그 시대에는 그 질서가 유지되었지만 외세의 문물이 유입되면서 사정은 달라졌다. 내부적으로 생성되거나 외부로부터 반입되어 백성들에게 스민 종교는 그 질서에 저항의 바람을 주입하기 시작했다. 사회주의는 그 연장선상에 있었고 이데올로기의 대립은 오늘날까지 길게 이어지고 있다.

가장의 권위 속에는 딸아이에게 아비로서의 권위도 상당량 포함된 것이었지만 아내는 딸에게 자신의 편에 서라고 종용했을 것이다. 아니 그 이전에 본능적으로 아이도 엄마 편에 서는 것이 현명한 것이라고 생각했을 것이다. 현식의 아내는 이혼에 동조하지 않는 남편에게 지쳤던지 공격방식을 바꾸어 집을 나가라고 요구했다. 그마저 거부하는 것이 현식이 사내로서의 자존심을 지키는 건지, 무너뜨리는 건지 애매한 것이어서 자신도 분간이 어려웠다.

한 때 순항하던 한 여성 정치인이 대통령 탄핵의 와중에 '바람피웠다고 이혼해주면 남편만 좋은 것'이라며 당시의 정치상황에 빗댄 말이었지만 현식의 아내는 그녀가 먼저 그것조차 구질구질하다고 생각했을 것이다. 사십대뿐만 아니라 중·장년의 남성들에게 '살아가면서 가장 큰 정신적인 고통은 무엇이겠는가?'라는 질문을 던졌을 때 대다수의 사람들은 첫 번째로는 배우자의 상실, 두 번째는 실직으로 직업을 바꿔야 하는 경우라고 답변했다. '평생직장'이라는 말은 산업화시대의 미덕이었다. 그래서 그 시대를 지나온 기성세대들은 직업을 잃는다거나 그 여파로 직업을 바꾼다는 것에 엄청난 중압감을 가지게 되었을 것이다. 물론 두 가지 전부 크게 의식하지 못하고 살아가는 사람들도 있을 것이지만 '사오정'이란 말도 진부한 말이 되었을 정도로 평생직장은 이제 옛말이 되어간다.

한동안 망연히 방안을 둘러보던 현식은 방안을 정리하기 시작했다. 집을 비워주어야 할 날도 보름정도 남았다. 딸아이의 책상위에 작은 메모장이 적국에서 날린 불온전단처럼 놓여있었다. 그 한 면에는 전세금을 뺄 예정이고 반은 통장에 입금시켜 줄 것이라고 지극히 현실적인 문구들이 나열되어 있었다. 가능하면 이혼의 형식도 빨리 마무리해주었으면 좋겠다는, 부탁 아닌 협박조의 내용도 포함되어 있었다.

현식은 사관학교를 졸업했다. 단순히 합격이었지만 그가 사관학교에 합격했을 때 내걸렸던 반공과 조국근대화의 기치는 유신으로 굴절되면서 끝내는 안가(安家)라는 절대 권력의 밀실에 번진 화약 연기 속에 매캐하게 저물어갔던 시절이었다. 파출소마다 '정의사회구현'이라는 그 태생의 비루함을 가리는 간판이 초라하게 펄럭이던 시절, 그의 합격은 벽촌에서 대단한 경사였지만 대놓고 축하해주지는 않았다. 마을 입구에도, 면소재지에도 플래카드가 자랑스럽게 내걸렸었다. 그가 다녔던 읍내 중학교와 고등학교 담벼락에도 마찬가지였다. 행세깨나 하는 지역의 유지들도 축하사절처럼 다녀갔던 시절이었다.

당시 사관학교 출신이 대통령을 했고 그 다음도 마찬가지였다. 유교의 잔재처럼 입신양명의 열망은 절대 권력의 침몰로 비루해졌고 그 비루함에서 또 다시 정치군인에 의한 권력이 잉태되었다. 세상의 평판은 늘 부정과 긍정이 혼재하거나 대립을 이루는 것이었고 자신의 관점에서 보고 싶은 것만 보는 것 또한 동서고금이 다르지 않았다. 사관학교를 권유하던 조부도 현식 자신도 고등학교시절 사관생도를 꿈꾸면서 대통령이라는 그 정점의 직위도 당연히 꿈의 연장선상에 있었던 것이었다.

현식의 아버지는 아들이 꿈꾸는 직업군인으로의 진로를 탐탁지 않게 생각하셨고 직접적으로 표현했다. 그러나 조부는 현식이 초등학교에 들어가던 해 돌아가시면서도 어린 손자에게 장차 직업군인으로 장군이 될 것에 대한 축원을 잊지 않으셨다. 현식이 사관학교를 택한 것도 할아버지의 축원이 알게 모르게 주입되었을 것이다. 조부가 직업군인으로 겪어야했던 좌절과 불만은 군 생활동안의 보상심리일지도 모른다고 생각했다.

아버지와의 부자간 관점의 차이는 조부가 돌아가셨을 때까지 좁혀지지 않았다. 현식은 그렇게 부자간의 관계는 불편하거나 그렇게 될 수 밖에 없는 것이라고 생각했다. 굳이 프로이드의 학설을 인용할 필요도 없이 그것은 자신도 마찬가지였다. 목사의 자식이라는 자신의 위치가 억압으로 옥죈다고 생각했고 그 탈출구처럼 반항과 회피로 아버지와 맞섰다. 현식의 아버지는 그 아버지인 조부와 여러 면에서 차이가 있었다. 아버지는 끝내 목사로서의 직분을 버리고 초야에 묻혀 은일(隱逸)을 꿈꾸었다. 그것은 현실에서는 구현될 수 없는 지순한 이상이었다.

조부는 일제강점기에 홋카이도에 징용을 다녀왔고 해방 후에는 직업군인이 되었다. 48년 여순 반란 사건시 태동한 지리산 지구의 빨치산 소탕작전에도 참가했었다는 이야기를 들었고 우연이지만 몰래 할아버지의 비망록을 읽었던 적이 있었다. 비망록의 내용과 관련해서 현식은 당시의 상황을 정리했다.

정해운 중위, 그는 조부와 같은 부대였다. 정 중위는 조선 경비사관학교 7기로 3개월여 교육을 받고 조부가 이등상사로 근무하던 3연대 2대대로 전입했다. 부대는 여순사건으로 지리산에 숨어든 빨치산 토벌작전으로 구례지역에 주둔하고 있었다. 조선경비사관학교는 대한민국 정부가 수립된 직후, 즉 1948년 9월 5일 국군의 창설과 동시에 육군사관학교로 개칭, 8기를 모집했다.

해방 후에 남북으로 갈려 미국과 구소련에 의한 군정이 실시되고 남한에서는 좌우로의 분열이 극화되고 있었다. 이전에 찬탁과 반탁으로 대립이 노정됐고 왕정시대의 유배지였던 제주도도 마찬가지였다.

해방으로 민심은 크게 부풀었다. 하지만 크게 변하지 않는 민생에 기대는 점차 무너졌고 미군정에 대한 불만도 증폭되고 있었다. 해방 후 제주도로 돌아온 약 6만 명에 이르는 귀환인구의 실직 난, 생필품 부족, 전염병 콜레라의 만연, 대흉년과 미곡정책의 실패 등 여러 악재가 한꺼번에 겹쳐 민심을 흉흉하게 했다.

일제강점기 당시 경찰 출신들이 미군정 경찰로의 변신, 밀수품 단속을 빙자한 미군정 관리들의 불법행위 등이 민심을 자극하고 있었고 극심한 수탈과 착취에 반감을 가진 도민들이 경찰과 부딪히기 시작했다. 1947년, 전국적으로 3·1 기미독립만세운동 28주년을 기념하는 행사가 일어났고 좌우로 나뉘어 대립하며 분열을 야기했다. 제주도민들도 마찬가지였다. 이 날 기마 경관이 탄 말에 한 어린아이가 채이고 기마 경관이 그대로 가버리려고 했던 사건이 4·3사건의 발단이었다. 아이 주변으로 군중이 모여들자 경찰은 군중이 경찰서를 습격하려는 것인 줄 알고 민간인 대열에 발포, 6명이 사망하고 6명이 중경상을 입자 이에 분노한 제주도민들은 3월 10일부터 민관 총파업을 일으킨다. 행사에 참석한 이들은 순박한 주민들이 주를 이루었지만 이를 주도한 남로당의 문서에는 자신들을 '부대(部隊)'로, 경찰을 '적(敵)'으로 구분했다. 제주도 공무원과 직장인 중 95%가 동참했다. 심지어 경찰도 부분적으로 가담했다. 미군정은 제주도민 전체가 남로당에 넘어갔다고 봤을 것이다. 남로당원과 파업 참가자들에 대한 대대적인 검거 선풍이 일어났다. 500여 명이 체포됐고, 그 과정에서 고문치사 사건까지 발생했다. 이후 계속해서 도민들은 필사적으로 군정에 반발하였다. 경찰과 극우단체인 서북청년단은 폭력을 휘둘렀고 주민들은 한라산 중산간 지역으로 숨어들었다.

48년 5월 10일 남한만의 단독정부 수립을 위한 선거가 예정되었었고 남한 단독 정부수립을 반대하는 남조선 로동당 계열의 좌익세력들이 주동이 되어 4월 3일을 무장봉기일로 계획했다. 이들이 다수의 경찰서를 습격하여 경찰과 서북청년단을 죽창으로 살해했다. 군정경찰, 서북청년단을 비롯한 우익 반공단체의 무자비한 살상에 대한 제주도민들의 반감 등이 복합되어 쌍방간의 적개심으로 4·3사건이 촉발되었던 것이다. 척박한 땅에서 농사를 지어먹으며 생계를 유지하던 순박한 사람들이 달콤한 이념에 경도된 점도 묵과할 수 없다. 주민들의 무장봉기가 발발하자 미군정은 이를 치안상황으로 간주하고 경찰력과 서청의 증파를 통해 사태를 막고자 했고 양민들에 대한 무자비한 살상이라는 엄청난 비극을 초래한 것이었다. 당시 제주도는 참혹했다. '중산간 마을 초토화 작전' 등 군사 작전을 겪은 한 피해자는 "섬 곳곳마다 불이 안 붙은 곳이 없었다"며 "어두운 밤에도 하늘이 붉은 색이었다"고 증언했고 다른 피해자는 "피가 흙을 물들여 온 흙이 검었다"며 "사람을 보면 무조건 죽창으로 찔러 죽이고 세워놓고 기관총을 퍼부었다"고 말했다. 제주도민들은 동굴 등 숲속에 숨어 지냈다. 이러므로 피아간에 교전이 없었는데도 제주 4·3사건(1948~1954년)의 희생자는 1만 4000여 명으로 기록돼 있다. 전쟁이 아닌 한 지역 안의 대결에서 이렇게 많은 인명이 살상된 적은 없었다.

협상을 시도했으나 결렬되고 48년 5월 10일, 전국 200개 선거구에서 일제히 선거가 실시됐다. 그러나 제주도의 세 개 선거구 가운데 두 개 선거구의 투표수가 과반수 미달로 무효 처리됐다. 제주도가 남한에서 유일하게 5·10 선거를 거부한 지역으로 역사에 남게 되었고 결국 5·10 선거 후 강도 높은 진압작전이 전개됐다. 신생정부가 수립되면서 단순히 지역문제가 아닌 정권의 정통성에 대한 도전으로 인식하게 되었고 그 해 10월 11일 이승만 정부는 제주에 경비사령부를 설치하고 뭍의 군 병력을 증파시켰다. 당시 여수에 주둔하고 있던 14연대도 10월 19일 제주도 출동명령이 비밀리에 하달된 상황이었다.

당시 군 내부의 상황은 혼란 그 자체였다. 입대 시 사상 검증 등 신분확인은 미흡하였고 군대는 단지 먹고 살기위한 생존을 위한 수단이기도 했다. 당시 많은 좌익성향의 청년들이 별다른 선별과정이 없이 군 내부로 진입하였으며 사회의 불안정 및 의식주도 마찬가지였으니 개인의 인격은 물론 국가관도 확립되지 않은 상태였다.

군과 경찰의 갈등도 주요한 배경으로 작용했다. 일제하의 치안체계의 연장으로 조직 및 장비가 우세했던 경찰은 경찰 보조병력으로 창설된 국방경비대를 깔보았고 국방경비대는 경찰을 민족과 국가를 팔아먹은 매국노 친일 집단으로 간주했던 것이다. 당시 군 내부의 남로당계 숙군작업도 반란의 기폭제가 된 셈이었다.

출동병력 차출에 숙군대상도 다수 포함되었고 지창수, 김지회 등 좌익계 군인들이 중심이 되어 제주도 출동을 거부하고 '친일파 처단, 조국통일' 등을 내걸고 제주로 가는 LST에 타는 대신 반란을 일으켰다. 이들은 10월 19일 저녁 8시경 부대 내 무기고와 탄약고를 점령하고 비상나팔을 불어 전 연대 병력을 집결시킨 다음 선동과 위협으로 반란군에 동참하게 했다.

부대를 이탈하여 경찰서와 관공서를 장악하고 여수·순천을 순식간에 휩쓴 뒤 곧바로 광양·곡성·구례·벌교·고흥 등 전라남도 동부 5개 지방을 장악해나갔다. 초기 진압작전에서 반란군에게 밀리자 정부는 여·순 지구에 계엄령을 선포하고, 광주에 설치한 반군토벌 전투사령부의 지휘로 제 2여단, 제 5여단 예하의 5개 연대를 투입, 소탕작전을 벌여 나갔다. 이들 정부군은 결국 미국 군사고문단의 지휘 아래 장갑차, 박격포 등을 동원해 여·순 지역 탈환에 성공했다.

비록 미군의 협조로 진압에는 성공했으나 이 사건은 3개월밖에 지나지 않은 신생 정부에 큰 충격을 안겨주었다. 이승만 정부는 이 사건을 계기로 각계각층의 반대에도 불구하고 국가보안법을 제정하였고 당시 이를 위한 운용책으로 국민보도연맹이라는 관변단체를 결성했다. 국가보안법에 저촉되거나 전향자로 분류된 인사들을 이 단체에 빠짐없이 가입하도록 규정해놓았다. 이들에 대한 회유와 통제를 위한 수단이었던 셈이다. 지역별로 가입인원을 할당하는 등 공권력을 악용 반강제적으로 가입시키거나 유공자에 대한 포상조치로 순박한 농민들까지 단체에 가입시켰고 49년 말에는 30만 명에 달할 정도였다. 이 단체는 초기에 좌익세력을 와해시키는 결정적인 역할을 하였으나 50년 전쟁이 발발하고서 북한에 동조할 문제세력으로 간주되어야 했다. 전쟁이 발발하고 이를 척결한다는 정부방침에 따라 무차별 검속과 즉결처분 등이 자행되었다. 정확한 기록은 없지만 가입인원의 다대수가 처결대상이 되었던 셈이다. 당시 상황에 대한 정확한 기록이 없다는 것은 공권력의 무자비한 횡포였고 사후처리도 마찬가지였다. 이와 같이 정치적 반대세력에 대한 무제한적인 탄압을 제도화시킨 이승만 정부는 대대적인 숙군을 단행, 좌익계와 광복군계를 포함한 모든 반(反) 이승만 성향의 군인을 제거함으로써 강력한 반공국가를 구축하게 되었던 것이다. 미국은 이 사건 이후 대한(對韓) 군사지원을 훨씬 강화했고 주한미군의 철수를 1949년 6월로 연기했던 것이다.

정 중위는 48년 11월 11일 소위로 임관했다. 조부의 비망록에는 정 중위와 같이 근무하면서 정 중위 때문에 목숨을 구한 일화가 적혀있었다. 함양과 구례지역에서 빨치산 토벌작전에 참여하면서 본의에는 반했음에도 숱한 민간인을 죽음으로 내몰아야했던, 쉽게 공개할 수 없는 기록들도 담겨 있었다. 정 중위의 기지로 조부가 목숨을 구한 것과 함께 같은 참모부서에서 근무했던 조부의 평가는 매우 우호적이었다. 정 중위는 좌익분자를 색출하고 처단을 결정하던 일선 책임자였지만 강성이 아닌 온건한 편으로 기술한 것이 이채로웠던 부분이었다. 당시 대부분의 지휘관들이 만주군과 일본군 출신이었고 이들의 성향은 직선적이고 폭압적이었다. 당시 주민들은 낮에는 공권력, 밤에는 반란군으로 주인이 바뀌는 세상에서 생존을 위한 거친 삶을 반복해야했고 엄청난 희생을 감수해야 했다. 조부의 기록은 아마 군에서 전역한 후 작성했을 것으로 추정되었다.

지리산 등에 은거한 빨치산에 대한 토벌작전이 종료되고 50년 1월 지리산평화제가 있었고 다시 개성지구로 이동하였다고 조부의 기록은 이어지고 있었다. 그 해 유월 한국전쟁이 발발하고 속수무책으로 밀리던 전투에서 정 중위는 어깨에 부상을 입었다. 후퇴를 거듭하면서 정 중위는 조부에게 '고향에 가서 요양하겠다.'고 말하고 후퇴하던 부대를 떠났다. 그가 왜 그런 결정을 하였는지 의아했다. 전쟁 중에도 후에도 정 중위 소식은 알 수 없었다. 조부의 비망록에는 비화처럼 한 가지 사실이 적혀 있었다.

빨치산에 의한 군과 주민의 피해가 속출하면서 특별한 절차 없이 좌익 또는 동조한 이들은 무조건 죽음이었는데 의아스럽게도 구례지역의 남로당 좌익분자를 풀어준 경우였다. 조부는 이에 대해 의구심을 가지고 있었다. 정 중위로 인해 생명을 다시 얻은 것처럼 연민을 표현하였으나 좌익세력에 대한 그 나름의 연민도 기록하고 있었다.

구례읍에 주둔하고 있던 당시였다. 박 모는 광의면 남로당 당원이 확실했는데 박 모를 방면하였고 얼마 후에 박 모의 여동생과 동거를 시작했다. 여동생은 박 모와 씨가 다른 이부(異父) 남매였고 대단한 미인 축에 드는 처자였다. 추측컨대 박 모의 아버지가 자신의 아들을 방면한 대가로 딸을 동거케 한 것으로 오해할 수밖에 없는 상황이었다. 전쟁 중에도, 그 후에도 다시 그 행적을 알 수 없다는 것을 끝으로 그에 대한 조부의 기억은 연민으로만 남았고 더 이상 기록으로는 이어지지 않았다.

그 해 유월

도시는 밤에도 잠들지 못한다. 아니 잠들 수 없다. 휘황한 불빛은 넉잠을 자고 난 누에가 뽕잎을 먹듯 밤을 갉아먹는 형국이었다. 지하철역을 나와 용산역으로 향하던 현식의 시선이 막연히 길 건너편을 건너다가 민망한 듯 이내 시선을 거둔다. 투명한 유리창 너머 야한 연분홍불빛이 야화처럼 피어나던, 본능의 편린처럼 쉽게 지워지지 않는 기억 때문이었을 것이다. 대만의 지오펀 여행에서 본 홍등의 풍경과는 다른 것이었다. 풍경이라기보다는 색이 가슴으로 치대느냐, 말초신경을 거쳐 중추신경계로 치대느냐 하는 차이라고 생각했다. 그 불빛 안에는 동화속의 이야기처럼 나무꾼이 숨겨놓은 옷을 찾아낸 듯, 아니면 그 반대인 듯, 야시시한 옷으로 치장한 여인들이 이제는 비련의 도시를 떠나 별들이 반짝이는 하늘이라도 오르려는 듯 서성거리던 곳이었다.

오랜 옛날부터 인간의 본능을 팔고 사던 풍속은 존재했던 것이고 그 풍속은 법으로 통제될 수 없는 영역이랄 수도 있었다.

쇼윈도 안의 상품을 고르는 듯, 거북한 모양새는 사라졌지만 여전히 잠들지 못하는 도시는 풍선효과라 칭하듯 은밀하게 본능을 팔고 사는 수단과 방법의 진화가 거듭될 뿐이었다.

어쨌든 이제 야시시 했던 불빛도, 그 여인들도 정말 하늘에라도 오른 것인지 사라져갔다. 그곳에는 한동안 포장마차가 불빛 속에 지친 군상들의 허기를 채워주다가 언제부턴가는 고층빌딩이 가파른 욕망처럼 하늘로 올라갔다.

오후 10시가 넘는 시간 현식은 집을 나왔다. 자정 이후 통행이 금지되었던, 오래 강박처럼 지배했던 적색의 공포에 대한 보루는 허물어졌지만 밤 10시라는 시간은 은연중에 귀가의 경계선으로 관념처럼 존재했다. 그 이유는 잊고 지내왔지만 밤 10시가 되면 TV와 라디오가 일제히 청소년들을 향하여 귀가를 종용하던 그 다정한 목소리, 「청소년 여러분! 이제 밤이 깊었습니다. 늦은 시간에 길거리를 방황하지 말고 사랑하는 부모형제가 기다리는 집으로 서둘러 돌아가십시오.」를 기억하고 있기 때문일 것이다.

야심한 밤에 집을 나선다는 것은, 단순히 현관문을 나서는 것이지만 때로는 복잡다단(複雜多端)한 복선이 엉켜있다. 집이라는 주거공간이 가족이라는 집단을 중심으로 단순하게 비바람을 피하고 휴식이나 수면의 안락함을 제공받는 공간으로 한정되거나 인식되었던 시기도 있었을 것이다. 이제는 그렇지 않다. 1인 가구가 대세를 이뤄가는 것이 이를 반증하는 것이리라.

낮보다는 수그러들었지만 역사 안은 떠나려는 사람과 도착한 사람들이 여전히 산비탈 가랑잎처럼 모여 있거나 구르고 있다. 현식은 매표소 앞에 줄을 섰다. 그는 예매라는, 준비성에 익숙하지 않았다. 시간의 속박을 싫어했다는, 어쩌면 현대인의 중요한 덕목을 가지지 못함이었다. 그보다는 어딘가로 떠나야 할 특별한 목적지가 불분명한 이유가 배태되었을 것이다. 시간이라는 것을 누가 처음 만들었을까? 아마도 권력을 가진 자가 지배력의 효용성을 위해 만들었을 것이다.

좌석은 매진이었고 서대전역에서부터 좌석이 있다고 했다. 아쉬웠지만 특별한 용무가 있는 것도 아니었으니 마음은 편했다.

현식은 승차권을 검사하지 않는 작금의 진화된 시스템으로 승차권을 가진 것이 어색토록, 뭔가가 생략된 듯 밋밋하다는 생각을 하면서 계단을 내려간다. 유니폼을 입은 승무원들 때문이었을까, 마치 전투배치 명령을 받은 군인들이 교통호를 통과해 진지에 배치되듯 계단을 내려간 사람들은 열차 안으로 들어가 이내 숨어버린다.

자정이 가까운 시간 출발하는 열차이지만 열차 안은 만원이었다. 객차의 중간쯤에 있는 휴게실의 의자는 이미 자리가 채워져 있었다. 현식은 한쪽 구석에 신문지를 깔고 자리를 잡았다. 열차가 출발했고 한강을 건너는 듯 레일을 건너는 소리가 깊어졌을 때 배낭에서 책 한권을 꺼냈다. 휴게실은 일시적으로 평온한 듯 했으나 이내 부산스러워졌다. 바닥에 신문지를 깔고 앉은 채로 배낭에서 책을 꺼냈다. 88서울올림픽이 열렸던 해에 출간된 책이니 쉽게 구할 수 없는 책이었다. 주위는 산만하고 자세 또한 불편했으나 책에 집중하기는 좋았다.

1950년 6월 25일 새벽, 모내기가 끝난 들녘은 뜨거워져가는 태양에 취해 초록이 짙어져가던 계절이었다. 제 2차 세계대전이 끝나면서 승자로서의 미국과 구소련은 대립각을 세우면서 냉전체계 구축을 도모하였고 꿈틀거리듯 동아시아 사회주의적 민족해방투쟁세력과 미국 또는 미국이 지원하는 세력 사이의 충돌이 잠재되어 있었다. 전쟁의 포성은 갑작스럽게 들이닥쳤다. 갑작스러웠다는 것은 사실 부끄러운 변명에 불과하거나 억지스러움이었다.

당시 위정자들이 국민을 보위하고 위기에 대처하는 직무를 유기했거나 무기력했다는 이유, 그 자체였기 때문이다. 그러므로 북에 의한 남침전쟁은 음험하게 가리고 숨겨졌던 남북의 파렴치한 민낯이 드러나는 순간이었다. 전쟁의 포성은 권력의 똬리 속에 음험하게 감춰진 꺼풀을 벗겨내고 발가벗기듯 모든 것을 폭로했다. 대응할만한 전투력도 갖추지 못하고 떠벌린 이승만의 '북진'통일론, 당시 국방장관이었던 신성모는 '아침은 서울에서 먹고, 점심은 평양에서 먹고, 저녁은 신의주에서 먹는다.'며 떠벌렸던 것도 마찬가지였다. 남침 2주 전까지도 특사를 남파해 선전하던 김일성의 '평화'통일론, 그 모든 말의 거짓이 그 평온했던 유월의 아침을 흔든 포성의 일격에 드러나 버린 셈이었다.

남침 당시 선두로 나선 북한군 중의 절반은 당시 만주일대의 조선족 출신으로 구성되어 있었다. 일제가 만주에서 패망하여 물러가자 변변한 생계수단이 없던 만주지역의 조선족 젊은이들이 대거 모택동의 공산당군에 입대, 해남도까지 남진하며 장개석의 국민당 군과 싸웠다. 김일성은 전쟁준비를 하면서 훈련은 물론 전투경험도 풍부한 전투경험이 있는 조선족 병력을 욕심냈고 모택동에게 사정했을 것이다. 중국의 내전이 끝나자 이들을 대거 북한으로 불러들여 기존 병력들과 혼합 편성했다. 이 정예병력은 선두로 나선 북한군 병력의 절반정도를 차지했다.

사흘 만에 서울이 함락되고 점령군들은 다시 사흘간을 서울에서 머물렀다. 그들은 왜 공격 기세를 유지하지 못하고 서울에서 머물렀을까? 중요인사를 체포하는 등 잠시 승리에 도취되었었다는 설 등 여러 이유가 나돌았지만 공개된 자료 이전에 춘천지구 전투에서의 초기작전 실패가 첫 번째 이유였을 것이다. 역시 많은 논란을 야기했던 한강교의 조기 폭파 등으로 도하수단의 제한 등, 차후작전에 대한 치밀한 계획과 준비가 부족했다는 것도 부가적인 이유가 될 것이다.

북한군이 한강을 건너자 맥아더는 유엔군 참전을 실행했지만 거침없이 남쪽으로 진격해간 북한군은 참전한 유엔군과 그 뜨거운 여름 내내 낙동강 방어선에서 치열한 접전을 이어가고 있었다. 북한군은 늘어진 보급로로 지쳐가고 있었고 참전한 유엔군을 포함한 아군도 전세의 역전을 도모하지는 못하고 있었다.

당시 월튼 워커(Walton H. Walker)장군은 당시 한국의 모든 지상군을 통합 지휘하는 주한 유엔(UN) 지상군 사령관이었다. 전쟁 발발 이후 한 달이 되던 때, 아군은 후퇴에 후퇴를 거듭했고 전선은 낙동강까지 밀려 있었다. 하지만 미군의 철수가 논해지는 상황 속에서도 워커 장군은 최전선에서 누구보다 앞장서서 싸웠으며 끝까지 대한민국의 사수를 주장했던 장군이었다.

“더 이상 후퇴는 없다. 모든 부대는 반격을 가해 적을 혼란에 빠뜨려야 한다.” 6·25 전쟁 당시 워커 장군은 50년 7월 29일 경북 상주에 주둔 중인 미 25보병사단을 방문해 이같이 독려했다. 그는 북한군의 공세를 효과적으로 막아내고자 지상군을 낙동강 방어선으로 철수하라는 명령을 내려놓은 상태였다. 철수 개시일인 8월 1일을 사흘 앞두고 일선 부대를 찾아 낙동강이 최후의 방어선임을 강조하며 전의를 불사른 것이다. ‘지키느냐 죽느냐(Stand or Die)’를 외쳤던 그는 결국 불리한 전세에 처해 있던 낙동강 전투를 승리로 이끄는데 성공했다. 다시 전세를 역전시켜 낙동강을 건넌 워커 장군은 참전 중이었던 아들 샘 워커 대위의 은성 무공훈장 수상을 축하하기 위해 이동하다가 의정부 축석령에서 불의의 교통사고로 생을 마감했다. 그는 죽어가면서도 ‘나 때문에 누구도 처벌받지 않았으면 좋겠다.’는 말을 유언처럼 남겼다고 했다.

문득 그를 회고하면서 현식은 언젠가 부산에 소재한 부경대학을 방문했던 기억이 되살아났다. 해방 후에 설립된 부산 수산대학을 전신으로 한 대학이었는데, 출장으로 왔다가 교수로 재직 중인 친구와 점심약속을 했던 것이다. 대부분의 대학캠퍼스는 야트막하게라도 산을 배경으로 세워진 것이 일반적인데 이곳은 낯설게도 작은 동산 하나 없는 평지에 위치하고 있어 어색하고 입체감이 없다고 생각했던 곳이었다. 후에 친구로부터 전해들은 이유는 바다를 매립한 곳이라 그렇다고 했다. 그가 회의 중이라 비가 내리는 캠퍼스를 거닐다가 오래된 건물 하나를 보았는데 '워커하우스'라는, 학생들에게 간단한 스낵을 파는 아담한 건물이었다.

캠퍼스 내의 역사적인 건물인 워커하우스는 여분이 없는 통신 장비 등을 보호하기 위해 대구에서 이곳으로 지상군사령부 지휘부를 옮겼던 곳, 그 투박한 돌집이 그대로 보존되고 있었다. 앞서 언급한 대로 전쟁초기 미국 조야의 한반도 포기의 기류에서도 워커장군만이 한반도 고수를 주장하였고 그는 결국 승리의 발판을 구축했다.

고급 위락시설로 지칭되는 오늘날의 '쉐라톤 워커힐'은 아차산 동쪽자락에 63년 당시 군사정부가 미군 휴양시설과 국립호텔을 건립하면서 6·25전쟁 중에 전사한 워커장군을 기념하여 호텔 명칭을 "워커의 언덕" 즉 워커힐(Worker hill)이라 했던 것에서 유래했다. 평창올림픽의 대화분위기로 북에서 온 대표단들이 이곳에서 묵게 되면서 논란이 되기도 했다.

신학기를 맞아 바쁜 시간, 같은 학과의 교수들과 회의를 마치고 점심약속이 있었는데 현식에게 시간을 내주었다. 그는 현식에게 특별한 역사의 현장으로 점심식사장소를 안내한다고 했다. 역사의 현장? 그가 안내한 식당은 학교 뒤편, '초원복집'이었다. 너무나 깊이 현식의 뇌리에 각인된 현장이었다. 지난 92년, 제14대 대통령선거를 앞두고 부산지역의 기관장들이 이 식당에 모였는데, 그들이 나눈 이야기는 가관이었다.

"우리가 남이가, 이번에 안 되면 영도다리에 빠져 죽자", 당시 여당 후보였던 김영삼을 당선시키기 위해 지역감정을 유발해야 한다는, 당시 한국 사회 지배층의 국가관, 윤리관, 정치의식 등의 민낯을 적나라하게 보여 주었던 현장이었다. 또한 불법 선거운동을 모의한 중대 범죄보다 도청이라는 수단의 부도덕성을 부각시켜 본질을 흐리고 가해자와 피해자를 뒤바꾸어 여론을 조작한 역시 한국 주류 언론의 부도덕하고 파렴치한 행태를 보여준 사례이기도 했다. 당시 법무부장관이었던 김기춘은 그 오명을 팔순이 가까운 나이까지 끌고 가 다시 권력의 중심부에 서기도 했고 그 기세를 말년까지 유지했지만 끝내 '법꾸라지'의 오명을 뒤집어썼다. 그는 영어(囹圄)의 참담한 신세로 몰락의 수순을 밟고 있다. 그의 행로는 굴절된 우리의 현대사에서 수단과 방법의 정당성보다는 이긴 자가, 강한 자가 정의라는, 흐지부지한 청산의 결과물이었다.

인천 자유공원에 파이프를 입에 문 대신 쌍안경을 들고 바다를 내려다보고 있는 맥아더의 동상이 아직도 건재(?)한 이유처럼 인천상륙작전으로 승기를 잡은 유엔군은 서울을 수복하고 가파르게 북진을 도모하고 있었다. 꺼내든 책의 이야기는 그 즈음부터 시작되고 있었다.

남부군

'1950년 9월 26일은 추석이었다. 낙동강 공방전이 시작될 무렵, 그러니까 7월 말 어느 날, 「조선중앙통신사」의 종군기자로 여자 의용군 위생대를 따라 대전방면에 내려와 있던 나는 본사로부터 새로 창설되는 전주지사의 보도관계 일을 맡아보라는 무전지시를 받고 전주에 와 머물러 있었다.'

저자는 이 땅의 많은 사람들이 그랬듯이 일제강점기와 한국전쟁기간 동안 삶과 죽음의 가파른 비탈에 서 있어야했다지만 그의 경우는 특별했다.

그는 고등학교 졸업 후에 일제의 '의용군'으로 끌려가 일본에서 '수치스러운 1년'을 보내고 해방을 맞이한다. 학창시절 문학도의 꿈을 키우기도 했던 그는 2년간의 대학생활을 마치고 1948년에 '조선신문학원'을 졸업했고 그해 서울신문사에 합격한 뒤 8개월간 일하다가 '합동통신'으로 자리를 옮겨 일하던 중

6·25와 맞닥트려야 했다. '인민군'의 서울 진입 후 자신의 의지와 관계없이 평양의 조선중앙통신사 기자로 흡수되고, 곧바로 전주로 내려가 통신 업무를 맡는다. 이것이 그의 운명을 뒤바꿔 놓은 계기가 되었다. 당시 '인민군'은 통신사를 무엇보다 먼저 점령지에 설치했다. 그때가 1950년 초가을이었다. 9월 20일 군산 앞바다 오식도에 연합군이 상륙하면서 전주지사 기자들은 전북도당 간부들을 따라 전북 순창군 구림면 무명골짜기에 들어가 '조선노동당 전북도당 유격사령부' 대원이 됐다. 이때 그의 나이 28살이었고, 그해 추석이, 현식이 펼친 책, '남부군'의 시작인 것이다.

두 번째 읽는 책이었지만 새삼스러웠다. 저자는 이렇게 말했다.

'나는 기구한 운명으로 이 병단의 일원이 되었고 신문기자라는 전직 때문에 전사편찬이라는 소임을 담당하면서 이 부대가 궤멸하는 과정을 스스로 겪고 보며 기록해왔다. 그 경위도 이 기록에서 차차 밝혀질 것이다. 기록은 소재이지 역사 그 자체는 아니다. 소재에는 주관이 없다. 소재는 미화될 수도 비하될 것도 아니다. 의도적으로 분식된 것은 기록이 아니라 창작이다. 나는 작가가 아니라 사실보도를 업으로 하는 기자였다. 되도록 객관적으로 모든 사실을 기록에 남기고자 노력했다'고.

그는 예상치 않은 상황에 직면하여 당시 북한군의 조직원으로 흡수되었다. 그는 기록을 통해 고립된 상황에서 북한 정권에게

마저 버림받은 채 남한의 산중에서 소멸되어간 비극적 영혼들의 메아리 없는 절규를 드러냈다. 더하여 냉혹한 자가 숙청 등 빨치산 사회 내부의 적나라한 모습과 생존의 극한 한계 속에서 드러나는 벌거벗은 인간의 모습을 그대로 그려냈다. 그의 이력이 기자라는 것이 당시 자신이 겪은 상황을 그냥 흘려버릴 수는 없었을 것이다. 6·25 전란 중 남한 빨치산을 대표하던 '남부군'을 주제로 한 체험적 수기형식의 글이었다. 물론 전향하여 수용소에서 썼다지만 그 글이 햇빛을 보기에는 실로 장구한 세월이 흘러서였다. 그 이전에 소설 '지리산'은 반공의 철벽을 넘어서는, 그 작가가 다른 글에서 '햇빛에 바래면 역사가 되고 달빛에 젖으면 신화가 된다.'라고 기록했다. 소설 지리산은 당시 금기시되었던 좌익사상을 가졌던 인물을 소재로 하는 작품이었고 빨치산의 생애를 햇빛 속으로 끌어내는 시초가 되었다. 그러나 당시의 암울했던 시대적 억압처럼 좌우익과 각기 다른 편에 섰던 인간형을 객관적으로 다루지 못했다는 아쉬움도 있다. 또 다른 시각으로 논란을 증폭시켰던 소설 '태백산맥'도 그 연장선상에 있을 것이다. 사족(蛇足)같은 이야기이지만 소설 '지리산'의 저자는 '남부군' 그가 쓴 원고를 초안으로 보았다고 했다. 현장을 체험한 그 생생한 이야기를 글로 보았으니 어떠한 형식으로든 그것을 옮기고 싶은 욕망을 피할 수 없었을 것이라고 추론할 수 있다.

현식도 오랫동안 직업군인으로 근무했던 경험으로 그의 이야기는 전율 그 자체였다. 열차가 천안을 지나면서 다리며 허리가 결리며 불편했다. 천안역에서 승차한 듯 노인 티가 나는 이가 현식의 옆자리를 비집고 들어온다. 현식은 몸을 움직여 자리를 비켜주었다. 그에게서 역겹도록 술 냄새가 심하게 났다. 잠시 후 그는 현식이 보고 있는 책의 표지를 들춘다. 현식은 불쾌한 표정으로 그를 바라보지만 뭐라 하고 싶은 말을 삼킨다.

"남부군, 제목이 뭐 그래, 남부군이 남한군이라는 거야 뭐야." 그는 시비조로 말을 걸어왔다.

"어디까지 가세요?" 어차피 책을 덮을 핑계거리를 찾고 있던 참이었다. 눈이 침침해지면서 집중력이 떨어졌기 때문이었다.

"구례까지 가는디, 당신은 어디까징 가슈?"

"그래요. 저도 구례까지 가는데요."

"구례는 뭐러 가시는디?"

"지리산에 가려구요." 얼떨결에 나온 답변이었다. 딱히 어디까지 가겠다고 정한 곳은 없었다.

"근디 아까 보던 책은 무신 내용이유?"

"그보다는 아저씬 무슨 일로 구례까지 가세요?"

"나야 지리산 문수골에 살고 있으니께 가는 것이제. 집안 조카 결혼식에 참석했다가 술을 먹다봉께 이렇게 늦어버렸담시."

"문수골은 많이 들어보지 못한 지명이네요."

"무신 소리여. 지리산에 수많은 골짜구니들이 있지만 노고단과 왕시루봉을 위시허여 깊은 골짜구니람 말이시. 48년 여순사건 시 패잔병들이 백운산에서 섬진강을 건너 먼저 지리산으로 숨어든 곳이 문수골이란 말이여."

"그럼 아저씬 그곳에서 나고 자라셨어요? 혹시 빨치산도 보셨어요?"

"아녀. 으른들 헌티 포도시 애기만 들었제. 내가 50년 호랑이 띠람 말이시. 지긋지긋한 전쟁통에 태어났제."

현식은 눈인사를 하고 자리에서 일어섰다. 휴게실 안에 있는 간이매점에서 캔 맥주 두 개와 오징어포를 샀다. 다시 자리로 돌아왔을 때 그는 배낭 위에 올려두었던 책을 넘겨보고 있었다.

"맥주나 드시지요."

그는 시선을 책에서 떼지 않고 있었다.

"긍께 이 책이 빨치산 애기가 나온 책여? 근디 왜 이런 불량시런 책을 보는 겨. 혹시 사상이 불량헌거 아녀?"

그에게서 책을 받아내고 맥주 캔을 따 건넸다.

"목이 칼칼하던 차에 잘됐네. 고맙게 잘 묵을게."

"근데 아저씨는 빨치산에 대해 어떻게 생각하세요?"

그는 정말 목이 탔는지 거푸 맥주를 마셨다.

"어뜩게 생각하긴 뭘 생각혀. 징한 시절이었지. 마을은 쑥대밭이 되었구. 증말 초근목피로 생활 혔으니 징허게 배고픈 시절이었다는 것 밖에 그런 건 잘 물러. 공식적으로 전쟁은 끝났었지만 마을 사람들은 좌우로 패가 갈려 살벌했으니께. 여전히 낮에는 경찰들이 댕겨가고 그때까지도 밤에는 공비들이 가끔 산에서 내려오던 시절이었다고."

그는 맥주를 다 마셨는지 깡통을 쭈그렸다.

“그란디 당신은 왜 지리산에 가는 겨. 단순히 등산가는 복장은 아닌건디.”

“네 잠시 숨어들어가 보려구요.”

“뭐여 지리산이 뭐 빨치산들처럼 숨어들기나 허는딘 줄 알어.”

“그건 내 맘인 건데 너무 뭐라 하지 마세요.”

“마져, 마져, 미안허이. 서대전역을 지나면 자리가 생길 것 같으니 이만 일어나보겠네. 맥주 잘 마셨네. 행여 문수골에 숨어들기라도 하면 한 번 찾아오게나. 내 이름은 김성칠이여.”

그는 주섬주섬 자리에서 일어났다. 나도 그를 따라 일어났다. 좌석 표를 확인하고 자리를 찾아갔다. 서대전역을 지나 좌석을 잡아 앉았다. 몸도 마음도 피곤해서인지 이내 잠에 빠졌다. 현식은 현실의 아무것도 생각하고 싶지 않았다.

사관학교를 졸업하고 소위로 임관한 후 소대장으로 배치된 곳은 특공부대였다. 대부분의 특공부대는 5공화국 초기에 창설됐다. 작전권이 미군에 있었으니 유사시 특전사의 운용은 미국에 의해 상당한 제약을 받았고 그래서 특전사보다는 자유스럽게 운용 가능하고 특전사의 임무를 대체 수행할 수 있는 부대가 필요했고 그런 명분으로 창설된 부대였다. 당시 대통령이 특수전에 일가견이 있었다는 것도 이유가 될 수 있었을 것이다. 당시 특공부대 편제는 특전사와 유사하고 임무 또한 마찬가지였다. 비록 사병이 주 병력이라 특전사보다는 전문화가 떨어지지만 대테러작전 등에 출동 1순위고 해외 파병이나 국제경기에서 태권도 시범 등 임무를 수행했기 때문에 나름 자존심도 있었다.

창설 초기에는 특전사 및 보병사단 수색대에서 차출된 병력들이 주를 이루었고 이로 인해 병영분위기는 어수선했다. 눈에 보이는 열악한 시설과 보이지 않는 구성원들 간의 갈등으로 산만했다. 현식은 체력에 자신이 있었지만 잦은 행군훈련과 무술훈련으로 무릎관절이 이상이 오기 시작했다. 그보다는 소위 말하는 군대체질이 아니라는 주관적인 판단이 자괴감으로 자신을 위축시키면서 치명적으로 작용했다.

현식은 조직적인 인간이 되지 못했다. 더욱이 이성적이지 못한 서투른 낭만주의자였다. 군이라는 정형화된 조직 내에서 조직적인 인간이 되지 못한다는 것은 직업군인으로 치명적이었다. 조직적이지 못하다는 것은 권위와 규율에 구속받는 것을 싫어한다는 것을 의미했다. 또한 역마살이라도 낀 것처럼 떠돌아다니는 것을 좋아하는 정착성이 결여된, 결코 현실적이지 못한 유목민 기질도 마찬가지였다. 그러니 여행을 다녀도 계획적이지 못하고 스케줄도 없이 때로는 목적지도 없이, 낯설고 모험을 즐기는 것은 그 연장선상이었다. 그보다는 얼굴이 너무 얇아서 속마음을 빠르고 쉽게 드러낸다는 것, 도박꾼이 될 수 없다는 긍정적인 측면도 있지만 결코 조직 내에서 돋보이게 드러나 성공할 수 없는 팔자였다. 결코 도덕적이지도 않고 성인군자도 되지 못하면서 제 마음에 안 드는 것이 있으면 그 자리에서 뱉어내야 속이 시원해지는 이중성도 마찬가지였다. 현식은 결국 자신의 한계를 극복하지 못하고 대위로 전역했다.

지리산

현식이 다시 눈을 떴을 때 물소리가 들렸다. 물소리가 들렸다는 것이 조금 억지스럽지만 그 비슷한 소리가 어둠 속에서 섬진강과 같이 흘러내려가고 있었다. 구례구역과 곡성역 사이 긴 거리는 아니지만 섬진강을 만나 같이 흐르는 길이 좋았다. 전라도의 내륙으로 이어 달리는 전라선이 만들어진 이유는 사람들을 위한 것이었다기보다 이곳의 질 좋은 쌀을 일본으로 싣고 가기 위한 용도였다고 했다.

구례구역에 도착하니 새벽 4시가 가까운 시간, 그를 기다리는 누군가도, 가야 할 곳도, 특별히 해야 할 일도 없었다. 택시들이 줄지어 서 있었지만 그는 성큼성큼 걸어 나간다. 멀리서 장닭의 홰치는 소리가 들린다. 멀리 올려다 보이는 노고단은 어둠 속에서 희뿌연 흰 눈을 이고 있는 듯 했다. 밤으로 떠나 온 길이어서 몸은 무거웠지만 마음이 먼저 산을 오른다. 역에서 화엄사까지는 14km쯤, 빠른 걸음으로도 두 시간 반쯤을 가야 하는 거리였다. 밤차를 기다린 택시들이 문을 열어놓고 있었지만 현식은 외면한다. 빨리 도착해야 할 이유도 목적지도 없었다. 어차피 가야 할 길이었다. 차가 다니도록 만들어진 길로 먼 거리를 걷는 것이 몸은 불편할지 몰라도 마음은 편했다. 가끔 지나는 차들의 불빛이 그의 보폭을 흩뜨리기도 했지만 걸음은 가벼웠다.

지리산은 현식에게 허물고 싶은 산이었다. 허물고 싶은 산은 아버지라는 또 다른 공간이었다. 할아버지도 아버지도 마찬가지였을까? 수없이 허물었지만 산은 끄떡도 하지 않고 늘 그 자리에 서 있었다. 산은 늘 그대로였지만 늙어가는 아버지는 지리산을 떠나지 못하셨다. 초겨울의 새벽공기는 싸늘했다. 읍내를 지나고 서시천을 건넌다. 서시천은 만복대에서 발원하여 구례 읍내를 흘러 섬진강에 합류한다.

산이 가까워지면서 길이 편안해지고 현식의 마음도 평온해진다. 뒷산도 앞산도 아닌 지리산이니 말할 나위도 없다. 현식은 군에서 나와 산을 좋아하게 되면서 그런 생각을 하곤 했다. 산이 없다면 나의 삶도 풍경처럼 얼마나 황량할까 하는 생각, 초등학교시절 국토의 대부분이 산지여서 경작지가 상대적으로 부족하다는, 궁핍의 주요한 이유로도 생각했지만, 군 시절 천리행군 등으로 산굽이를 돌아가면서 산을 미워했지만 이제는 아니다. '산이 없었다면, 나의 삶이 얼마나 황량했을까'하는 생각으로 바뀌었다.

현식이 언젠가 사막에 뜨는 달을 보러 간다며 사막에 갔던 때, 그 막연한 생각은 절실하게 달려들었다. 시내를 벗어나 하루 내내 차로 달려도 나무 한 그루, 바위산 하나도 볼 수 없는 풍경 속에서 가슴이 뻥 뚫리는 시원함이 아닌 오히려 답답함이 낯선 공포감으로 다가왔었다. 그런 감정이 어이없게도 배신감으로 다가왔었던 것도. 구체적인 원망의 대상도 없을 배신감, 끝없는 모래언덕을 지나면서 뭐라 형언할 수 없는 느낌을 배신감으로 표현한다는 것이 온당치 않다고 생각했지만 어쩔 수 없었다. 끝없는 평원에서 가슴이 활짝 열리는 것이 아닌 사방이 온통 벽으로 막힌 공간에 있는 것처럼 가슴의 답답함이 숨을 막히게 했다. 그곳을 떠나와서도 혼란스런 느낌과 답답함은 여진처럼 흔들리며 어지러웠고 토굴에라도 갇힌 듯 한동안 짓눌려야 했던 것이다.

길가에 매천사 안내 표지판이 보인다. 매천사, 여러 번 이곳을 지나면서도 그 분, 매천 황현을 만나러 그곳에 다녀오지 못했다. 그가 질곡의 근대사에서 드물게 자신의 삶을 엄숙하게 마감한 사람이었다는 것이 두려운 것인지, 아니면 낯선 것인지 자신을 돌아다본다. 그는 떳떳하게 자신의 삶을 일구었을 뿐만 아니라 자신이 권력에 아부하며 파벌의 비정한 늪에 빠졌던 것도 아니고 누추하게 권력에 기대어 비루한 삶을 영위한 것도 아닌데 그는 시대의 비겁함을 온전히 자신의 것으로 받아들였다. 현식은 자신의 기준으로 매천의 지나치리만큼 올곧은 정신은 어디에서 우러나온 것인가를 생각했다.

정치인이나 고위공직자로, 재벌 회장으로서 누구보다 부와 권력 속에서 명리를 누린 자들이 명명백백 비리가 드러났는데도 한 번도 자신이 저지른 죄업의 사실을 인정하는 것을 본 기억이 없다. 심지어 혼외자식 문제도 마찬가지였다. 자신으로 인해 세상에 나온 자식을 명분이나 체면 때문에 부인한다는 것은 이해할 수 없는 일이었다. 이는 사내다운 사내가 없다는 반증이기도 했다. 자수성가의 표본처럼 부를 만들고 이를 바탕으로 권력을 탐하던 이가 절대적인 궁지에 몰려 절박함으로 스스로 허공에 몸을 세웠던 이, 개인적으로 안타깝다고 현식은 생각했었다. 그는 절망적인 상황에서 극단적인 선택을 하고 그가 적은 뇌물조로 주었다는 명단에 나온 뇌물성의 돈도 인정하는 이가 없었던 것도 마찬가지다. 해방 후에 일제에게서 주어진 권력에 기댔던 이들도 해방 후에 좌우의 대립에서도 마찬가지였다. 가해자는 일본이었고 신생권력이었을 뿐 개인의 반성은 전무했다. 한 시대를 풍미했던 시인은 일제강점기에는 그렇다 치고 노년에도 불의한 권력을 찬양하는 시를 만들고서도 마찬가지였다. 저마다 주인이 아니었다고 생각했기 때문이었을까?

군사정변에 의해 정권이 들어서면서 세종로에 세종의 동상이 아닌 장군의 동상이 들어서고 현충사를 포함 성역화 바람이 불었던 적이 있었다. 나라사랑이라는 지당한 구호성의 외피야 지탄받을 일이 아니었지만 내부적으로는 분명 또 다른 의도가 배태되었을 것이다. 진정한 나라사랑이라면 황현 같은 분을 새롭게 조명해야 했을 테지만 거북스러운 권력의 치부를 드러내듯 그건 얼토당토않은 설정이라고 생각했을 것이다.

매천의 조부는 큰 재산을 모았으나 큰손자가 어린 나이에 세상을 떠났으니 둘째 황현에게 큰 기대를 걸었고 그는 영특했다.

임진년 왜병이 상륙하여 국토를 유린하며 진군했을 때 의병으로 그 길목을 지키려 했던 왕 씨 집안의 후손 중에 왕석보가 있었다. 황현의 아버지는 그에게 아들을 맡겼다. 황현의 실력은 일취월장이었고 가문을 일으킬 재목으로 주목받았다. 그러나 그건 불가능한 지경이었다. 외세의 각축장이 된 조선 왕실은 철저하게 내부에서 사분오열되었고 부패는 필연이었다. 구식군대의 반란에 이어 급진개화파의 정변으로 왕정은 흔들렸다.

1883년 황현은 진사과 과거에 응시했고 시관(試官)은 그의 답안을 장원으로 골랐으나 결과는 2등이었다. 실력보다는 그의 보잘것없는 배경이 이유였다. 이듬해 갑신정변이 터졌고 본시험은 무기 연기됐다. 다시 이듬해 생원시, 진사과 시험에 고종은 100명을 더 뽑으라 했고 그 자리를 돈을 받고 파니 그 합이 이만 냥이었다고 했다. 매천의 기록에 의하면 1893년 식년시 대과 매매가는 십만 냥씩 하였으며 왕과 왕비 민 씨 일가는 벼슬을 팔아 돈을 거뒀다.

외척의 발호에 진저리친 대원군은 그를 염려하여 며느리를 신중히 간택했지만 그의 노력은 결국 수포로 돌아갔다. 인재등용에까지 돈이 오가는 등 국가의 기본적인 기능은 마비되었고 황현은 그의 꿈을 버릴 수밖에 없었다. 다시 아버지의 강권에 응시한 성균회시 생원과 소과 장원 합격을 끝으로 그는 미련을 완전히 버리고 낙향했다. 결국 그의 조부로부터 부여받은 입신양명의 길을 철저하게 벗어나야했다. 이 땅에서 일어난 '최초의 혁명'이란 칭호를 얻은 동학농민 봉기는 어이없게도 일본군을 끌어들였고 이는 국치의 전조였다. 왕비는 살해됐고 임금은 러시아 공사관으로 도망쳤다.

매천은 과거에서 장원을 차지할 정도로 문장력을 인정받았지만 그 선발과정 등의 파렴치함에 넌더리를 치며 권력을 포기하고 향리로 내려와 독서와 역사 연구에 몰두하였다. 고종의 왕권이 시작된 해부터 그가 국권을 넘긴 1910년 경술국치까지, 관점은 고루하였으나 치우치지도 왜곡함도 없었다. 그렇게 당대의 역사 기록인 '오하기문'과 '매천야록'을 집필했다. 직간접으로 확인된 사실에 바탕을 두되, 그의 비판적 관점이 그대로 드러난 기록이다. 전통적 유학자의 한 사람으로서 개화파와 그들이 일으킨 갑신정변을 대단히 부정적인 관점으로, 동학농민군에 대해서는 '도적'이라는 표현을 써가며 소탕해야 할 무리로 보았다. 고종에 대해서도 마찬가지였다. '만수절(임금 생일)이 되면 수령이 봉물을 상납하는 게 관례였는데, 1887년 만수절을 맞아 경상감사 김명진이 비단과 모시 각각 50필을 진상하자 고종은 그

것들을 내던져버렸고 이어 전라감사 김규홍이 비단, 백동, 발우 등을 바리바리 바쳤을 때는, 만면에 희색을 띠며 감사의 예가 이러해야 마땅하지 않은가'라고 칭찬했다고 기록했다. 그러나 그는 연암 박지원을 흠모한 인물답게 실용과 실질을 중시하기도 했다. 또한 백성이 들고 일어설 수밖에 없는 원인을 당시 권부의 부정부패와 언로의 막힘으로 진단하면서 날카로운 현실 인식을 드러냈다. 더구나 동학농민군을 도적이라 하면서도 그들이 일반 백성의 지지를 얻는 모습을 가감 없이 서술했다.

자신이 사는 당대의 역사를 사실에 기반 해 쓰되 날카로운 비평을 덧붙인 그의 기록은 역사를 어떻게 서술해야 하는지, 그 전범을 보여준 셈이었다. 주관적 의견과 해석을 달았지만, 그렇다고 사실을 왜곡하지는 않았다. 오히려 동학농민군이 질서를 유지하면서 민심을 얻고 있던 사실과 점점 기강이 해이해지고 내부 갈등을 빚는 모습, 민 씨 정권의 부정부패와 무능도 마찬가지였다. 임오군란으로 명성황후(민비)가 충주로 피란할 때 이야기도 인용했다. 민비가 경기 광주 땅을 지나다가 길가에서 쉬고 있는데, 어떤 촌 할머니가 와서 보고 피난 가는 부녀인 줄 알고 혀를 차며 말하기를, '중전이 음란하여 이런 난리를 빚어내어 아씨들을 여기까지 달아나게 하였군요.' 하였는데, 중궁은 마음속으로 기억해 두었다가 환궁한 후에 그 마을을 온통 없애버렸다는 기록도 마찬가지였다. 동학농민군 진압에 나선 일본군의 비리와 만행, 농민군의 최후를 있는 그대로 서술하였다.

예정된 동선을 바꾼다는 것에 주저했지만 현식은 매천사에 잠시 들러 가기로 한다. 화엄사로 가는 길에서 벗어나 천은사 가는 길로 방향을 튼다. 사당의 뒤편으로 지리산 노고단, 천은사 골짜기에서 흐르는 물이 소(沼)를 이루었고 뒤편에는 대나무와 소나무가 포근한 운치를 더 해준 풍수 좋은 자리로 배산임수의 자리라고 생각했다. 매천은 56세 때(1910년) 일제에 의해 끝내 나라가 망했다는 소식이 들려오자 지식인으로서 책임을 통감하고 절명시(絶命詩) 4수와 유서를 남긴 채 자결 순국하였다. 이 소식을 들은 장지연은 자신이 주필로 있던 경남일보에 매천의 절명시를 보도했다가 일제의 탄압으로 정간 당하였다.

현식의 시각으로도, 작금의 시선으로도 그의 당시 결기에 찬 행동은 이해할 수가 없는 것이었다. 그러나 문 앞에서 잠시 '너라면 그렇게 할 수 있었겠느냐?' 묻는다면, 생각해야 했다. 사리사욕을 위한 온갖 비리를 저지르고서도 자복하는 이를 전혀 볼 수 없는 현실에서 말이다. 사당 주변은 고요하고 엄숙했다. 여명이 노고단을 넘는 시간, 시대의 비루함을 온전히 자신의 것으로 받아들인 그를 추모하는 마음으로 천천히 한 바퀴 돌고 나왔다. 화엄사로 향한다. 아직 매표소의 문은 열려 있지 않았다.

개울 물소리를 따라 사철 푸른 나무들이 서 있다. 동백이며 꽝꽝나무 잎들은 시린 바람에 더 푸르러진다. 겨울 녘 남도 여행을 하다보면 사철 푸른 나무들이 이채롭다. 고창 선운사 등 동백이 무더기로 피어나는 곳이 여러 곳이지만 강진 만덕산 백

련사 아래 초록의 무더기들이 좋았다. 동백은 겨울을 지나면서 꽃도 꽃이지만 윤기 나는 잎이 강렬함으로 다가온다. 긴 겨울동안 침엽수 이외에는 초록의 잎을 보기 어려운 중부지방에서 남도에 가면 짙은 초록의 무더기들은 신선함으로 다가오곤 했던 것이다. 갓 감아낸 여인의 치렁한 머릿결처럼 시린 바람에도 동백잎은 윤기가 흐른다. 동백꽃은 초겨울부터 피기 시작하지만 대개 겨울을 지나고 3월부터 피기 시작한다. 동백은 낙화의 애련을 감추어버린다. 겨울 동백꽃보다 진한 초록의 무더기들이 좋았다. 서투른 사랑이 헤어지고서야 절로 된 사랑으로 피어나기도 하듯이 동백꽃도 후드득 땅에 지고서야 비로소 피기 시작한다. 절정에서 생을 마감한다. 성형미인처럼 동백도 꽃모양이 예쁘게 변형되었지만 홑동백꽃이 제일이다. 그 붉은 빛이 대중가요 가사처럼 요염하거나 아련하다.

일주문을 지나 절 안으로 든다. 새벽예불을 마친 스님들이 마당을 쓸고 있다. 비질하는 소리가 새삼스럽게 정갈하게 다가온다. 현식은 눈 내리는 겨울밤에 창문을 넘어들던 그 소리를 기억했다. 어둔 밤에 골목길을 쓰는 그 소리는 오늘 아침의 비질소리처럼 세상의 어느 소리보다도 맑고 차가우면서 그리움이 달려드는 소리였다. 더하여 광활한 우주 안에서 아니 화엄의 세계에서 사람이 살아간다는, 존재한다는 소리였다.

임진왜란 때 불타고 조선 숙종 때 중건된 대웅전 등의 오래된 건물들은 세월의 연륜을 느끼게 한다. 각황전 앞의 흑매는 아직

일러 피지 않았다.

“절을 태우는 데는 한나절이면 족하지만 절을 세우는 데는 천년 이상의 세월로도 부족하다.” 한국전 당시 빨치산 토벌대장이었던 차일혁 총경은 빨치산의 은신처로 활용될 수 있는 화엄사를 불태우라는 절대 절명의 명령을 접수하고 했다는 말이다. 그는 화엄사 전체 대신 전각의 일부와 나무 문짝을 태우는 것으로 명령을 대신했다. 천은사, 쌍계사, 선운사 등 유명 사찰들에 대한 포격도 될 수 있는 대로 피했다.

명령에 절대 복종해야 하는 신분으로 당시 그의 판단과 결심은 대단한 것이었다. 이렇듯 그는 당시 빨치산의 은신처로도 사용되던 구례 화엄사를 불태우라는 상부의 명령을 거부, 천년 고찰의 명맥을 지키는 데 일등공신 역할을 한 인물이다. 화엄사를 태우라는 상부의 명령을 받은, 결국 그는 잇따른 명령 불이행으로 감봉처분을 받았다고 했다.

그의 그러한 바탕은 어디에서 기인한 것인가? 조직에 속한 일원으로, 특히나 경찰의 고위직으로 상부의 명령을 거부한다는 것은 거의 불가능한 지경(地境)이다. 그러한 담력과 용기는 쉽사리 어느 순간에 생겨날 수 없는 것이었다. 나름의 신념과 철학이 바탕이 되어있지 않으면 불가능한 영역이었다.

그의 이력은 특별하다. 민족주의자였던 그는 일제 강점기 후반부에 좌익계열인 조선의용대에서 활동했다. 그가 좌익계열의 조선의용대에서 활동했던 것은 당시 중국의 조선인 민족주의 세력들이 일본과의 무력투쟁에 소극적이었기 때문이었다고 했다. 해방 후에는 경찰로 활동했으며 6·25전쟁 중에는 빨치산 소탕을 담당하는 전투경찰대 제 2연대장을 맡아 조선 공산당 총사령관인 이현상을 토벌하는데 결정적 역할을 했다. 열두 살에 아버지를 여읜 그의 아들은 "아버지는 경찰의 자존심이었습니다. 친일파들이 득세하던 그곳에서 드물었던 독립운동가 출신이셨습니다." 회고한 바 있다. 그가 경찰로 빨치산과 전투를 치르는 일선에 있었지만 전쟁에 대한 시각은 남달랐다고 한다. 당시 남한의 주류세력이었던 우익과는 사뭇 달랐다.

"이 싸움을 어쩔 수 없이 하지만 후에 세월이 가면 다 밝혀질 것이다. 미국과 소련 두 강대국 사이에 끼어 벌어진 부질없는 동족상잔이었다."라고.

그가 토벌대장이었던 시절, 생포한 빨치산 포로와 대면한 일화는 인상적이다. 후에 밝혀진 사실이지만 포로는 경성의전 출신으로 해방 후 광주의 안과에서 근무했고, 6·25 발발 이후에는 전남도당에서 활동 중 입산했던, 당시로서는 인텔리 출신이었다. 그의 경험과 직관으로 그 포로는 보통 공비와는 뭔가 다르다는 것을 인지했고 섣부른 회유나 고문은 필요치 않다고 생각했을 것이다. 물론 포로의 이력은 알 수 있었던 건 시간이 더 지난 후였다고 했다. 그는 포로의 언행과 표정으로도 단순한 입산이 아닌 종교에 귀의하듯 절대적인 것으로, 더 이상의 설득과 회유, 어떤 혹독한 고문으로도 그의 입을 열게 할 수는 없는 것이라고 판단했을 것이다. 그는 뭔가 결심한 듯 자신의 권총을 꺼내 실탄 한 발만 넣고 포로에게 건네면서 했다는 말이다.

"당신 소원이 죽는 것이라 해도, 내 손으로 죽일 수는 없소. 굳이 죽으려거든 스스로 목숨을 끊으시오. 이 권총 안에는 한 발의 실탄만 남아 있소. 스스로 목숨을 끊든지, 아니면 나를 쏘든지, 당신 마음대로 하시오."라고 했다. 결국 포로는 총을 손에서 떨어드렸고 후에 파상풍으로 죽음에 이르렀지만 마지막까지 자신의 피로 수혈을 해주기도 하고 그의 부인까지 데려와 보게 해주었다.

보통사람이 이를 수 없는 배포와 포로에 대한 배려도 배려였지만 그는 최후까지 정보를 취해야 하는 지휘관 본연의 임무에 충실했다. 그는 죽음을 앞둔 포로에게 마지막 주문을 건넸다.

"나중에 우리가 구천에서 만날 때는 민주주의도 공산주의도 없는 곳에서 만납시다. 이제 말을 안 해도 좋으니, 그저 고개만 끄덕여 주시요."라고. 그는 지도를 펴서 이현상이 숨어 있을 만한 곳을 가리키던 중 반야봉 남쪽 빗점골에 이르자, 포로는 고개를 한번 끄덕거린 후 더 이상 움직이지 않았다고 했다.

그는 직분 상 수단과 방법을 가리지 않고 정보를 취해야했지만, 단순히 포로로 여기지 않고 임종을 앞둔 가련한 한 인간으로 보고 온정을 베풀었다. 포로도 그의 뜨거운 인간미와 지휘관으로서의 열정에 순간적으로 감화되었을 것이다. 그래서 생사를 주관하는 절대자처럼 교주나 다름없을 정신적 지주였던 이현상의 거처를 알려주고 떠났던 것이라고 볼 수 있다.

그는 남부군사령관이었던 이현상의 목이 창경원에 걸리고 가족들이 시신조차 인계받기를 거부했을 때도 시신을 인수하여 섬진강가에서 화장했고 자신의 철모에 유골을 빻아 강물에 뿌렸다. 부대원 중 3명에게 무인으로서 가장 영예스러운 태극무공훈장이 수여되었지만 그는 혁혁한 전공에도 그 대상이 되지 못하였다. 그는 총경 자리에서 더 이상 승진하지 못하고 공주경찰서장으로 근무하던 중 38살의 나이에 심장마비로 요절했다.

당시 그의 이야기를 회상하면서 현식은 할아버지 서재에서 읽었던 비망록을 기억했다. 그 비망록을 아버지도 읽었는지 모른다. 아마 분명히 읽었을 것이다. 아버지가 자신의 부친이 제시한 삶의 방향을 거부하고 종교적인 삶에 빠져든 이유인지도 모른다.

화엄사를 지나면 신우대숲길이 잠시 이어지고 암자로 가는 길로도 이어진다. 개울 길을 따라 오르기 시작한다. 직업군인으로서의 꿈이 좌절되고 삶을 회의하면서 그는 산을 신앙의 대상처럼 찾아 나서게 되었다. 어린 시절부터 초급장교시절까지 오직 믿는 자에게만 존재한다는 절대자의 존재를 찾아 나선 적도 있었지만, 갈대처럼 흔들리며 의심이 많은 자에게 절대자의 존재성은 도달이 불가능한 미망이었다. 그래서 미개한 원시의 부족처럼 산을 신앙의 대상으로 선택했을 것이다.

군을 나오게 되면서 처음 산을 찾을 때는 '오른다'는 것에 의미를 두었던 것 같은, 단지 등반의 대상으로였다. 공간이 아닌 시간을, 좌우의 관망이 아닌 정면의 길을 밟는 것에 의미를 더 두었을 것이다. 이제는 그에게 산이란 오르는 대상으로가 아닌 들어가는 대상으로 다가왔다.

오가는 인적도 없는 적막강산에서 외로움과 쓸쓸함이 드리워진 길을 걸었다. 외로움과 쓸쓸함은 차츰 환해지는 기운으로 지나온 길에 버려두어도 되는 것이었다. 한동안 따라 올라온 물소리는 마음을 서늘하게 해주었다. 가팔라지는 산굽이를 돌면 나타나는 봉우리와 너른 평원, 노고단을 향해 오르기 시작한다.

현식의 할아버지는 해방되면서 군에 입대했다. 이십대 중반을 지났으니 늦은 나이였다. 태평양전쟁이 발발하기 전 징용으로 북해도 탄광에 다녀왔고 호적이 잘못된 이유도 있었다.

자력이 아닌 외세에 의해 해방을 이룬 이 땅에 미군이 점령군처럼 들어오면서 굴절된 역사는 정리되지 못했다. 그런 역사의 질곡은 오늘날까지 길게 이어지고 있다. 역사 속에는 저마다 개인들의 이야기가 얽혀있다. 물론 분량의 적고 많음의 차이가 있을 뿐이다.

앞에서 차일혁 총경의 이야기를 했지만 국권을 빼앗긴 조국을 찾기 위해 독립전선에 뛰어든 이들과, 일제 강점 하에서 개인의 영달을 위해 조국을 등진 자들의 최후는 어떻게 되었을까. 조선인으로 일본군에서 장군의 반열에 올랐던 홍사익은 필리핀 포로수용소장을 마지막 보직으로 패전 후 전범재판으로 형장의 이슬이 되었다. 당연한 결과였지만 억지스럽게 조국을 배반한 대가였다고 말할 수도 있을 것이다. 역시 일본군에서 독립군의 가슴에 총부리를 겨누었던 변절자들 역시 같은 신세에 처해질 것임은 안 봐도 뻔하디뻔한 일이었다. 그러나 역사의 수레바퀴는 예상치 못한 방향으로 흘러갔다.

한반도 남쪽에서 미군정이 실시되며 일본군 출신 조선인들이 대거 기용되기 시작한 것이다. 상황을 예의주시하던 친일군인들은 재빠르게 일본군복을 벗고 '조선임시군사위원회'라는 이름으로 미군정에 협력하기 시작했다. 엊그제까지 일본군 군복을 입고 있었던 이들이 역시 창군 작업의 실질적인 지도자로 화려하게 부활했던 것이다.

식민의 굴레에서 벗어난 신생국가의 지도층으로 독립을 위해 투신한 이들의 공을 기리고 공직에도 종용하는 것은 기본중의 기본이었다. 심지어 독일의 전범재판을 들먹일 필요도 없다. 식민 종주국의 관리와 장교를 지낸 부역자들은 응당한 처벌을 하고, 설령 죄가 없는 자라도 재교육을 시켜 등용하는 게 순리였다. 그러나 미군정은 그렇게 하지 않았다. 남한 통치를 점령지 통치로 여긴 탓이었을 것이다.

해방 조국에서 일본군 출신, 민족의 반역자들이 실권을 장악해가는 동안, 이역만리 중국 땅에서 풍찬노숙하며 독립운동에 투신하였던 애국지사들은 수모를 겪어야만 했다. 미군정에서 대한민국 임시정부를 공식적인 조직으로 인정하지 않았던 것이다.

그들은 임정요인과 광복군 대원들에게 개인 자격으로 들어올 것을 요구했다.

초기 창군은 그렇게 이응준 등 일본군 출신들에 의해 주도되었다.

1950년 9월 15일 인천상륙작전 이후 파죽지세로 인민군을 추격하며 북진, 평양을 탈환한 유엔군 앞에 중국 인민해방군이 등장했다. 승전을 목전에 둔 상황에서 전장에는 다시 어두운 그림자가 덮쳐오기 시작한 것이다. 10월 26일, 선봉부대로 북진중이던 제 7연대는 초산 남쪽 6km 지점에서 북한군을 만나, 한 시간 반가량을 접전 끝에 격퇴시켰고, 북한군의 저항이 약화되자 초산에 도달하는데 성공하게 된다. 이후, 북으로 내달린 끝에 14시 15분, 선발부대인 제 7연대 제 1대대가 압록강변의 초산에 발을 내딛고 강변에 태극기를 꽂을 수 있었다. 국군과 UN군의 반격 개시 후 약 40일간 쉴 틈 없이 하루 15km이상을 진격하며 얻게 된 결과였다. 선봉으로 가장 먼저 도착한 제 6사단 제 7연대는 그 즉시 후방지역에 초산 점령 사실을 알렸고 제 1대대는 한·만 국경선에 발을 내디딘 최초의 선봉부대가 되었다. 병사들은 감격에 겨워 압록강 물을 수통에 담으며 통일이 가까워졌다는 것을 실감했을 것이다.

하지만, 이 짧은 승리의 희열은 산속 깊숙한 곳에 은밀히 배치되어 있던 중공군으로 인해 끝나고 말았다. 마오는 왜 한국전에 참전을 결심하였을까? 현식은 김일성과 마오의 관계 때문이거나 중국의 입장에서 미국의 영향력을 약화시키기 위한 방편이었을 것이라고 생각한 적도 있지만 그게 아니었다.

현식은 그와 관련해 읽었던 책의 내용이 생각났다. 러시아 출신으로 미국 오하이오 주 콜럼버스 캐피털대 역사학 교수인 저자 알렉산더 판초프의 '마오쩌뚱 평전'에 따르면 마오는 스탈린의 꼭두각시였다고 평가한다. 중화인민공화국 선포 불과 두 달 뒤인 1949년 12월, 소련 공산당 서기장 스탈린의 70회 생일을 축하하기 위해 '세계 공산주의의 심장'인 모스크바로 간 중국 국가주석 마오는 소련의 말할 수 없는 박대의 수모를 감당해야 했다. 그는 결국 스탈린의 비위를 맞추기 위하여 한국전쟁에 참전했다는 내용은 이 땅에 드리워진, 오늘날까지 길게 이어지는 비극을 통탄케 한다.

마오는 소련의 교조적이고 폭압적인 스탈린과 대립·차별화하면서 독립적으로 중국 공산당을 이끈 사상가이자 행동가로 그동안 묘사돼왔다. 그 주요한 이유로 에드가 스노라는 미국 출신 신문기자가 마오 및 그의 동지들이 장정 기간에 겪은 온갖 고난과 투쟁을 직접 추적하여 생생하게 그려냈다는 '중국의 붉은 별'이라는 책의 영향이 절대적이었을 것이다. 단지 그 책의 영향으로 미국 등 서구뿐 아니라 우리의 일부 진보적 지식인들 사이에서 마오는 자신감 넘치는 낭만적인 혁명가로 그려져 왔다. 옛 소련의 방대한 기밀문서를 토대로 마오가 스탈린의 꼭두각시에 불과했다는 실증적 사실, 특히 한국전쟁을 둘러싸고 스탈린-마오쩌둥-김일성의 정략적 관계 속에서 스탈린에게 거의 조종당하는 마오의 모습이 적나라하게 드러난다는 것이다. 물론 이는 소련에서 입수한 자료이므로 엄격한 의미에서 객관성을 입증하기는 어려울 것이라고 현식은 생각했다. 국군의 진격이 한참이던 10월 19일, 중공군은 이미 압록강을 넘어서며 남하하였고, 초산과 북진 사이에서 포진하고 있었기 때문이었다.

10월 19일 린뱌오가 지휘하는 제 4야전군 제 13병단 소속 6개 군 18만 명이 조·중 국경을 넘었고, 11월에는 제 13병단을 지원하기 위해 산둥반도에서 만주로 이동한 제 3야전군 제 9병단 소속 3개 군 12만 명이 또 다시 국경을 넘어 장진호 부근으로 진출했다. 미군은 물량공세를 앞세운 채 계속 공격을 감행하였으나 수적 우세를 바탕으로 산악지역을 이용하여 공세를 펴는 중공군과 인민군의 합동공세에 말려들어 밀려나기 시작하였다. 국군이 너무 빨리 압록강까지 진격했던 것인가? 전선을 정비하면서 진격했으면 중공군에 후방을 차단당하는 일은 없었을 것이다. 그러나 그랬다면 압록강에 끝내 이르지 못했을지도 모르지만 우리에게는 통탄할 일이었다.

현식은 용산의 전쟁기념관에 당시 압록강 물을 담았다는 수통이 전시되어 있는 것을 본 적이 있었다. 그 물을 담았던 병사의 운명은 어떻게 됐을까? 그 장면을 담은 사진이 있다지만 당시 현장에 있었던 한 사람은 그건 그렸거나 다른 장소에서 연출한 것이라고 했다. 종군기자는 말할 것도 없고 카메라를 가진 그 누구도 없었기 때문이라고 했다.

그 현장에 있었던 이는 바로 이대용, 그는 남베트남이 패망했을 때 자신의 안전을 도모하지 않고 마지막까지 남아 교민을 탈출시켰던 재월 한국인 철수본부장으로서 예기치 않았던 위기상황에서도 무거운 책임감을 가지고 한국인 생명을 모두 구하고, 베트남 공산정권의 불법체포, 투옥 중에도 확고한 사생관, 국가관을 가진 특별한 사람이었다. 그는 한국전쟁 당시 6사단 7연대 1중대장이었다. 10월 26일 김용배 7연대 1대대장은 압록강에 가장 먼저 도착한 휘하 중대장으로부터 무전 보고를 받는다. 그 무전을 날린 사람이 바로 이대용이었다.

북진의 선봉에 섰던 7연대는 중공군 개입 소식을 듣고 압록강에서 후퇴하다 평안북도 초산에서 중공군과 마주쳤다. 압도적으로 우세한 적의 기습으로 7연대의 전열은 흐트러졌다. 이대용은 중대원 180명을 이끌고 중공군과 싸우고 피하며 산속을 달린 끝에 사단으로 귀환했다. 살아남은 병사는 20여명뿐이었다. 중대가 이동한 거리를 다 합치면 400㎞가 넘는다고 한다. 포위망을 통과하면 또 적과 마주치고 그러기를 반복하면서 그는 자결까지도 생각했다고 한다. 이미 동료 장교 여럿이 그런 선택을 한 이후였다.

수통에 물을 담았던 병사는 곧 전사했다. 후에 대대장(김용배)이 도착해 '남북통일 축원을 위해 대통령께 보내 드려야 하지 않겠나'라고 말했고 1중대장 이대용의 연락병이 수통에 물을 담아 온 것으로 기억했다. 그때 압록강가에 섰던 7연대 병사들은 그 후 며칠 만에 상당수가 전사한다. 그래서 그 수통에 담긴 것은 생명의 물이 아니다. 통한의 피였다.

유엔군은 또 다시 남으로 발길을 돌려야 했고, 51년 1·4후퇴와 함께 서울을 내주어야 했다. 그 사이 남한 내에서는 빨치산의 공세가 격렬해졌고 치안 또한 매우 불안해진 상황이었다. 당시 남한 내 빨치산의 전체 규모에 대한 정부의 공식 통계는 없다. 전남의 경우에만 '5만 명이었다'는 주장도 있고, 정부도 국무회의에서 4만 명이라고 판단한 기록이 있는 정도이다. 그러나 이 수치는 인민군과 빨치산의 위험성을 과장하기 위한 추측에 불과하다. 한국군의 보고 내용에 의하면 실제로는 이보다 훨씬 적었다. 육군본부 기록에 따르면 1950년 10월 말 현재 38선 이남지역의 공비는 15,000명에 불과했고, 11사단 9연대가 지리산지구에서 작전을 할 당시 주변지역 공비는 무장 1,330명, 비무장 370명으로 모두 1,700명이라고 분석하고 있다. 결국 정부가 추정한 4만 명 속에는 '공비' 또는 '빨치산'으로 불리던 인민군 패잔병과 지방 민청대원, 자위대원 등의 토착 좌익세력, 북한에서 파견된 내무서원, 정치보위부원, 정치공작대원 등의 북한 정권관련자나 무장세력 뿐만 아니라 군경의 토벌을 피해 피난했던 일반주민들까지 포함되어 있었던 것이다.

한국 정부는 서울 수복 직전 후방지역의 빨치산 토벌작전을 전담하기 위해 11사단을 창설하여 제 9연대, 제 13연대, 제 20연대를 각각 배속시켰다. 사단 사령부 직할대대로는 전차공격대대가 있었다. 11사단은 초기에는 육군본부 직할이었으나 정일권 참모총장은 1950년 10월 4일 육본작전 제 207호로 지휘권을 미 9군단에 이양하였다. 그러나 그 후 미 9군단이 전방임무를 수행하기 위해 북상하자 11월 3일부터 후방지역을 담당하고 있던 제 3군단에 배속되었고, 12월 14일부터는 다시 육군본부 직할로 소속되는 등 복잡한 경로를 거친다.

11사단이 후방지역 수복과 빨치산 토벌작전을 수행하는 동안 사단장은 최덕신 준장이 맡았다. 현식의 조부는 당시 그의 휘하에 있었다.

현식의 조부가 징용에 동원된 것은 태평양전쟁이 막바지에 이른 1944년이었다. 결혼하고 현식의 백부가 태어난 지 한 달이 지난 즈음이었다. 백일도 지나지 않을 갓난아기와 아내를 두고 낯선 타국으로 떠날 수밖에 없던 상황이었다. 생전에 어린 손자에게 그때의 상황을 직접 말씀해주셨던 것은 아니지만 비망록에서 일부를 확인할 수 있었다.

1937년 말 일제는 당시 중국의 수도 남경(南京)을 함락시키면 쉽게 전쟁이 끝날 줄로 예상하고 있던 상황이었다. 장개석 국민당정부가 '백년항전'을 선언하고 전쟁을 장기전으로 끌고 가자 예상치 못한 상황과 맞닥뜨려야 했다. 전쟁의 장기화에 따른

자구책으로 인력과 물자 동원을 위해 일제는 이듬해 4월 1일 법률 제 55호로 '국가총동원법'을 제정, 공포한다. 이는 일제말기 전시 동원 체제를 총괄하는 기본 골격이자 각종 동원의 법적 근거가 되었던 것이다. 당시 국가총동원은 본국에만 국한한 것이 아니었다. 조선을 비롯해 대만, 사할린 등 식민지 전역에도 적용되었는데, 조선에서는 한 달 뒤인 5월 4일자로 시행되었다. 이에 근거하여 일제는 '국민징용령'을 비롯해 '가격통제령', '조선징병령', '식량관리령', '농지관리령' 등을 잇달아 발포(發布)한다. 이로써 총독부는 사람이면 사람, 물자면 물자, 토지면 토지, 즉 그들이 필요하다고 인정될 경우 그 어떤 것이든 마음대로 조선에서 동원하고 또 징발할 수 있게 되었던 것이다. 당시 '국가총동원법'은 모든 법률에 우선하여 적용되었고 또 이를 어길 경우 형벌로 처벌할 수 있는 규정까지 두고 있어서 조선인들에겐 사상범 탄압용인 '치안유지법'과 함께 가장 두려운 법이었다.

근래의 해외취업과 마찬가지로 강제가 아닌 자발적이었다는 궤변도 있었지만 당시 징용대상자로 지목되면 빠져나갈 방도가 없었다는 것이다. 태평양전쟁의 패색이 짙어지자 일본제국주의자들은 식민지 조선 민중들을 경제적으로 수탈하는 것에 그치지 않고 징병, 징용 등의 방법을 동원 강제연행해가기 시작했다. 그렇게 강제 연행된 조선민중들은 제국주의 전쟁의 도구로 이용됐다.

고향 구례를 떠난 조부를 포함 조선인들은 부산, 시모노세키, 아오모리, 하고다데를 경유하는 긴 시간을 뱃멀미에 시달리며 북해도의 무로란(室蘭)이라는 곳에 도착했다. 제대로 된 숙소도 준비되어 있지 않았고 거적을 깔아놓은 합숙소에서 생활하며 북해도의 석탄, 목재 등 일제 전쟁 물자를 기차에 하역하는 역무 노동에 동원됐다가 후에는 탄광에 배치되어 채탄부로 일했다. 지하막장은 수직으로 약 100미터 정도 들어가고 수평으로 약 300미터를 바다 쪽으로 연결되어 있었는데 채탄환경은 말할 수 없이 열악했다. 갱도 안은 춥고 습기가 가득해서 아무 행동을 하지 않아도 견디기 어려운 상황이었는데, 이역만리 북해도까지 가서 혹사당했던 젊은 조선의 청년들의 고생은 말할 것도 없었다. 조부는 아내는 물론 이제 첫돌도 지나지 않은 아이가 눈에 밟혔겠지만 너무 힘들어서 꿈에서나 그리워했을 것이다. 검은 벽에 현실의 탈출을 염원하며 “집에 가고 싶다. 고향집이 그립다. 배고프다. 어머니 보고 싶어요.”라고 삶의 생채기처럼 새겨 놓기도 하였을 것이다.

국민을 보호해줄 수 없었던 나라, 오늘날의 북한처럼, 국가의 모양을 갖추고 존재하지만 인민을 착취하고 수단으로 취급하는 나라와 다름이 없다.

당시 생활은 노예보다도 못한, 먹는 것은 형편없고 중노동에 시달리니 작업을 하다가 죽어 나가는 사람들도 부지기수였다. 당연히 굶주림은 피할 수 없는 고통이었고 노역과 군대식으로 숙소생활까지 통제는 필설로 다 표현할 수 없는 것이었다고 했다.

일본인들은 교활하게 원거리에서 총칼을 차고 지휘만 하고 가까이에서 일을 부리는 자들은 같은 동족이었다. 조선인을 꼭두각시로, 십장이라는 직책을 주고 공사감독으로 내세웠는데 일본인들보다도 조선인이 조선 사람을 더 못살게 하고 괴롭혔다. 그러니 일본인보다도 같은 동족인 조선인 십장을 더 무서워했다는 사실, 이 얼마나 비극이란 말인가. 이역만리 일본 땅으로 끌려와 노예처럼 일하는 것도 서러운데 같은 조선인들끼리 죽일 놈 살릴 놈하며 '욱게'라는 일정량의 목표를 주고 죽도록 일을 시켰다니 정말 슬픈 일이 아닐 수 없다.

해방되기까지 1년여 동안 노예처럼 일하면서 임금은 한 푼도 받지 못했고 가정 형편이 좀 나은 사람들은 거꾸로 집에서 돈을 부쳐와 그것으로 생활했지만 현식의 조부는 그런 호사는 엄두도 내지 못하고 하루하루를 죽지 못해 사는 형국이었던 셈이다. 집에 남아있던 할머니의 삶도 마찬가지였다. 변변한 농토 하나 없던, 시부모를 모시고 갓난아기를 키우는 소작인의 처지라는 것은 어찌 보면 형벌보다 더 무거운 것일 수도 있었다.

해방이 되었다지만 바로 귀국선을 타지는 못하고 그 해 9월 말이 돼서야 부산항에 도착하였다. 노예처럼 중노동에 시달리다가 많은 사람들이 죽어 나가는 중에 그래도 살아서 고국에 돌아왔다는 것은 말할 수 없는 기쁨이었을 것이다. 할머니의 기쁨은 서러움으로 뭉쳐있었을 것이다. 할아버지가 말씀은 하지 않으셨지만 현식은 그런 생각을 했다. 만약 전쟁이 더 지속되었거나 일본이 승기를 잡았다면 당시 조선인 징용자들은 대부분 중노동에 시달리다가 죽었을 것이라고. 현식의 할아버지는 돌아와 해방된 조국의 군인이 되었고 다시 동족상잔의 끔찍한 전쟁에 휘말려들어야 했던 것이다.

화엄사에서 노고단으로 오르는 길, 한동안 따라 오르던 물소리가 가늘어지면 숨은 가빠진다. 현식은 돌아온 길을 내려다본다. 지나온 길은 멀리는 보이지 않도록 구불거리며 흘러내려간다. 화엄사에서 노고단으로 오르는 초입은 급하지 않게 오르지만 이윽고 코재를 지나야 한다. 코재는 산굽이가 가팔라지며 땅에 코가 닿을 만큼 가파른 언덕길이라는 별칭이다. 지금은 성삼재까지 차로 오르는 길이 생겼지만 도보로는 이 길이 가장 좋고 빠른 길이었을 것이다. 현식은 가쁜 숨을 몰아쉬었다. 노고단에 오르면서 길에 대한 이야기 등 이곳에 사는 이들로부터 들었던 오래된 이야기를 떠올렸다.

길의 의미는 무엇인가? 그나마 좁은 이 땅에 도로가 수없이 만들어진다. 이동의 편리함과 시간단축, 물류의 원활한 유통을 위해 필요한 것이라지만 원래는 일용할 먹을거리를 키워내고 들꽃이 피고 지던, 키가 작고 큰 나무들이 자라던 곳이다. 이 곳 지리산에도 마찬가지였다. 중국 근대문학의 아버지 노신(魯迅), 그는 소설 '고향'에서 반식민지 상태 하 농경의 정서가 파괴되어 가는 고향의 절망에서 주인공의 입을 빌어 이렇게 말했다.

"희망이란 본시 있고 없고를 말할 수 없는 것. 그것은 길과 같다. 사실 땅위에 처음부터 길은 없지만 다니는 사람이 많아지면 길이 되는 것이다"라고. 그가 말한 길의 의미는 다를 것이라도 길의 시원(始原)처럼 상통하는 바가 있다.

사람이 다니면서 만들어진 길이 아닌 지리산에도 인간의 욕심이 드리워진, 수단으로써의 길이 만들어졌다. 일제 강점기에는 오랜 시간 풍상을 겪으며 굵고 곧게 자란 지리산의 나무들도 수탈의 대상이었다. 목재를 벌목해 실어내리기 위한 산굽이를 휘돌아가는 넓은 길을 만들었고 그 길은 한국전쟁당시에는 동족상잔의 비극이 서린 길이기도 했다. 그렇게 비포장으로 먼지를 날리는 길로 남았는데, 조율되지 않은 권력은 산길에도 포장의 유혹을 떨쳐내기가 어려웠을 것이다. 서울올림픽을 앞두고 1985년 IBRD 차관 63억 원을 들여 현재와 같이 8m폭의 포장도로를 만들었다. 이는 서울올림픽을 개최하고, 우리나라를 찾는 외국인 관광객들에게 지리산을 편하게 구경하도록 하기 위한다는 이유를 내세웠다. 88고속도로도 마찬가지였다. 포장된 넓은 길은 사람들에게는 편리한 것이지만 동물들이며 식생에는 나쁜 영향을 미치는 것이고 길에서 마주쳐야 하는 '로드 킬'은 이를 항변하는 것이다.

전설처럼 노고단과 왕시루봉에는 외국인 선교사들의 수양관이라는 별장형태의 시설이 있었다. 노고단 일대는 일제강점기 동경 제국대학의 연습림이었다. 1925년 미국 남장로교 소속의 선교사들이 그중 일부를 임대받아 휴양촌을 건설한다. 한여름에도 차가운 샘물이 흐르고 기온이 서늘하면서 경치까지 아름다운 곳이니 피서지로는 더할 나위 없는 곳이었다. 물론 선교사들 입장에서는 열악한 환경에서 수인성 전염병 등에 노출되어 사망하는 경우가 많았다니 단지 피서 목적만은 아니었을 것이라고 두둔할 수도 있다. 그러나 대부분 등잔불을 밝히고 살던 시절에 발전시설로 전깃불을 밝히고, 예배도 보고, 영화도 상영했다는 것은, 또 그 모든 것들이 등짐으로 올라온 것들이었다면 조금 불편한 설정이라고 현식은 생각했다. 이 가파른 길을 가마를 메고 심지어 지게에다도 상대적으로 육중한 서양인들을 얹고 올랐던 이 땅의 불쌍한 민초들을 생각했다. 물론 오늘날도 네팔의 고산지대 등에는 이마에 등짐의 무게를 지탱하는 끈을 걸치고 온갖 짐들을 지고 오르는 이들도 있지만 말이다. 쌀 한가마니보다 무게가 더 나가는 사람들이며 짐을 지고 오르면 당시 사흘 일하는 품삯을 받았다니 농사일을 제쳐두고 짐을 날랐을 것이다.

당시 노고단 일대의 휴양촌에는 중·일 전쟁이 시작되기 전까지 모두 오십 여 동의 건물이 지어졌다. 교회도 호텔형태의 숙박 장소도 골프장도 수영장도 있었다. 건축자재는 그곳에 있던 돌과 나무, 억새풀 등을 주로 사용했다고 한다. 지금은 국립공원으로 지정되어 철저하게 보호되고 있지만 한국전쟁을 겪으면서 그 휴양촌은 물론 노고단일대의 산림지대도 황폐화되었다. 후에 외국인 선교사들은 노고단의 별장촌을 기억하며 노고단에서 10여 킬로미터 남쪽 능선을 따라 내려간 왕시루봉 남서쪽 아늑한 곳에 몇 채의 별장, 교회, 테니스코트, 간이풀장 등 별장촌을 재건한다. 오늘날까지 '외국인별장'이라는 이름으로 지도에 표시하고 조립식 건물로나마 그 흔적을 남겨두었다.

현식은 그 당시 짐꾼들의 애환을 떠올리며 숨을 몰아쉬고 코재를 다 올랐을 때 서쪽으로 차일봉이 오르고 너른 평원지대가 나타났다. 성삼재로 오르는 길이 생기면서 대피소며 중계소까지 차가 다닐 수 있는 넓은 길도 연결돼 있다. 가파르게 두 시간도 넘게 오른 산길이 무색하고 무안할 정도였다.

노고단은 해발 1,507m. 천왕봉, 반야봉과 함께 지리산 3대봉의 하나이다. 신라시대 화랑국선의 연무도장이며 제단을 만들어 산신제를 지냈던 영봉. 조선 전기의 성리학자이고 영남학파의 거두였던 남명 조식은 노구의 몸으로 열 두 번이나 지리산에 올랐다는데, 오르면서는 인간이 선한 데로 나아가기가 그처럼 어렵다는 것을, 산을 내려오면서는 인간이 악으로 나아가기가 그처럼 쉽다는 것을 생각했을지도 모른다. 소설 '태백산맥'이나 '토지'처럼 우리 문학사에 한 획을 그은 작품들은 지리산을 무대로 한다. 지리산과는 조금 멀어져 있지만 현식은 '혼불'을 읽었던 감상을 잊지 못한다. 작가는 '갚을 길도 없는 큰 빚을 지고 도망다니는 사람처럼 항상 불안하고 외로웠다' 말했었다.

너른 길과 돌계단을 올라 노고단 아래 산장 앞에 이르면 작지만 꼿꼿하게 두 손을 모은 할머니 모습의 목상(木像)이 서 있다. 온화한 듯 풍상의 세월이 지난 모습은 전설로 흐른다. 전설은 여러 갈래이지만 단순하게 옛날 이 산에 할머니 신이 있다는 전설에 따라 백성들은 지리산 산신과 가족의 수호신으로 모시며, 할미당에 자신들의 배우자 점지와 대를 이을 튼튼한 자식과 가족의 행복과 건강을 기원하게 되었고 후에 민간신앙의 한 형태로 자리 잡게 되었다는 것. 이러한 유래를 가진 할미당이 고려시대에 중국의 영향을 받아 한자로 바꾸면서 노고단(老姑壇)으로, 지천할미봉 즉 노고단은 지리산 산신 및 나라의 수호신께 제를 올린다는 의미가 너무 강하게 남아서인지 현재도 봉우리를 나타내는 봉(峰)은 쓰지 않고 제사를 나타내는 단(壇)이 강조되어 쓰이게 되었을 것이다.

현식은 돌계단을 올라 멀리 천왕봉에 이르는 긴 능선을 바라보다가 노고단으로 오른다. 천왕봉에 이르는 능선 길에 이르면 반야봉과 짐승의 등뼈 같은 산맥이 이어진다. 사철 사나운 바람이 지나는 곳이니 나무들이 서 있기도 힘들지만 근래에 복원사업으로 구상나무 등이 주춤거리며 서 있다. 늦은 봄에는 진달래가 피고 이어 연분홍 철쭉이 부산스럽게 산을 물들이고 태양이 뜨거워지면 원추리 등 가지가지 야생화들이 바람에 흔들리며 피면서 진다. 가을에는 울긋불긋 단풍 빛이 정상에서 이르게 물들다 산 아래 마을로 내려간다. 겨울에는 가끔 눈꽃과 시린 바람이 상고대로 피어 짧은 햇살에 반짝이며 추위를 즐긴다.

현식이 노고단에 올랐을 때 겨울 해는 중천이었다. 봉우리마다 일출을 볼 수 있기를 염원하지만 쉬운 일이 아니다. 안개나 구름이 흐르기 때문이다. 섬처럼 봉우리를 도는 운해도 장관이지만 그 운해 속에서 솟아오르는 태양은 장엄하다. 돌탑을 한 바퀴 돌아 배낭을 내려놓고 무릎을 꿇는다. 간구하듯 뭔가를 말하고 싶은데 머릿속이 텅 빈 듯 할 말이 떠오르지 않는다. 지금 이 순간 무엇을 간구하고 소원한 단 말인가. 사진을 찍으려는 사람들이 부산스럽지만 의식하지 않고 일어나 두 번 절을 올린다. 화엄사에서 올라 온 길과 문수골로 내려가는 길을 따라 눈길이 내려가니 섬진강이 구불거리며 흘러내려간다. 산등성이도 구불거리며 오르다가 다시 구불거리며 흘러내린다. 산등성이가 흘러내린 곳으로 내려다보이지는 않지만 개울도 구불거리며 흘러내려가고 또 다시 구불거리는 강으로 흘러든다. 자연에서 반듯한 것은 존재하지 않는 것이었다. 반듯한 것은 결국 인간이 편의를 위해 자연에 가한 횡포였고 억압의 산물이었다. 역사도 마찬가지였다. 저마다의 삶도 강이나 길처럼 구불거리며 흐른다. 살아있는 것들은 다 그렇게 구불거리며 흐르는 것이다. 남명 선생은 '지리산에 올라야 산을 보고 물을 보고 인간을 보고 세상을 본다.'라고 했다. 현식은 그 말을 떠올리며 노고단을 내려간다. 바람만이 세차게 산을 오른다.

아버지는 젊은 시절 할아버지와 대척하며 어려운 시절을 보냈다. 할아버지는 아버지가 직업군인으로 장군이 되기를 열망했고 아버지는 전혀 생각하는 방향이 달랐다. 아버지는 인간을 통한 사회변혁에 더 관심이 많았다. 그것이 대학에 진학하면서 집을 나가게 된 이유였다. 일반대학에 다니다 중도에 포기하고 신학대학으로 방향을 전환했다.

현식은 입산통제소를 지나 반야봉으로 향한다. 반야봉은 멀리서 보면 풍만한 여인의 둔부와 같이 보이는 봉우리다. '반야'란 산스크리트의 'prajna'를 음역한 것으로 지혜를 뜻하고 대승불교에서 반야란 반야경(般若經)에서 강조하는 공(空)의 사상을 말하므로 곧 어리석은 자도 머물면 무심의 지혜를 득하게 된다는 의미이기도 하다. 반야봉의 지명유래는 지리산에서 불도를 닦고 있던 반야가 지리산의 산신이면서 여신인 마고할미와 결혼하여 천왕봉에서 살았다는 전설에서 유래되었다는 설과 어떤 영험한 스님이 뱀사골에 있는 이무기를 불도와 합장으로 쳐부수고 절의 안녕을 가져왔다는 의미에서 반야심경에서 이름을 따 반야봉이라고 지었다는 설이 있다. 짐승의 등뼈 같은 주능선 길은 완만하다. 임걸령을 지나고 능선 길을 벗어나 반야봉으로 오른다.

현식은 '지혜란 무엇인가?'를 생각하며 반야봉에 오른다. 학교를 중심으로 배우고 학습하는 것들은 지혜가 아니라 지식이다. 성현이나 종교를 통해 학습하는 것들도 마찬가지다. 내가 경험하지 않은 지식에 불과한 것이다. 지혜는 진리에 바탕을 두고 끊임없이 자신을 수양해야 도달할 수 있는, 타자와의 관계에서 개인의 욕심이나 권모술수는 지략일 뿐이고 나와 동시에 타자를 존중할 수 있는 것은 지혜의 발현이다. 학자는 물론 수도승이나 성직자라고 해도 모두 지혜로운 이의 범주에 들지는 못한다는 말과도 같다. 지혜라는 것은 살아가는 현실의 희로애락에서 발현되는 것들이다. 앞서 그 모습을 추념한 차일혁 총경처럼 타자를 존중하고 미래를 내다보는, 적장에게도 마지막 예를 치러준 그런 모습이라고 현식은 생각했다. 현식은 과연 자신이 지혜로운 삶을 살았는지, 살고 있는지 두리번거리며 봉우리로 오른다.

설악산이 양장으로 멋을 낸 누이 같은 산이라면 지리산은 무명옷을 입은 어머니와 같은 산이다. 쉽게 속내를 드러내거나 들여다볼 수 없는 산이다.

현식은 언젠가 읽었던 책 속에서 늑대를 키웠다던 철학자의 글이 생각났다. 그는 늑대를 키우면서 인간들이 유난스럽게 행복에 집착하는 존재라고 규정한다. 그건 많은 사람들이 스스로를 행복하지 않거나 못하다고 생각한다는 의미였다. 인간들이 의식하는 행복의 실체는 뜨거운 여름 한낮에 와 닿는 시원한 바람처럼 짧은 시간 감각적으로 만족스러운 감정 상태라고 현식은 생각했다.

그는 “인류의 가장 명확하고 단순한 특징은 감정을 숭배하는 동물이라는 사실”이라며 감정에 집착하는 ‘행복중독자’라고 단호하게 칭한다. 스스로 감정을 생산하는 대신 자신의 감정을 점검하며 노이로제 상태로 살아간다는 것, 스스로 채우지 못하는 행복을 위해 새로운 해결책을 찾아 나선다는 것, 새 애인, 새 자동차, 새 집, 새 삶… 그래도 감정은 채워지지 않고 새로운 것에 익숙해지는 만큼 행복은 멀어진다. 이에 반해 동물은 감정이 아니라 실체를 쫓는다는 것, 그는 키우던 늑대가 가장 행복을 느꼈을 사냥 모습을 지켜보며 행복은 결코 감정이 아니라 존재의 방식임을 이해한다.

토끼를 사냥하기 위해 늑대는 오랫동안 온몸을 경직시킨 채 기다린다. 토끼가 눈치 챈 것을 깨닫는 순간, 전광석화 같이 몸을 날리지만, 대부분은 토끼의 반응이 더 빠른 것이고 그러므로 사냥이 늘 유쾌하거나 즐겁기만 한 경험은 아니었지만 늑대는 사냥 시간이 끝나면 언제나 눈을 반짝이며 행복해했다는 것이다. 그로부터 즐거움과 불편함이 하나 될 때 비로소 행복이 완성된다는 야성의 철학을 발견한다. "우리 삶에서 가장 좋은 순간, 우리가 가장 행복하다고 말하고 싶은 순간은 즐거운 동시에 몹시 즐겁지 않다"는 것을 깨닫는다. 때로는 삶에서 가장 불편한 순간이 가장 가치 있는 것이기도 하다는 것이다. 현식은 그 이야기를 생각하면서 가파른 생존을 이어가는 산짐승들을 생각했다. 생각에 머물지 않고 직감에 충실한 한 마리 산짐승처럼 단순해지고 싶다는 생각을 했다.

현식은 지리산에 오르면 공간감이 확장되는, 가슴이 넓어지는 것을 체감한다. 언젠가 사막을 횡단하며 느꼈던 답답함과 대비되는 느낌이었다. 차로 하루 내내 달려도 나무 한 그루며 바위 한 덩이 볼 수 없던 초원지대에서 답답했던 가슴이 확 트이는 느낌이 아닌 것이 스스로에게 배신감을 느낄 정도였으니 말이다.

반야봉은 지리산에서 두 번째로 높은 곳이지만 노고단이나 천왕봉처럼 내려다보는 가파름이 완만해진다. 가까이 노고단과 고리봉, 만복대의 서북능선과 그 너머에도 산군들이 둘러서 있다가 남으로 눈을 돌리면 노고단에서 뻗어 내린 월령봉 능선이 왕시루봉 능선 뒤로 보이고, 바로 앞에는 불무장등과 황장산까지 보이고, 섬진강 너머 백운산 연봉이 아스라하다. 동쪽으로는 토끼봉, 명선봉, 촛대봉, 제석봉, 상봉, 중봉, 하봉까지 건너간다. 현식은 반야봉 표지석을 잡고 한참을 서 있다가 한 무리의 등산객들이 올라오는 것을 보고 산을 내려가기 시작했다.

은일(隱逸)

현식의 아버지는 달궁 마을 후미진 계곡에서 혼자 생활하고 계셨다. 한때 서울 외곽의 제법 큰 규모 교회의 목사였지만 지금은 자신의 종교를 멀리하고 은둔하듯 산중에 와 계신 것이다. 달궁은 지리산이 열린 상징적인 곳이었다. 2천 년 전 백제와 가야, 신라에 쫓긴 마한(馬韓)의 왕이 이곳에 도읍을 정하고 궁전을 지었던 곳이 달궁이다.

남쪽은 짐승의 등뼈 같은 주릉에서 날선 골짜기들이 흘러내리고 북쪽은 고리봉, 만복대, 두리봉, 운봉을 잇는 험준한 서북릉이 비켜 서 있다. 서쪽은 노고단과 종석대가 하늘을 두른 곳이다. 차가 다니는 신작로가 생기기 전, 달궁마을은 첩첩오지이자 천연요새로 좁고 긴 골로 이어진 동쪽만이 열려 있었다. 바로 이러한 지형의 특수성 때문에 2천 년 전 이곳에 '달의 궁전'이 세워졌을 것이다. 백제와 가야 신라에 쫓긴 마한(馬韓)의 한 왕이 이곳에 도읍을 정하고 서북릉에 수비성을 쌓았다. 달궁이란 마을 이름도 여기서 비롯되었으며 당시 황(黃)장군과 정(鄭)장군이 수비성을 쌓았던 곳이 현재에도 황령(黃嶺)과 정령(鄭嶺)으로 불리고 있다.

가파른 길을 조심스럽게 내려가며 현식은 다시 종교에 대해 생각했다. 아버지는 할아버지의 간절한 바람을 배반하고 종교에 빠져들었다. 3공화국이 들어서고 고등학교 2학년까지는 사관학교에 갈 생각을 했다던 아버지였다. 그러나 우연히 본 할아버지의 비망록을 보고 아버지는 방향을 바꾸었다. 그것이 다는 아니었을 것이다. 현식의 조부는 술을 드시면 지난 이야기를 반복해서 말씀하셨다. 지난 이야기라는 것이 징용에서 군생활 이야기가 대부분이었다. 그 암울한 시절의 이야기를 수도 없이 들었던 아버지는 그 안에서 아무 의미도 발견하지 못했고 멀리 달아날 모습만 그려냈을 테고, 그러면서 조부와 아버지 사이에는 틈새가 자꾸만 커져갔을 것이다. 당시 아버지는 교회에 다니기는 했지만 신을 학문으로 열망할 만큼의 믿음도, 집안 분위기도 아니었다. 전적으로 할아버지의 뜻을 져버리기 위한 방편이었을 것이다.

겨울 산에서 빛은 그 효용성처럼 멈칫거리듯 서둘러 산을 넘어간다. 활엽수들은 침묵을 위해 잎을 버리고 명상하듯 빛을 바라볼 뿐이다. 침엽수들은 빛 따위를 무시하듯 두툼한 푸름으로 시린 바람에도 초연하다. 어둠을 더듬거리며 산을 내려가면서 물소리가 커져간다. 아버지가 계신 곳이 가까워지면서 현식은 가슴이 답답해진다. 아버지에게 자신을 누추함을 내보이고 싶지 않았지만 고해성사처럼 아버지에게 기대고 싶다고 생각했을 것이다.

현식은 개울을 건넜을 때 어둠속에 나무처럼 아버지가 거기서 계셨다.

"아버지, 날씨도 쌀쌀한데 왜 나와 계세요?"

"좀 일찍 내려오지 그랬냐. 산짐승들도 그렇고." 아버지가 얼마나 기다렸는지는 알 수 없었다.

"배낭 벗어 주거라."

"아뇨, 괜찮아요. 추우셨을 텐데 집으로 가요."

"배낭 주라니까." 두 번째 채근이 있고서야 현식은 배낭을 벗어 아버지께 지워드렸다. 아버지의 작은 어깨가 흔들렸다.

"회사는 어떻게 됐니?"

"죄송해요. 다른 곳을 알아보고 있어요."

"에미가 많이 힘들겠구나. 그럴수록 잘해 주거라." 아버지가 현식의 사정을 아는 건지, 앞을 보면서 말씀하셨다. 아버지의 거처는 신작로에서 한참을 들어가야 하는 산등성이에 있었다. 화전민이 살던 곳이었는지 외딴 곳에 있었다. 경치가 좋다거나 해서 사람들이 꼬이는 곳에는 죄다 음식점이나 모텔들이 진을 치고 있는 것은 이곳이라고 다르지 않았다.

집을 맘대로 지을 수 없는 곳이니 움막 형태의 간이 숙소였다. 초원의 유목민들이 사는 게르와 같이 중앙에 화목난로가 설치돼있고 간이침대가 웅크리고 있었다.

밥 냄새가 달콤했다.

“시장하겠다. 밥부터 먹자.” 식탁에는 산채로 만든 장아찌 등이 놓여있었고 난로위에는 김치찌개가 끓고 있었다.

현식의 아버지가 이곳에 내려온 지 십여 년이 지났다. 교회에서 쫓겨나듯 나오면서 현식의 어머니는 깊은 상처를 받으셨고 이듬해 돌아가셨다. 어머니가 돌아가시고 아버지는 산으로 들어오셨다. 그야말로 입산이었다. 부자간에는 한동안 말이 없이 밥을 먹었다.

“혼자 적적하지 않으세요?”

“이제는 적응이 되었다고 하면 거짓말이겠지. 견디며 사는 거지. 너라도 탈이 없으면 좋을 텐데….” 아버지는 말끝을 흐리셨다.

“김치찌개가 맛있어요. 이제 음식솜씨가 좋아지신 건가.”

“생살이 베어진 것처럼 아픈 상처도 세월이 가면 조금 가벼워지기도 하는 건데, 혼자 밥 먹는 일은 그렇지 않은 일일거야. 먹는 것이 삶의 즐거움이어야 하는데, 늘 해결해야 할 숙제처럼 다가오기도 하는구나. 식재료를 구하는 것도 그렇지만 산에서 나는 것으로 간단하게 해결하는 방법으로 이겨내려고 하는 거지.”

“신앙생활은 어떻게 하세요?” 아버지가 교회에서 나오면서 신을 외면한 듯했기 때문에 한 질문이었다. 현식의 아버지는 아무 말씀이 없으셨다. 밥을 다 먹었을 때 현식의 아버지는 눌은밥을 끓이셨다.

“만나는 사람도 제한되고 날마다 반복되는 일상에서 먹는 것은 대단히 중요한 일인 것 같더라. 마치 자신에게 주문을 걸듯 삶의 의미를 부여하는 행위이기도 하지. 격리되듯 외딴 공간에서 스스로에게 존재감을 부여하는 행위이기도 한 것이지. 특별히 기다리는 사람도 없고 기다려지는 일도 없다는 것은 두렵고 인간을 무력하게 만드는 것 같고. 철따라 산이 주는 다양한 나물 등을 기다린다는 의미이기도 하고. 신앙생활도 마찬가지지. 실재하지 않는 신을 실재한다고 믿는 것은 어쩌면 시시때때로 변화하는 인간의 본성을 외면하는 것이라는 것을 생각했어. 목회자로 신도들에게 강요처럼 믿음을 강조하였던 자로서 참 생뚱맞은 것이기도 하지만. 너도 마찬가지겠지."

"아뇨. 아버지가 그런 곤경을 겪으시면서 자식의 입장에서 아버지가 무능력하고 이중적인 분이라고 미워한 적도 있지만 다는 아니더라도 아버지를 이해하려고 했어요. 지금 저의 상황에서는 더 더욱이나요. 지금 돌이켜보면 할아버지와 달리 아버지가 저의 진로를 강요하지 않아서 좋았어요. 제가 지금 이런 상황이 되어서 그런지는 모르지만, 사실은 제가 오늘 이곳에 온 것도 아버지가 싫었다면 오지 않았을 거여요. 아버지가 보이게, 보이지 않게 그런 공간을 만들어주셨기 때문에 마치 광야에서 신의 음성을 듣기 위해 침식을 거르던 선지자나 고해성사의 대상처럼 아버지를 찾게 된 것이지요. 대게 부모들은 자식들에게 자신의 내재화된 가치체계를 관념화하여 추구하는 바를 강요하려고 하잖아요. 누군가 그런 이야기를 했잖아요. 예수나 석가가 성인의 반열에 오를 수 있었던 것은 아버지라는 존재감의 무력화 속에서 가능한 것이었다고. 우리는 가정, 가족이라는 울타리 속에서 자신의 존재를 규정하고 큰 의미를 부여하잖아요. 개인적으로 안타깝지만 대단한 아버지 때문에 자신의 운명을 망가뜨리고 결국은 자신의 아버지의 명예를 더럽히는 일이 있었던 것처럼요."

조금 긴 현식의 이야기가 끝났을 때 아버지는 눌은밥을 식탁으로 옮기셨다. 모락모락 김이 희미한 불빛을 흔들고 있었다. 추위로 얼었던 허기가 따스한 온기로 스며들었다.

산을 내려 온 바람소리가 움막을 흔들고 지나갔다. 눌은밥까지 먹고 현식이 설거지를 시작하려고 했을 때 현식의 아버지는 현식을 비켜나게 했다.

"밖에 한 번 나가보아. 산에서는 밤을 보아야 해. 어둠은 별을 보여주기 위한, 별이 되게 하기 위한 것이라는 걸 느낄 수 있거든. 밤하늘도 마찬가지고. 겨울밤이면 더욱 좋고."

엉거주춤 현식은 아버지에게 밀려나 밖으로 나왔다. 초엿새 상현달이 오르다가 다시 돌아가는지 반야봉에 달빛이 머물고 하늘에는 별이 총총했다. 어둠속에서 더 가까이로 다가서듯 산등성이는 털 검은 짐승의 무리들이 어깨를 두르고 촘촘히 선 것처럼 검고 길게 서 있다. 뒤곁을 돌아 텃밭이 있고 그곳으로 오른다. 하루도 아니고 이틀도 아니고 현식은 아버지가 살아가시는 환경이 참 신산(辛酸)스러움 그 자체라고 생각했다. 어둠속에서 현식은 이 깊고 높은 응달진, 짐승도 피할 험한 골에서 산짐승처럼 살아가야 했던 사람들을 잠시 생각했다. 신념이기보다는 바람처럼 휩쓸려다는, 한 번도 대접받지 못한 인간다움을 찾으려는 안타까운 몸짓이었을 것이라고 생각했다.

다시 집 안으로 들어섰을 때 아버지는 식탁 위에 군고구마를 올려놓았다.

"산중이라 날씨가 쌀쌀하지. 군고구마 먹어봐. 내가 텃밭에서 거둔 거야." 현식은 군고구마 하나를 집어 들고 반을 잘라 껍질을 벗겨 아버지께 드렸다.

"제가 용돈도 보내드리지 못하는데, 생활은 어떻게 하세요."

"산에서야 크게 돈쓸 일이 없어. 산나물도 따고 마을에 일이 있으면 품을 팔기도 하고, 뭘 모아놓기까지는 못하지만 생활하는데 큰 어려움은 없어. 혹시 갑자기 몸이 아프거나 병이 생기면 어쩌나 걱정을 하기도 하지만 산에서 살면서 그런 것까지 걱정하고 살 수는 없는 거지."

"아버지, 죄송해요. 제 앞가림도 제대로 하지 못해서. 에미는 헤어지자고 성화를 부리고."

"예상은 했지만 그 정도인줄은 몰랐구나. 세태가 그렇게 변해가고 있으니 어쩌겠니. 쉽진 않지만 상대방의 입장도 생각해보고 극단으로 가지는 말거라. 아이도 있으니 신중해야 한다."

"이제 에미는 마음을 굳힌 것 같아요. 자신이 꿈꾸던 이상이 무너진 것처럼 현실에 너무 실망이 깊어진 것 같아요. 그보다는 예진이의 장래를 염려하려 한다는 명분에 집착하는 것 같아요."

"현식아, 너에게 미안하구나. 이 애비가 제몫을 했다면 그런 일도 생기지 않았을 텐데, 애비도 어쩔 수 없이 가끔 할아버지 원망을 하게 된단다. 할아버지 자신이 이루지 못한 꿈을 내가 이루었다면 하는 기대감이 너무 무거웠거든, 그래서 사관학교대신 신학을 선택했던 것이고."

"그런데, 아버지 단지 그 이유가 전부인가요? 대략 짐작은 했지만 그 이유 뿐만은 아니었을 것 같은데." 아버지는 일어서 주방으로 가시더니 페트병과 저녁에 먹었던 김치찌개를 가지고 오셨다.

"가끔 잠이 오지 않을 때 한잔씩 하려고 담아둔 술이다. 오랜만에 부자간에 상봉이니 한잔하자구나."

"아버지, 술은 드시지 않았잖아요."

"신을 배반한 것인가, 버린 것인가를 생각한 적이 있었지. 다행이 이곳에 사는 사람들은 내가 사업을 하다 망해 들어온 것으로 알고 있지. 물론 전력이 숨긴다고 다 숨겨지는 것은 아니니 알고 있는 사람도 있을 테지만 말이다. 내가 교회에서 신도들에게 쫓기듯 나와야 했을 때 마치 신의 대리자처럼 존재했던 내 모습을 돌아보았을 것이야."

"그런데 아버지 제가 늘 궁금하던 게 있어요. 고등학교 때 왜 집을 나가시게 된 거여요?"

현식의 아버지는 술을 쓰게 삼키시더니 한동안 침묵하셨다.

"그게 이야기하면 복잡하고 긴 거지만, 세상에는 보지 말아야 할 것들이 있지. 내가 어려서부터 네 할아버지는 군에서 장군이 되기를 갈망하셨어. 그건 장교로 임관하여 장기복무를 하는 모든 군인들의 당연한 바람이기도 할 것이구. 반상으로 구분되던 신분제가 사라지면서 전체적으로 공직에 해당되는 것이지만 판검사나 군에서 장군이 되는 것은 마치 천민의 신분에서 양반이 되듯 신분 수직상승의 표본이었으니까. 할아버지는 해방 후 군에 입대하면서 당시 하사관으로, 요즘에는 부사관으로 칭하지만, 직업군인으로 오래 근무하셨지. 해방 후의 군은 체제가 정비되지 않은 혼란기였고. 일제의 잔재는 대부분 몸에 밴 것이었을 테구."

"아버지도 할아버지의 비망록을 보셨던 거지요?"

"그건 네가 어떻게 아는 거야?"

"저도 보았거든요."

"뭐라구, 너도 읽어보았다구?"

"네. 아버지 심부름으로 방에 들어가 책상서랍을 열어보았다가 호기심으로 읽어보았던 거지요. 당시 상당한 충격을 받았던 것도 사실이구. 나이가 들어 아버지가 보셨다면 상당한 충격을 받았을 거라는 생각을 했어요." 아버지는 한동안 망연히 천정을 올려다보고 계셨다.

"그래, 나도 몰래 읽은 것이지만 엄청난 충격이었지. 할아버지는 누군가 읽으리라고는 생각하지 않았을 거야. 자신의 치부는 물론 시대의 치부를 드러내는 내용이었으니까. 반강제로 사관학교 입교를 준비하다가 그 비망록으로 방향을 전환하게 되었던 거지. 그런 심리적 기저 때문에 결국 교회 신도들과 타협하지 못하고 목사가 교회에서 쫓겨나게 된 것일 테고. 할아버지는 하급자로서 명령에 따르는 도리밖에 없었을 테지만 또 인간의 잠재된 욕망처럼 폭력성을 드러내게도 되었던 것이지."

현식은 할아버지가 쓴 비망록의 내용을 잠시 기억했다. 도대체 그 내용이 무엇이었기에 한 인간에게 저토록 전쟁 같은 깊은 상흔을 남긴 것인가. 그 내용의 한 대목은 이랬다. 그전에 할아버지가 속했던 당시 11사단은 사단장을 비롯하여 주요 직위자들 대부분이 일제강점기와 해방 후 남한에서 토벌작전 경험자들이었다. 토벌작전 경험자라는 것은 당시 시대상과 맞물려 정상적인 전투가 아닌 무차별적인 공격과 초토화 전술 등으로 빨치산은 물론 주민들까지 무자비하게 살상의 흔적을 남겼다. 일제의 독립군 토벌과 제주 4·3사건, 여순사건 등에서 엿볼 수 있듯이 말이다. 잔인한 전투의지와 전공에 대한 치열한 다툼을 여과시키는 장치는 전무했던 분위기였다.

*

1950년 12월 초순의 이른 아침, 간밤에 내린 눈이 산야를 덮고 있었다. 순창 회문산 줄기, 며칠 전에 뒷산에서 빨치산과 교전이 있었던 마을이었다. 전투 중에 우리 중대 병사 5명이 전사하였고 중대장은 악에 바친 듯 이 마을 청년들이 빨치산과 내통

했다고 확증하고 있었다. 어저께는 빨치산들이 승리를 자축이라도 하는 듯 마을 뒷산 고개에서 모닥불을 피워놓고 꽹과리를 치며 만세를 부르는 등 우리들을 자극했다. 이른 새벽어둠이 채 가시지 않은 고샅길로 마을에 들어섰다.

아침밥을 짓는 듯 굴뚝에서 연기가 피어오르고 마을은 고요했다. 추수가 끝난 들판은 허연 서리가 발밑에서 서걱거렸다. 우리 중대는 중대장의 명령에 따라 공중을 향해 공포탄을 쏘며 접근해갔다. 오십여 가구 남짓, 중대원들은 집집마다 불을 지르면서 주민들에게

"살고 싶으면 집에서 나와 모두 모여라"라며 소리쳤다. 일부 주민들에게는 성냥을 나누어 주며 미처 타지 않은 초가집에 불을 붙이라고 내몰았다. 평온했던 마을은 온통 아비규환이었다. 바람과 초겨울이니 바싹 바른 초가는 거센 불길이 악마의 혀처럼 일렁거리며 번져갔다. 추수 후 미처 타작을 못한 채 마당에 쌓아놓은 볏가리에도 예외 없이 불이 붙었다. 어떤 할머니는 불과 몇 분 후 자신의 운명이 어찌될지도 모른 채 '먹고 살아갈 볏단에는 왜 불을 지르느냐'고 악을 써댔다. 두려움에 떨고 있던 주민들은 불이 활활 타오르고 있는 이집 저집에서 빠져나와 군인들의 지시에 따라 마을 앞길 아래 논바닥에 모여 웅성거리고 있었다. 50대, 60대의 노인들이 대부분이었다. 가끔 할머니와 어린이도 끼어 있었고, 부녀자도 섞여 있었지만 젊은 사람들은 거의 없었다. 일부 젊은이들은 마을 뒤로 달아나 버렸고 부녀자

들은 불이 붙어 있는 집에서 살림살이를 끄집어내야 한다면서 나오지 않아 별로 눈에 띄지 않았다. 새벽잠을 깨 영문도 모르면서 주민들은 군인들의 협박과 강요에 집에서 나와 마을 앞 논바닥에 웅크리고 모여 있었다. 그런데 이때 중대원들은 아무런 상황설명도 없이 느닷없이 웅크리고 있는 주민들을 향해 소총사격을 시작했다. 명령에 따라 움직이는 군인이라지만 아무런 죄의식도 없는 듯 했다. 논바닥에 있는 주민들을 향해 총탄이 일제히 발사된 것이다. 마을 주민들은 머리와 가슴에서 피를 뿜으며 모두 쓰러졌다. 순식간의 일이었다. 일부 병사들은 쓰러져 있는 시체 사이를 돌아다니며 발로 툭툭 차보고 꿈틀거리면 다시 총을 쏘아댔다.

*

"그래 너는 어떻게 할 거니?" 현식의 아버지가 한동안의 침묵을 건너듯 던진 질문은 막연했다. 현식은 군 생활 중 상급자와의 갈등으로 전역했고 사회생활을 시작했다. 아버지 생각에 상급자와의 갈등은 표면적인 이유였을 테고 숨기듯 자신만이 아는 이유가 있었을 것이다.

"지금은 너무 힘들어요. 가장으로서 가정을 건사하지 못한 자책감에 빠질 수밖에는 없는 상황 때문일 거예요. 아내는 제가 직업군인으로 당연히 진급의 계단을 올라갈 수 있는 존재라고 생각했을 텐데, 상급자와의 갈등이 노출되면서 그 기대가 무너지고 나서는 지아비를, 가장의 의미를 저주하게 되었을 거예요. 마치 조건을 셈하고 결혼한 경우는 그 조건 때문에 헤어진다는 말과 궤를 같이 하는 것이겠지요. 아무튼 죄송해요. 아버지도 힘드신데 저까지 속상하게 해드려서."

"그래, 피곤할 텐데 이제 잠자리에 들도록 하자." 아버지는 식탁위에 차려진 것을 치우셨다. 현식이 밖으로 나왔을 때 듬성한 눈이 내리고 있었다. 산등성이 사이로 보이는 하늘이 시퍼런 강물처럼 흐르고 술기운인지 눈물이 나오려고 했다. 멀리서 고라니 우는 소리가 둔탁하게 들렸다. 현식은 잠자리에 들었지만 쉬 잠이 오지 않아 뒤척거렸다. 골짜기를 내려온 바람이 흙벽에 걸린 창문을 덜컹거리며 지나갔다. 살아온 날들과 살아갈 날들이 구분되지 않고 겹쳐있었다. 현식은 몸을 웅크리고 잠이 들었던가 꿈을 꾸었다. 현식이 꾸는 꿈의 대부분은 병영이 주 무대였다. 중대장으로 근무하고 있었던 때인 모양이다. 연대 전투력측정에서 하위에 속했고 대대장은 지휘봉으로 배를 찔러댔다.

"2중대장 너는 새꺄 고따위로 하니까, 늘 그 모양이야. 개뿔도 없는 놈이 따지긴 왜 따지고 지랄이야. 점수를 잘 받으려고 짜웅은 하지 못할망정." 상황은 명확하지 않았지만 다른 중대와 동일한 제한규정을 적용하지 않는 연대 참모에게 항의를 했고 해당 분야에서 최하점수를 받았던 적이 있었다. 대대장은 고압적인 자세로 연신 지휘봉으로 배를 찌르면서 동료중대장들 앞에서 망신을 주고 있었다. 대대에서 사관학교 출신 중대장은 현식 혼자였다. 순간적으로 현식은 대대장으로부터 지휘봉을 잡아 채서 테이블위의 유리판을 향해 던지면서 소리를 질렀는데, 순간 잠이 깨었다. 현식의 아버지는 주무시지 않는 듯 했지만 못 들은 척 하시는 것 같았다. 지난 일이었지만 마음이 어수선했다. 다만 아버지에게 의지할 수 있다는 것이 위안이라면 위안이었다. 바람소리에 창문이 덜컹거렸다.

현식은 침대에서 꼼지락거렸다. 아버지는 아침준비를 하고 계신지 진즉 일어나 주방에서 분주히 움직이고 계셨다.

현식은 자리에서 일어나면서 조금 멋쩍은 듯, “아버지 요즘 아침기도는 어떻게 하세요?” 물었고 아버지는 희미하게 웃으셨다. 교회를 떠나셨지만 아침기도는 하시는 걸 알고 있기 때문에 여쭈었던 것이다.

“아침에 반야봉으로 가는 길 중간쯤에서 기도를 하고 있지. 기도보다는 명상이라는 말이 맞겠다.”

“예수님은 어쩌시구요.” 명상이라는 낯선 단어 때문에 던진 직설적인 질문이었다.

“믿는다는 것은 단순한 것이지. 그래서 감성적이다가 후에는 이성적인 영역으로 자신을 무장시켜가는 것이고.”

“저는 잘 모르지만 종교는 판단의 문제가 아니라 느낌의 영역인 것 같다는 생각을 해요. 옳고 그름을 문제를 생각하기보다는 마음의 평안 등 애매한 영역에 머무른다는 것이지요.”

"그것은 종교만의 문제가 아니라 인간 내면의 바탕인거지. 이성보다는 감성의 충족을 더 우선시하는, 종교를 통해 마음의 위안을 얻고 같은 신앙의 세계를 가진 사람들끼리 서로가 서로의 공통분모를 확인하고 정신적인, 정서적인 위안을 얻게 되는 측면이 강한 것이지. 사람들은 절대자를 통한 정서적 만족뿐만 아니라 같은 부류의 인간을 통한 정서적 만족을 충족시킬 수 있는 영역을 확보하는 것이라고 자기위안을 갖게 되는 것이지. 그래서 이들은 그러한 정서적 만족을 훼손하는 어떠한 이성적 판단에도 결코 휩쓸리지 않게 되는 것이지. 일부 목회자의 공금횡령이나 성추문 속에서도 전부 다는 아니지만 그 자리를 보전하기도 하는 것이구. 보통 사람들이 잘 이해할 수 없는 부분이지만 그 이면에는 정서적 만족이 무너지는 것에 대한 두려움이 작용한다고 보아야 하겠지."

"그래도 아버지는 목회자이셨잖아요."

"목사라고 해서 보통 사람들이 생각하듯이 절대자와 특별한 영역을 구축하거나 교감을 나누는 이상적인 공간에 머무를 수는 없는 것이지. 다만 그런 척, 그것을 표현하고 타인에게 전달하지만 내면의 갈등과는 무관하게 결국은 강요한다고 봐야 하겠지."

"그럼 인간의 감성을 충족시킬 수 없다면 종교, 특히 기독교는 존립이 어려워진다는 거잖아요?"

"그런 점이 강하지. 절대적인 빈곤의 시대를 지나 조국근대화의 시기에 종교, 특히 기독교가 세계적으로 유래를 찾아볼 수 없을 정도로 부흥의 시대를 열었던 것도 이와 궤를 같이 하는 것이지. 경제적으로 윤택해지는 것이 축복과 동일시되는."

"아버지, 아침 다 준비되셨어요?" 현식은 아침부터 너무 심각한 대화 속으로 빠져들었다고 생각했다.

"그래 아침먹자." 간소한 아침이었다. 현식은 늙은 아버지의 손을 빌어 아침을 먹는 것이 죄송했지만 맛있게 먹었다.

"아버지, 이게 무슨 나물이어요?"

"다래순이란다. 다래나무에서 어린 순이 나올 때 따다가 데쳐 묵나물을 만든 게다. 봄철에는 나물을 채취하여 조금 팔기도 하고 찬으로 먹기도 하는 것이지."

"아버진 이제 산사람이 다 되셨네요. 저도 산으로 들어올까 하는데." 현식이 무심코 던진 말이었다.

"그거야 네 맘이긴 하지만, 산에서 산다는 것은 아무나 할 수 일이 아니란다. 요즘 방송 프로그램에서 그렇게 사는 사람들이 사는 모습을 보여주며 삶에 찌든 도시인들보다 인생을 멋지게 사는 것처럼 보여주기도 하지만 대부분이 연출된 것이라는 게 맞겠지. 인간은 그 한자어의 조합처럼 쉽게 고독과 친해질 수 없는 존재이기 때문이지. 역설처럼 외롭게 살 수 없기 때문에 사람들 사이에서 상처받고 살아갈 수밖에 없었고 그 상처를 달래려고 외로움을 견디며 산에 들어왔다고 보는 게 맞는 거지. 그것을 긍정적으로 생각한다면 그 상처의 깊이가 고독을 견뎌낼 요건이 되기도 하는 것일 거구."

"그럼 아버지도 마찬가지인 건가요." 너무 심한 말을 한 건가 아버지 눈치를 보면서 현식은 멋쩍게 웃었다.

"대부분의 사람들은 고독과 외로움을 혼동하지. 사실 명확히 구분하기는 힘든 점도 있고. 그렇지만 고독은 자기 안에 숨겨진 또 다른 자신의 문제이고 외로움은 내 안에 들어와 있던 타인의 문제인거지. 외로움은 누군가를 만날 때 해소된다는 단순한 해결책을 갖기도 하지만 고독은 해결하기는 어려운 것이고. 고독으로 진입하는 상태는 다분히 의도적인 상황인 것이지. 많은 사람들이 여행지에 가면 술을 찾는 것은 무슨 이유일 것 같니. 고독에 익숙하지 않은 두려움 때문일 거야. 숨어있던 자신과 온전히 교유할 수 있는 기회를 박탈하는 자위적인 행위라고 할 수 있는 거지. 익숙한 시간과 공간을 떠났을 때 도모할 수 있는 공간이 고독이라면 이해할 수 있는 문제이지. 혼자 산을 오르다보면 숨어있는 자신이 돌아 나오는 것처럼…. 눌은밥 좋아하니?"

난로 위에서 눌은밥이 구수한 냄새를 풍기고 있었다.

"일정이 어떻게 되니?" 갑작스런 아버지의 질문을 받고 현식은 당황하였다. 한동안 어색한 기운이 부자사이를 맴돌고 있었다.

"올라가거라. 아직은 네가 자유를 탐할 시간과 공간은 아니란다. 지아비로서 도리는 그렇다 하더라도 아비로서의 도리는 고민해야지. 하루쯤 더 쉬었다가 올라가도록 해라. 오늘은 같이 등산도 할 겸 나하고 문수골에 다녀오도록 하자."

"문수골요?"

"노고단에서 왕시루봉으로 내려가는 코스가 있는데, 길을 찾아보도록 하자." 현식은 갑자기 열차 안에서 만났던, 문수골에 산다던 노인이 떠올랐다.

"아무튼 서둘러야 한다. 늦으면 돌아올 수 없으니까." 현식이 설거지를 했고 간단하게 행장을 꾸렸다.

"길이 미끄러울 수 있으니 아이젠을 챙기도록 하자. 점심으로 간단히 주먹밥을 만들었다." 아버지는 사전에 준비를 하신 것 같았다. 간밤에 눈발이 날렸지만 날씨는 청명했다.

도로가 포장되기 전에는 깊은 산골이었다. 일제강점기에 벌목한 나무들을 실어내리기 위한 산판도로가 생겼고 문물이 흘러들기 시작했을 것이다. 지리산의 마지막 남은 비경이라 할 만큼 반야봉과 만복대 고리봉으로 이어지는 백두대간의 깊은 골짜기에 숨어있는 곳이었고 1949년 4월 지리산 유격대 참모장 김지회가 사살된 곳이기도 하다. 구례 산동이며 남원 운봉까지의 옛길을 걸은 사람들은 지리산에서 나는 각종 약초며 나물, 목기 등을 가득 등에 지고 장에 도착하여 장을 보고 주막에서 거나하게 한 잔으로 회포를 풀고, 다음날 해산물이나 소금 등을 지고 돌아왔을지 모른다.

내를 건너 천천히 부자는 산을 오르기 시작했다.

"겨울의 개울은 차분해지지. 오월이면 수달래가 계곡을 흐르며 피어나는데 진달래와는 다른 푸름을 둘러싼 분홍빛이 아름답지."

"이제 산에 드셨으니 어느 계절이 제일 좋은 것 같아요?"

"계절마다 그 느낌과 질감은 다른 것이지만 기다림의 묘미가 있지. 기다림이라는 말속에 기대와 다정이 줄임말같이 함축된 것처럼 미래의 영역이랄까. 저마다는 시간이라는 길에 기다림의 줄을 늘여놓고 살아가는 것일 게야. 그 길은 천 길 낭떠러지 길이거나 들꽃이 피어있는 향기로운 길일수도 있고. 기다림은 소멸되었다가도 다시 저 개울물처럼 쉼 없이 흐른다는 것, 자연은 변한다는 것, 장자가 꿈속에서 나비가 되었다는 호접몽의 이야기처럼 인생 전체가 한바탕 꿈이며, 아무리 오래 살았다 하더라도 죽기 직전이 되면 마치 한바탕 꿈을 꾸고 난 듯 살아온 세상이 부질없고 속절없는 것이 되어 정말 꿈을 꾼 것 같은 느낌이 아닐까 하는 생각이 든단다. 물아의 구별이 없는 만물일체의 절대경지에서 보면 장자도 나비도 꿈도, 현실도 구별이 없다는 것이라는 것이지."

현식은 아버지가 도인의 풍모를 닮아가는 것 같다고 생각했다. 한 대학의 외부 현관에 새겨진 '진리가 너희를 자유케 하리라'는 말이 생각났다. 그랬다. 현식이 기억하고 있는 아버지의 설교는 변하지 않는 진리를 말씀하셨다. 아버지의 마음이라고 여느 사람들과 다를 것이 없을 테고, 자신의 마음은 시시때때로 변하는 데도 절대 변할 수 없다는 진리를 말씀하셨던 것이다.

"아버지는 절대 진리를 믿고 온전히 거기에 따라야 한다고 말씀하셨잖아요." 현식이 따지듯 아버지에게 말했다. 아버지는 아무 말씀도 없으셨다.

간밤에 눈이 지나간 산의 빛과 소리는 맑고 청명했다. 개울물은 얼음장 밑에서 소리를 낮추었고 나무들도 돌처럼 단단하게 침묵하는 듯 했다. 현식은 아버지의 침묵 속에서 큰소리로 외치는 이들을 생각했다. 그것은 결국 나와 다른 것에 대해 얼굴을 붉히며 큰소리로 헐뜯고 비방하는 것이 대부분이었다. 침묵 속에서 더 맑고 투명한 소리를 낸다는 것을 눈 쌓인 겨울산은 말하지 않고 보여주는 듯 했다. 침묵의 위대함으로 깊어지는 자유로움을 눈 쌓인 겨울 산을 오르며 생각했다.

산을 더 오르니 쟁기소라는 이정표가 나타났다. 현식은 쟁기라는, 예전에 소로 논밭을 갈던 농기구를 생각하며 앞서가던 아버지에게 여쭈었다.

“쟁기소라는 지명이 특이하네요. 무슨 유래가 있는 건가요?”

“당연히 유래는 있겠지. 숨어든 사람들처럼 이곳에 사람들이 들기 시작하면서 워낙 산세가 험하여 마땅히 논농사를 경작할 곳이 없으니 화전을 일구고 살았을 테지. 정령치 쪽에서 화전을 일구고 돌아오는 어느 여름 저녁나절에 소를 건너다 물이 많아 화전을 일구고 돌아오던 마을 사람들이 몽땅 빠져 버렸던 적이 있었대. 물은 깊고 사람들은 농기구를 짊어진 채 빠져 이러지도 저러지도 못하고 허우적거리며 아우성을 치는데 갑자기 물속에서 용처럼 생긴 커다란 물고기가 나타나 물에 빠진 사람들을 등으로 떠밀어 구해 주었다는 이야기지. 그 후 마을 사람들이 소가 끄는 쟁기같이 생겼다 해서 쟁기소라고 불렀다고 하더구나.”

"네, 그런 유래가 있었군요. 그런데 전설처럼 우리의 전래된 이야기 속에는 도깨비 방망이 같은 신비롭거나 특별한 힘을 가진, 마치 현실감이 없는 허황된 이야기가 나오는 이유는 무엇일까요?"

"글쎄 종교적인 원력 같은 것이겠지. 종교라는 것도 그런 염원에서 발원되었던 것처럼. 아마 실제로 그런 불행한 일이 실제 있었을지도 모르지. 불행하게 죽은 사람은 물론 살아남은 사람들은 스스로를 위로받는 것처럼." 아버지의 답변은 짧고 간결했다.

산을 오르기 시작하면서 바람소리가 커져갔다. 바람은 보이지 않는다. 어떤 물체에 부딪쳤을 때야 소리를 내는 것으로 자신의 존재감을 드러낸다. 시원한 산들바람이 되기도 하고 몸을 흔드는 폭풍우가 되기도 한다. 배를 밀어주기도 하고 뒤집기도 한다.

"아버지 산에서 바람소리를 들으면서 그런 생각을 했어요. 바람은 말과 같다고요."

"그게 무슨 말이니?"

"바람은 보이지 않으면서 어떤 물체에 부딪치면 소리를 내는 것도, 바다에서 배를 밀어주기도 하고 뒤집기도 하잖아요. 사람도 누군가 상대를 만나야 말을 하듯이, 상대에게 힘을 주기도 하고 쓰러뜨리기도 하자나요."

"그래 그건 나도 미처 생각하지 못했던 대단한 성찰이다. 관념을 버리고 자연과 가까워 졌을 때 그런 관찰을 넘어서는 성찰을 할 수 있는 거니까. 나도 그 말을 생각해봐야겠구나."

바람만이 단단한 겨울 산의 침묵을 흔드는 것처럼, 현식은 살아오면서 침묵을 두려워했던 자신을 생각했다. 소리를 내며 지나가는 바람은 잠시의 침묵도 두려워하는 현식, 자신을 위하여 자칫 외로움에 빠져들지도 말라며 쉼 없이 오르내리는 듯 했다. 산을 오를수록 눈도 깊어져갔다. 현식은 아버지 발자국만이 앞서간 눈길을 오르며 생각이 말을 만든다는 생각을 했다. 아내와의 갈등이 깊어지면서 거친 말들이 오가곤 했다. 말은 허공으로 흩어져 흔적도 없이 사라지는 듯 하지만 사라지는 것은 눈곱 만큼이고 어딘가에 떨어져 상처를 만들고 원망의 골을 만들기도 하였을 것이다.

추위에 늦게 일어난 듯 게으른 해가 반야봉을 넘고 있었다. 노송과 암릉이 어우러지는 산길을 오르고 급경사 길을 올랐을 때 낯선 봉우리가 앞을 가로막는다. 이제 반야봉이 멀지 않은 듯 평탄한 등산로가 이어지고 중봉이 나타난다. 헬기장도 보이고 군데군데 무덤들까지 천왕봉아래 또 다른 중봉의 모습과 닮아있다.

부자는 아무 말 없이 산을 오르는 것에 집중하고 있었다. 아버지보다 현식의 숨소리가 더 거칠었다. 이제 반야봉이다.

현식은 아버지 손을 잡았다.

"아버지. 고마워요. 못난 아들이여서." 부자는 어색하게 웃었다. 해는 중천으로 오르고 구상나무에는 눈꽃들이 바람에 흔들렸다. 골짜기들도 연봉들도 흔들렸다. 현식은 바람에 흔들리는 산하를 굽어보고 가랑잎처럼 골과 능선을 구르던 숱한 군상들을 생각했다. 이 장쾌한 산하를 휩쓸고 간 사회주의는 무엇이고 공산주의는 무엇이었던가.

"아버지, 남도부라는 별칭으로 이곳에서 항일무장투쟁에서 빨치산활동까지 했던 하준수라는 사람을 아세요? 어쩌면 그가 일제강점기부터 한국전쟁까지 가장 오랫동안 지리산에서 활동했던 한 사람이었을 것 같은데 언제였는지 모르지만, 그가 그런 말을 했대요. '우리에겐 조국이 없다. 다만 산하가 있을 뿐이다.'라고."

"물론 그 말은 지리산이라는 소설 속에서 그가 한 말이지만 그 당시 그가 지향하던 사상이나 이념보다는 수단으로 추락한 존재의 실체를 짧게 표현한, 참 가슴 아픈 말일수도 있지. 그는 일본에 유학중 학병 징집을 피해 자신의 고향 뒷산인 지리산에 들어와서는 보광단을 조직하고 항일무장투쟁을 했고 해방 후에는 짧게 이승만의 비서 활동하기도 했던 인물이지. 그의 별칭인 남도부는 김일성의 작전명, '남조선 경상도 부산을 탈환하라'는 것에서 유래된 것이고. 그는 전쟁 후에도 후방교란을 위해 대구에서 지하활동을 하던 중 부하의 밀고로 그 한 많은 생을 마감하게 되었던 거지. 지리산에서 항일투쟁을 할 때는 민족의 배반자 친일 경찰들에 쫓겼고 다시 세월이 흘러서도 역시 그들에게 쫓겼을 거야. 그가 했다는 말은 자신의 비극적인 삶에 대한 결산이었을 거고."

"그런 이들도 함께, 생각이 다른 이들도 포용하여 같이 해방

정국의 미래를 구상하였다면, 그럴 수 있는 바탕이 되었다면 더 큰 국가의 그림을 그릴 수도 있었을 것이고, 그 엄청난 살상과 동족상잔의 비극을 피할 수도 있었을 것이라는 생각이 되요."

"역사에서 가정은 불필요한 것이지만 인간의 한계이거나 약점처럼 권력에 대한 집착이나 아집이 그런 공간을 만들 수 없었을 거야. 반야봉의 일몰이 아름답다고 하는데, 일출은 배경이 필요치 않은 것이지만 일몰은 배경이라는 장치가 필요한 것일 거야. 배경이 없는 일몰은 밋밋하다는 말이지."

"반야(般若)라는 말에는 무슨 의미가 있는 것이죠?"

"기독교에 주기도문이 있듯이 불교에 반야심경이 있잖아. 수행자에게 붓다의 참된 교설을 기억하고 간직하여 온갖 나쁜 법을 제거하고 선한 법을 도모하여 성불을 이루고자 하는 수행의 방편으로서의 총지인 반야심경은 그리스도교의 주기도문에 비유될 수도 있는 거지. 예수는 그의 제자들에게 '너희는 이렇게 기도하라'고 가르쳤고. 기도의 모범은 '은밀한 기도'였고. 골방에 들어가 문을 닫고 은밀한 기도를 절대자께 드리라고 했으며, 중언부언(重言復言)하는 식으로 많은 말을 하지 말고 간략히 할 것을 가르쳤다고 볼 수 있는 것이지. 주기도문이 주문(呪文)형식에 비교 될 수 있는가 하는 반문도 있을 수 있지만, 주문이 반드시 주술적인 것만은 아니고, 오히려 진언으로서 인간의 모든 열망을 짧은 문장 속에 담아낸다는 점에서 비교가 가능하다고 볼 수 있을 거야. 주기도문이 하나님 사상에 입각한 것이라면 반야심경은 분명 공(空) 사상에 입각한 것이지. 그런 점에서 불교와 그리스도교의 대비는 처음부터 공과 하나님의 대비였던 것이지. 그래서 이 둘이 내포하고 있는 개념과 의미가 상이하지만 '절대성'을 지닌다는 점에서 일치하는 것이고. 물론 지금 내가 한 이야기는 내가 직접 깊이 생각한 것은 아니었고 말이다."

"그럼 공과 하나님은 너무 막연한 것 아닌가요?"

"그럴 수도 있지. 하지만 초월적 실재를 추구하는 거라면 비교가 가능할 수도 있는 거지. 하여튼 쉽게 이해할 수 없는 것이지만 반야는 '진리를 깨닫는 지혜'라고 생각하면 될 거야."

"그런데 반야라는, 누가 인용한 것인지 유래가 있는 건가요?"

"물론 기록이 남아있지. 노고단도 마찬가지지만, 화엄사 사적기에 따르면 연기조사는 이따금씩 연(鳶, 용의 머리에 거북이 등을 가진 상서로운 동물)을 타고 지리산 이곳저곳을 살피고 다니다 이곳을 주봉으로 정하고 이름을 반야(般若)라 명명했다는 것이지. 연기조사는 반야봉 동사면에 조그만 암자를 짓고 이름을 묘향대라 하였고 예부터 지리산에 영험한 기도처로서 지리산의 5대(臺)가 있는데 문수대, 묘향대, 서산대, 무착대, 관음대가 있고."

"산에 오시더니 산에 관한 공부도 하셨네요. 바람이 거세지는데 이제 내려가시죠." 고산지대에 사는 일부 구상나무들이 말 그대로 사색이 되어가고 있었다.

"아버지, 세계지도를 놓고 보면 아주 작은 나라인데 우리나라에서만 자생하는 나무가 서넛이나 될까, 구상나무를 비롯해 미선나무, 개느삼 정도라는데 구상나무가 죽어가고 있네요."

"구상나무는 한라산, 덕유산, 이곳 지리산 등 남쪽 지방의 해발 1천 미터 이상의 고산지대에서만 서식하는데, 이제 산꼭대기까지 올라왔으니 대기 온도는 계속 올라가는데 더 이상 올라갈 데도 없고, 언젠가는 이곳에서도 볼 수 없을지도 몰라." 바람의 영향으로 가지도 고르게 펼치지 못하는 환경에서도 고도를 높이며 생존했는데 말라가는 구상나무들이 안타까웠다.

피아골삼거리를 지난다. 노고단으로 가는 길과 피아골로 가는 삼거리다. 현식이 언젠가 피아골대피소에서 하룻밤을 머문 적이 있었다. 그 때 거기서 '지리산의 호랑이'라던 함태식 씨를 만나기도 했다. 구례에서 태어나 대처를 떠돌다가 지리산의 산지기를 자처하며 40년 가까이 지리산을 지킨 사람이었다.

피아골은 지리 10경 중 하나인 직전단풍(稷田丹楓)으로 유명하다. 왜란 등 난리를 피해 찾아들었고 또 지방 관리들의 횡포를 피해 국가의 손길이 미치지 못하는 산중 깊숙한 이곳에 찾아들어 화전을 일구며 피(기장)를 심어 초근목피와 피죽으로 연명하여 이곳을 피아골(稷田溪谷)이라 했다 전해지기도 하고, 전후 사회혼란기에 쫒고 쫒기는 좌우 피아 공방이 치열하여 피아골(彼我谷)로 불리기도 했단다. 정유재란 때 의병들이 왜군과 피아 혈전을 벌려 피의 계곡이 된 후 여순 반란과 빨치산 공비 토벌 때도 마찬가지였다.

예정된 산행이 아니었는데 무작정 피아골에 들었던 날이었다. 산에서 처음 만난 이들과 저녁을 먹고 하룻밤을 같이 묵었던 곳이다. 피아골은 영화로도 널리 알려졌다. 한국전쟁이 끝나고 55년 이강천 감독이 만든 영화로 기억하고 있다. 지리산에 닿지 못한 이들도 피아골은 익숙한 곳이었다.

"아버지, 혹시 '피아골'이라는 영화 보셨어요?

"그럼, 최초의 반공영화라고 해야 하나, 그러나 그마저도 쉽게 용납되지 않던 철두철미한 반공의 깃발이 펄럭이던 때였으니, 후에 남부군 등이 영화로 만들어졌지만 최초의 빨치산 영화였지. 전향한 빨치산 출신의 실화를 토대로 만들어진 실감나는 내용이었고 빨치산의 실상과 더불어 결국 남측에 전향한 빨치산 이야기로 반공영화 축에 속하긴 했지만 빨치산들이 괴물이나 악마처럼 묘사된 것이 아닌 평범한 인간처럼 묘사되었다고 해서 반공법 위반으로 상영금지 처분 된 최초의 기념비적 영화였어. 내가 어릴 때는 '피아골'이란 빨갱이 영화가 남한에서도 만들어졌다는 소문만 들었을 뿐, 이 영화를 보는 것은 금지 됐었고 이 영화를 봤다는 사람은 빨갱이 취급하던 시대였지. 많은 세월이 흘러 이태 씨가 쓴 '남부군'을 토대로 한 동명 영화 '남부군'과 더불어 한국영화 100선에 끼어 영화 팬들에게 보라고 자랑스럽게 내어놓는, 세월이 무심하다고나 할까."

"아버지, 과연 인간에게 이데올로기, 사상이란 무엇일까요? 도대체 무엇이기에 죽음을 불사하도록 매달렸을까요?"

“글쎄, 한마디로 설명하기에는 어려운 것이지. 사람들에게 시공간이나 살아가는 환경은 다 다르니까. 그러나 그 둘이 인간의 관념으로부터 출발한 것은 동일한 것이지만 그 안에 서로 반하는 것도 있는 것이지. 종교는 자연과 더불어 초자연을 연결시켜 놓은 것이니까. 그러나 실제로 둘이 명확히 구분되었던 적은 없었어. 서로 연관되었고 영향을 나눴고 때로는 상호의존적이기도 하였으니까. 그래서 둘이 교차하기도 하였으니까. 인간의 삶을 관통하는 키워드가 여러 가지가 있겠지만, 과학과 종교, 이데올로기라고 단정 짓는 이도 있어. 이 세 가지는 시공간에 종속된 인간들을 통제하고 규정짓는 힘을 지니고 있다는 거지. 여기에는 조건이나 인간의 한계처럼 죽음에 대해 절망하고 이를 탈피하려는 절대적인 욕망을 전제로 한 것이고. 과학은 영원불멸성을 우리를 포함하는 자연의 운행과 이치에서 확인함으로서 자연의 영속성과 자신을 동일시함으로서 죽음의 공포를 잊게 해 주는 마력이 있는 것으로, 종교는 그런 과학이 보여주고 규명해주는 자연의 이치만으로는 결코 채워질 수 없는 나 자신, 즉 개개인의 존재로서의 영속성을 확인하고 싶어 하는 욕망을 채워주고 위로해 주는 힘이 있는 것이지. 이데올로기는 우리가 서로 관계를 맺고 부대끼며 살아가는 사회의 영속성에 주목하고, 공동체의 특성을 공유하는 한 구성원으로서 한 개체의 죽음을 뛰어넘어 영원히 이어져가는 사회의 영속성에 자기 자신을 동화시키고 자신의 부질없음에 대한 허탈감을 잊게 해주는 힘으로.”

아버지의 긴 이야기를 마쳤을 때 임걸령을 지났다.

"아버지가 말한 세 가지는 모두 '불멸성'에 도달하려는 인간의 안타까운 몸짓인 거네요. 마치 인간의 욕망을 위한 수단인 것처럼 그것들은 서로 밀접하게 연관되어 있고. 그러나 이제는 각각 제자리로 돌아가야 하겠네요. 제가 아버지께 종교와 이데올로기의 연관성에 대해 여쭈었던 것은 빨치산이라는, 남과 북, 결국 어느 체제에도 편입되지 못한 듯한 안타까움 때문이었어요. 이제 조금 이해가 되는 것 같아요. 그들은 그 세 가지 요소를 구분할 수 없는 시공간에 살았었다는 것으로."

"그래, 셋 중에서 아직까지 이데올로기는 독립성을 갖지 못하고 있는 편이지. 그 말은 인간들이 그것에 경도되어 있다는 것이고. 종교가 과학적인 것을 무시하는 것도 이런 현상의 일단인 것으로 볼 수 있을 거야. 종교적 믿음이 과학의 영역을 침범하거나 각자가 추구하는 신앙의 형태와 방식을 인정하지 못해 배타적이 되고 공직자이기도 한 정치인이 종교를 끌어들이듯 '우리 세력이 사회의 주류'라는 정치성을 갖게 되는 것이지."

"그럼 빨치산이라고 칭했던 이들은 어찌 보면 무모한, 그런 것에 목숨까지 걸게 되었던 것일까요?"

"현재의 기준, 관념으로 당시 그 사람들을 판단하는 것은 어렵겠지. 의식주 모든 면에서 그리고 인권이라는 것이 비교할 수도 없이 열악한 시절이었으니까. 사회적인 불만을 가진 이들도 있었지만 단순하게 분하고 억울해서 휩쓸렸다는 것이 맞는 말이겠지." 현식은 아버지의 답을 들으면서 점점 답답해지는 것 같았다.

올라오면서 흘린 땀이 식으면서 차가운 바람이 옷깃을 파고들었다. 이제 돼지령이다. 노고단에서 출발하는 종주산행 중 첫 번째 고개인 셈이다. 봄부터 초여름까지 진달래, 철쭉이 피고 지는, 본래 원추리 군락지여서 그 뿌리를 캐 먹기 위해 멧돼지들이 넘나들던 고개라서 돼지령이라고 했다. 돼지령에서 왕시루봉으로 내려간다. 피아골산장과 불당골을 연결하는 고개, 질매재를 지난다. 불당골과 피아골의 경계를 이루는 왕시루봉 능선줄기에 등짐처럼 불쑥 솟은 봉우리 질매재 등 부근에 있다. 왕시루봉 능선은 잡목이 우거져 조망이 좋지 않다. 피아골과 문수암으로 넘나드는 느진목재를 지나면 왕시루봉까지 오르막이다.

왕시루봉은 봉우리 모양이 거대한 떡시루를 엎어 놓은 것 같다 해서 붙여진 이름이다. 노고단으로부터 섬진강으로 뻗어 내린 왕시루봉은 길이가 10km에 이르는 능선이다. 능선에는 1000고지 이상의 봉우리도 8개가 되는데 왕시루봉은 이 능선에서도 가장 높은 봉우리로 이 봉우리 정상에 서서 보면 구례, 화계, 악양, 하동 등을 지리 10경인 섬진청류가 길게 흘러간다. 구불거리는 섬진강 물줄기를 오랫동안 바라보았다. 이른바 4대강에 들지 못해 물줄기가 구불거린다. 현식의 아버지도 그 강줄기를 오랫동안 바라다보셨다.

"4대강에 들지 못해 저렇게 구불거리네요."

"전직 대통령이었던 그가 서울 시장이었을 때 청계천 고가를 허물고 인위적으로 물줄기를 만들어 대통령이 될 수 있었다고 해야 하나… 아무튼 그 여세로 자연에 소위 '삽질'을 한 것인데, 그 비용도 비용이지만 그보다 후유증은 어찌 감당해야 할지."

현식의 아버지는 더 이상 말을 아끼셨다. 현식은 금강의 하류 지역인 부여의 강 둔치에서 농사를 짓던 친구 집에 갔던 날이 떠올랐다. 장마에 강물이 범람하여 여름농사를 망치기도 했지만 새로운 흙으로 채워져 비옥한 땅에서 가을채소를 심고 거두던 곳이었다. 농사를 지으면서 비료와 농약으로 강물을 오염시키는 폐해도 있었겠지만 친구네는 선대로부터 물려받은 땅을 버려야 했고 그 땅에는 자전거도로며 체육시설이 녹슨 채 방치되고 있었다.

왕시루봉에서 서쪽으로 내려오면 기독교 선교유적지가 일부 남아있다. 이곳은 6·25 전쟁 후 사회가 안정되자 폐허가 된 노고단 수양관의 대용으로 1962년에 지어졌다. 1970년대 이후 한국기독교의 급성장으로 외국인 선교사들의 수가 줄어들어 사람이 살지 않았고 관리까지 부실해 허물어졌다. 지금은 예배당 등 일부 건물이 남아있다. 현식의 아버지는 이곳이 처음이신지 천천히 둘러보셨다.

"우리 근대사에서 기독교의 역할, 즉 선교사들을 어떻게 평가해야할까요?"

"선교사라는 개인적인 측면에서 보면 그들은 희생을 감수하고 선교와 더불어 이 땅에 개화의 씨앗을 뿌린 사람들이라고 볼 수 있지. 당시 이질과 말라리아, 급성폐렴 등 풍토병으로 숨진 선교사와 그 가족이 60여명이었으니까. 초기 기독교 외국인 선교사, 그들은 신앙에 대한 사명감으로 하나님을 알지 못하는 이 땅의 백성들을 구원하려고 이역만리 낯설고 물 설은 한국 땅에 와서 목숨까지 내어놓고 사랑을 실천했던 거지. 당시 주민들의 주거 환경과 위생관념은 너무 열악했었고, 여름에는 옷을 입지 않고 맨발로 다니는 아이들이 대부분이고 헐벗고 굶주린 이 땅의 백성들에게는 보건위생이란 말도 없었을 테니. 때문에 전염병이 한번 휩쓸고 지나가면 속수무책이어서 유아 사망률이 높아 평균 수명은 40세에도 이르지 못했던 시대였고 말이야."

"오로지 중국만을 상전으로 두려워하며 살았던 시대이니 우리가 흔히 이야기하는 '백인'들에 대해서는 무서운 귀신취급을 했던 것도 무리는 아니었을 거여요. 선교사들은 본국 교회의 재정지원을 받아 선교 사업에 교회를 짓고 의료봉사를 하고 학교를 세웠는데, 키 크고 머리 노랗고 눈도 노란 사람들을 외계인 인양 난생 처음 보는 서양인들을 향해 괜히 피해 의식이 발동하여 담장 너머로 돌멩이를 던져 부상을 입히고 도망가는 일도 있었대요."

"그렇지, 순수하게 선교사들의 당시 행적만 봐서는 아무런 이해관계도 없는 타국 사람들에게 봉사하며 고생하기도 하고 많이 순교한 자들이지만, 제국주의의 정치적인 수단으로써 개입되었던 면도 있었지. 전체적인 관점에서 보자면 문화 파괴범 혹은 정치적 수단이라고도 볼 수 있는 면이 있었다고 해야 하나. 사례로 드는 것이 애매하지만 제국주의를 표방하며 식민지를 확보하고 식민들을 교화하는 수단으로 종교는 필수적이었던 맥락으로 볼 수 있는 거지. 조선의 사례를 보더라도 일부 프랑스 출신 선교사제들은 병인양요 등의 비극을 부르기도 했고, 제국주의를 등에 업고 토착지배층과 작당해서 신축민란과 같은 저항의 단초를 제공하기도 했으며, 수많은 사회적 갈등을 야기하기도 했지. 중국이나 베트남 같은 경우 선교사들의 피살을 제국주의 열강이 침략의 구실로 삼기도 하였던 적도 있었고."

"일제에 강점되면서 다행이랄까 저들은 종교를 내세우지는 않았던 것이고 당시 선교사들에 의해서 서구 문물과 신식교육 특히 조선후기에 성리학이 득세하면서 상대적으로 비하되었던 여성을 세상으로 끌어내는 위대한 역할을 해주었던 것 같아요. 특히 근대적인 교육기관을 설립하고 교육을 통해 민족 정체성을 도모하고 독립의 기틀을 마련한 면도 있었던 것 같아요."

"그래 그들의 공적이 외국인이었다는 이유로 제대로 대접받지 못하는 면이 있지. 이제 내려가자꾸나."

"그래요. 내려가다가 문수사라는 절이 있어요. 반달곰을 키우는 곳으로 알려진 곳이어요."

다시 왕시루봉으로 올라 느진목이재를 거쳐 문수암이다. 짧은 저녁 해가 저물어가고 있었다. 문수암에 잠깐 들렀다 가기로 했다. 문수암은 백제 성왕 25년(517년)에 연기조사가 창건했다고 전해진다. 임진왜란 때 폐허가 되고 다시 한국전쟁 시 전화를 입어 폐사지처럼 남아있었는데 80년대에 현재 가람의 모습으로 재건하였다고 했다. 삼층 전탑모양의 대웅전이 특이했다.

“아버지 단단한 쇠창살 안으로 정말 곰이 살고 있네요.”

“이곳 문수사의 상징 동물이라고 해야 하나. 절집이야 대부분 외진 곳에 있는 것이 특징이기는 하지만 문수골 밖의 사람들에게 절을 알리는 수단이 되기도 하였을 거야.”

“그래도 특별히 수행하는 공간인 것은 물론 몸집이 큰 짐승인데 저렇게 좁은 공간에 가두는 것이 마땅한 것인지 모르겠어요.”

“아마 호기심이 충족된 다음에는 누구든지 그런 생각을 할 거야. 그래서 늘 애매한 것이 신분에 관계없이 사람이라는 존재일 거야. 곰이 곰이라는 인식은 단순하거든. 단지 곰을 어떤 대상으로 생각하느냐 하는 관점 또는 시각의 문제겠지. 많은 사람들이 곰을 키운다니 호기심을 갖는 것처럼, 그런 관점으로 곰을 키운다고도 볼 수 있는 거겠지.”

“네 아버지 말씀이 일리가 있어요. 사냥꾼들에게 쓸개가 곰의 주체로 보이듯이 말이어요.”

문수사에서 문수골로 내려가는 길은 포장되었지만 가파른 길이었다. 한 때 전국 방방곡곡으로 풍치가 있는 곳에는 가든이니 모텔들이 빠짐없이 들어서곤 했는데 이제 그도 시들해지고 펜션들이 그 자리를 차지하고 있다. 무문별한 개발은 결국 자연을 훼손하는 일이었고 도태되는 이들도 마찬가지였다.

개울물을 따라 한참을 내려갔을 때 넓은 개울물이 나오고 문수골을 잇는 도로가 나타났다.

“너무 무리하는 것 아니냐. 조금 더 올라가야 하는데.”

“아뇨. 저보다는 아버지가 힘들지요. 그런데 정말 체력이 많이 좋아지셨네요.”

“하는 일 없이 산에서 사는 사람이 골골거리기까지 하면 안 되는 거지.”

“오늘 만나실 분이 누구여요.” 현식은 열차 안에서 만났던 문수골에 산다는 이를 떠올렸다.

“내가 가끔 만나서 이야기를 나누는 사람이야. 그분은 우리 자생종교에 대해 해박한 지식을 가지고 계신 분이지. 종교라는 것이 결국 삶의 의미, 그보다는 죽음에 대한 공포를 잊기 위한 방편이었을 거야. 복을 구하는 기복은 피할 수 없는 것이고. 그럼 왕조가 쇠락하면서 태동한 우리의 자생종교, 신흥종교라고도 하지만 이는 종교 자체를 폄하하는 의중이 들어나기도 하는 거지.”

문수골

겨울 해는 왕시루봉에 산 그림자를 드리우고 있었다. 물소리를 따라 굽이진 골을 오르니 그 집 앞이었다. 그분은 집 앞에 나와 기다리고 있었다.

"길도 사나운데 먼 길 오셨습니다. 잘 지내셨습니까?"

언뜻 도인의 풍모를 지닌 그 분은 현식의 아버지와 친숙한 듯 반갑게 맞아주셨다.

"예! 잘 지내셨지요. 아 참, 제 둘째 아이입니다. 마침 어제 내려와서 동행했습니다."

"시장하시겠습니다. 안으로 드시지요." 집 안으로 들어섰을 때 온기가 감돌았다. 먼 산길을 넘어온 이유도 있었을 것이다. 따뜻한 녹차가 나오고 그는 저녁을 준비한다며 주방으로 갔다. 부인은 출타 중이라고 했다. 거실 벽에는 둥근 원(圓)의 형상이 액자에 담겨있었다. 현식은 생소했다.

"아버지 액자에 담긴 원은 무엇을 의미하는 거지요?"

"원불교의 상징이지. 소태산은 불법을 주체로 삼아 새로운 종교를 주창하였는데, 그가 깨달은 일원상의 진리, 즉 법신불(法身佛)사상을 주체로 하고, 모든 종교의 장점을 취하여 시대화, 생활화, 대중화의 개혁을 시도한 것이라고 해야 하나. 우주 자연의 이치를 깨닫고, 그 깨달음을 문자나 언어를 빌리기 전에 일원상(一圓相)으로 표현하였다고 할 수 있지." 한 번도 접해보지 못했던 것이기에 현식은 생소했다. 종교라는 것이 편식성이 강해 타 종교에 접근이 쉽지 않고 더욱이 어려서부터 아버지가 목사였으니 다른 종교에 관심을 가질 수 없었다.

"주방으로 오시지요."

그가 들어와 주방으로 안내했다. 식탁에는 김치와 두릅장아찌 등 나물류와 된장국 등이 준비되어있었다.

"음식솜씨가 없어 입맛에 맞을런지 모르겠네요. 드시지요." 된장국부터 오래된 이야기처럼 구수한 맛이 났다.

"음식이 깔끔하고 맛있습니다." 진심이었다.

"아버지께 군 생활한다고 들었는데."

"아, 네 지금은 전역하고 다른 일자리를 알아보고 있습니다. 나이가 이만큼 들어서도 아직도 아버지 신경을 쓰게 해드리는 편이네요. 이곳에서 사신지는 얼마나 되셨는지요?"

"오늘 넘어오신 지리산처럼 굽이진 사연들이 있지요. 이곳에 깃든 지는 십년 정도 되었고."

"원불교에 대해서는 백지상태이지만 깊은 연관이 있으신

가요?"

"그렇지요. 교무가 되는 과정을 이수했지만 사정이 있어 그 직분을 수행하지는 못했고… 하지만 일원상에 새겨진 의미를 구현하려는 마음만은 변할 수가 없지요."

"제가 아는 분이 '소태산 평전'을 썼다고 들었는데 한 번 읽어 봐야겠네요. 원불교에 입문하신 동기가 있으셨던 건가요?"

"고등학교 때 마치 빙의가 된 것처럼 종교, 아니 삶의 문제에 빠져들기 시작했어요. 그러면서 공부에 소홀했던 것 같아요."

아버지는 별 말이 없으셨다. 식사가 끝나고 다시 거실로 나왔다.

"설거지 도와드려도 될까요?"

"그래주실래요." 그 분은 상대방의 마음을 편하게 해주는 무언가가 있었다. 현식이 설거지를 하는 동안 그는 다과를 준비하고 있었다.

"오늘밤은 누추하더라도 이곳에서 유하시지요." 아버지는 겸연쩍은 모습이었다. 다과상을 앞에다 놓고 마주앉았다. 현식이 잠시의 침묵을 깨듯 입을 열었다.

"왕조시대에는 당파로 편을 가르더니 일제강점기를 지나 분단과 전쟁의 큰 난리를 치르고서도 반세기가 더 지났는데 이념의 편을 가르는 우리의 현실을 어떻게 보아야 할까요?"

"우리 민족의 정체성처럼 단일민족이라는 것을 대단한 유산이기라도 한 것처럼 치부하지만 그 치부(置簿) 속에 그야말로 치부(恥部)가 숨겨있다고 봐야 할 거여요. 당파라는 것이 사전적인 의미로 '정치적 목적이나 견해를 같이하는 무리가 이룬 파벌이나 정치 집단'이라는 건데, 거기에는 학벌과 파벌까지 한데 모은 말이지요. 학벌은 배움을 깨달은 학교 출신이나 학파 계열을 의미하고 파벌은 개별적인 이해관계에 따라서 갈라진 무리를 가리키는 말이고. 결국은 이 두 단어는 어떠한 성격이 같은 사람들끼리 만나서 어떠한 무리를 이루는 집단으로 그들은 이익을 얻기 위해서 다른 계파와 경쟁하며 이윤을 추구한다고 볼 수 있지요. 출신지역이나 특정한 학습기관, 학자를 중심으로 공부하고 과거(科擧)시험을 통과하여 정부 관리가 되면 그때부터 학벌과 파벌이 형성되는 것이고 소위 '당파 싸움'이라고 불리는 정쟁(政爭)이 일상이었던 시절이었지요. 왕조가 무너지고 일제강점기가 도래하면서 사회주의 사상이 들어왔고 당시에는 뚜렷한 대립구조를 형성하지 못했지만 해방이 되면서 분단은 이념의 대립을 극대화한 과정이었는데, 남한 내부에서도 마찬가지 상황이 만들어진 것이지요."

"그로부터 많은 시간이 흘렀는데 왜 아직도 거기에서 벗어나지 못하는 것일까요?"

"그건 결국 어떠한 것이든 대립의 기저에는 공동체의 공동선을 추구하기보다는 자신이 속한 집단의 이익을 얻기 위한 것으로 귀결되기 때문일 거여요."

"그럼 종교가 가지는 사회적인 역할이 있을 건데 그 갈등구조에 아무런 역할도 할 수 없는 건거요?"

"아하 아드님이 자꾸만 나를 밀어붙이는 것 같으네. 종교라는 것이 타 민족이나 종교를 가진 이들과의 분쟁이 전쟁과 궤를 같이 한다고 볼 수 있지요. 전쟁은 욕망의 충돌이자 욕망 속에는 억지처럼 선의로 포장된 게 있었던 것이지요."

"그럼 종교가 어떤 수단으로든 갈등과 분쟁의 해결사는 될 수 없다는 것이네요."

"어쩌면 종교 자체가 분쟁의 도화선이 되었던 것이지요. 오래 전에 중동 지방에서 있었던 피비린내 나는 십자군 전쟁, '가톨릭'이 지배한 여러 나라에서의 종교 재판, 중국을 공격한 아편 전쟁 등 20세기의 잔인한 전쟁들과 종교분쟁 등에 대해 역사는 비난의 손가락질을 하는 것이고, 제 1차 세계 대전과 제 2차 세계 대전은 다 개신교와 카톨릭교 국가에서 발생하였으며, '가톨릭' 교인들과 '프로테스탄트' 교인들이 서로 자기들끼리 무차별 살육을 자행하였다는 것은 조금만 역사 속으로 들어가면 알 수 있는 것이지요. 기독교가 득세하였던 중세시대를 암흑시대라 칭하는 것도 마찬가지구요." 잠자코 듣고 계시던 현식의 아버지가 어둠이 내린 밖을 내다보며 한마디 하셨다.

"신이 요구하는 조건이라는 것에 결국 인간의 욕망이 배태되었다고 볼 수도 있는 것이고, '예수천국 불신지옥'이라는 극단적인 배타성은 인간이 만든 도그마의 일단이고 이것은 오늘날까지 이어지는 분쟁의 뿌리이기도 한 것이라고 볼 수 있겠지요. 역사 속에서 알 수 있듯이 로마군에게 항전하던 유대인들이 마사다

언덕에서 마지막 남은 960명 전원이 자결하듯 요새가 무너지면서 유대인들은 조국을 가지지 못하고 떠돌아야했지요. 무려 2천 년 동안 수모와 박대를 당하면서 노예와 다름없이 떠돌아야 했던 그들은 무슨 생각을 했을까요? 결국 원망과 증오심이 차곡차곡 가슴에 쟁여졌을 거라고 보아도 무방한 것이지요. 그러한 원한과 증오는 나름의 가치체계로 도덕률처럼 기독교라는 종교에 그대로 스며들었을 것이고 그것이 방금 전에 말씀하신 암흑시대로 이어졌다고 해도 되는 것이지요."

"자수성가의 전형처럼 성공한 기업인으로 정치에도 투신했던 이가 한순간에 억울함을 세상에 드러내듯 스스로 목숨을 끊는 일이 있었는데, 그는 교회 장로였어요. 저는 그의 극단적인 선택에 많은 의구심을 가졌던 것 같아요. 종교라는 것과 인간의 욕망과의 상관관계를요."

"글쎄 종교라는 것이 욕망을 제어하거나 억제하기 수단이라는 것을 내세웠지만 그렇게 명쾌하거나 단순했다면 종교는 소멸했을 거예요. 내세라는 사후의 또 다른 생의 연장은 너무 막연한 것이고 현세에서의 축복 때문이었겠지요. 안타깝게 스스로 생을 마감한 이를 두고 말한다는 것이 불편하지만 전형적인 흙수저를 가졌던 이가 종교 속에서 자신의 신념을 공고화할 수 있는 계기를 만들었을 거라는 것, 그렇게 자신의 처세술에 빠져들었을 것이지요. 자신만의 처세술로 회사를 키워가고 정치적 욕망도 키워갔고, 기독교인으로 죄에서 멀어지겠다고 기도했지만 선과 악의 구분은 흐려지고 더 많은 부와 높은 권력으로 하나님께 영광을 돌리는 것에 치중하고 의미를 부여했을 테지요. 교회도 직간접으로 그의 욕망을 부추겼을 것이고."

"맞아요. 선과 악이 혼재된 상태에서 타락된 죄성의 위험성을 교회는 그 어떤 종교보다 중요하게 생각하고 때론 지나칠 만큼 과잉 반응을 표방하기도 하지만, 세상일에 그런 종교로서의 권위와 엄격한 잣대를 들이댄다는 것은, 종교의 존재성처럼 누구나 알고 있는 것이지요. 그러나 또 다른 면으로 그에 맞지 않게 성도와 교회 내부에서 벌어지는 부와 권력, 육신의 추악한 욕망의 노골적인 발현과 합리화에 있어서는 그 어떤 종교보다도 관대하고 포용성이 넘쳐나는 행태를 보이기도 한다는 것. 목회자로서 그것을 회피하였을 때 나에게 비난의 화살이 돌아왔어요. 대부분 목회자가 여신도 등과 성문제 등이 생겼었지만 신도들과의 견해차이로 생긴 일은 상식적으로도 도저히 이해가 되지 않는 부분이었지요. 신앙의 본령에 충실하려다가 결국 신도들과 건널 수 없는 강을 건너게 되었던 것이고, 그것은 결국 내가 유약했기 때문이겠지요." 현식의 아버지는 회한처럼 무겁게 말씀하셨다.

"어려운 상황을 견디지 못하고 교회를 나오신 것은 어쩌면 자신의 정체성도 거부하며 모든 것을 버리고 자신의 본령을 지키기 위한 것이었을 테지요. 그 상황을 누가 이해하고, 누가 아픔을 헤아려주겠습니까. 저도 마찬가지였지요. 인간의 굴레이고 신앙의 굴레이기도 하였는데, 뭐라고 할 말이 없습니다. 다만 신앙으로 포장하는 것, 종교적으로 포장된 욕망의 해악에 대해서는 극히 둔감하거나 분열적인 이중 잣대를 극명하게 드러내는 경우도 있으니까요."

밤이 깊어가고 있었다.

"공적인 직책에 있으면서 극명하게 종교적인 색채를 드러내는 이들이 있었는데, 예를 들면, 군 지휘관이 법당의 불상을 훼손한다든지, 시장(市長)으로서 시(市)를 하나님께 봉헌한다든지 하는 언행은 어떻게 생각해야 할까요?"

"신앙을 갖지 않은 사람이라 하더라도 노골적으로 탐욕과 욕망의 날이 선 칼을 드러내는 사람은 많지 않은 것이고, 그러나 거룩한 신의 이름으로 포장된 욕망은 잘 보이지도 않을뿐더러 제대로 보려고도 하지 않지요. 신의 이름으로 그 욕망을 추구하는데 아무런 거리낄 것이 없어진다는 것처럼, 게다가 그런 욕망을 추구해서 성공한다면 '간증'을 통해 그런 욕망을 더욱 더 확장해서 퍼뜨리며, 그 사람의 신앙적 명예는 더욱 더 높아간다는 것이지요."

"아버지는 어떻게 생각하실지 모르지만 제가 어린 시절 다녔던 교회는 일 년에 한두 번 부흥집회라는 것을 열었었지요. 어른도 아니면서 그 집회에 참석했었던 것은 무리가 있었던 것 같아요. 부흥강사는 예언이니 방언이니 하는 은사를 강요하듯 하였는데 어찌 보면 이것은 본래의 의미와는 다른, 주술적이라 해야 하나, 지금 생각해보면 혼란스러웠어요. 특히 부흥강사는 믿음을 통한 물질의 축복을, 집회의 중요한 이유처럼 강조하곤 했어요. 마치 그것이 주된 신앙의 목적인 것처럼. 지금도 기억나는 것은 '엿장수를 하던 가난한 성도가 십일조를 충실히 하여 큰 부자가 되었다'는 것을 침을 튕겨내며 강조하곤 했어요."

"그것은 신앙을 통해 '경이로운 가시적 욕망을 실현'했다는 사례를 통해 현대인들의 부와 성공, 탐욕의 욕망을 '하나님의 은혜'로 정교하게 포장해서 교인들을 끌어 모았다는 사실이지요. 물론 다는 아니겠지만 오늘날의 대형교회들이 존재할 수 있었던 근인이기도 하겠지요. 이제 그런 고리타분한 이야기는 그만하시고 산에 사시는 형편이 어떤지 말씀해주시지요." 현식의 아버지에게 묻는 것 같았다.

"처음에는 별 생각을 다했지요. 아내는 충격으로 병이 악화되었고 끝내 세상을 떠났을 때 지아비로 견딜 수 없는 심정이었지요. 미욱한 나 자신 때문에 그랬다는, 패배자처럼 스스로 교회를 버리고 나오면서 참담한 상황은 이어졌던 것이니까. 현실도피처럼 산으로 숨어들었고 나에게 산은 삼한시대의 소도(蘇塗)처럼 신성한 공간이기도 하면서 도피처이기도 하였지요. 산에 들면서 생활공간과 만나는 이들이 단순해지면서 나의 삶도 사고도 단순해지는 것 같아요. 스스로 선택한 종교를 버렸지만 관성처럼 또 다른 신을 추구하게 되는 것은 인간의 본질인가 싶기도 하고. 그리고 뭔가 나름의 체계를 갖추어 사람들을 꼬이게 하고 싶다는 욕망을 가지면서 흠칫 놀라기도 하지요.”

“그렇지요. 예수나 석가모니도 종교를 만들지는 않았어요. 다 그의 제자들, 결국 그렇고 그런 인간들이 만든 것이지요, 많은 인간들의, 어찌 보면 신이 되고 싶었다는 열망의 발로였다는 것이 맞을 거예요. 어차피 신으로 내세운 이들은 지금 세상에 존재하는 이들이 아니니까요. 교회 목회자라는 직분이 생활인으로서 직업이기도 한 것에 한계가 존재하는 게 아닌가 하는 생각을 합니다. 나도 종교는 다르지만 그런 과정을 거쳤고 결국에는 그 직분을 수행할 수 없는 신세로 엄청난 곤란을 겪어야 했으니까요. 가톨릭의 사제와는 다른 교회의 목회자는 대부분 가정을 가지고 있으니, 절에 스님들과는 다른, 스님들은 대중을 이끌어가기도 하지만 수행 자체가 생활이기도 하니까요.” 현식은 얼떨결에 하품이 나왔다. 긴 산행이었으니 그럴 만도 했다.

“이제 그만 쉬시지요.” 그분은 일어나 현식 부자가 쉴 방으로 안내했다. 현식은 잠시 밖으로 나왔다. 왕시루봉 너머에 상현달이 숨어있는 듯 달빛이 계곡으로 흘러내린다. 물소리가 바람소리처럼 청량하다. 깊은 산은 인간을 깊게 만들기도 한다고 생각했다.

계곡을 지나가는 바람은 싸늘했다. 현식은 방으로 들어왔을 때 아버지는 자리를 펴고 앉아있었다.

“아버지 대단하시네요. 오늘 산행거리가 굉장히 먼 거리인데, 이상 없으신 걸 보니.”

“산에서 사는 사람이 몸이라도 튼튼해야지, 어쩌겠니. 너도 오늘 피곤하겠다. 이제 쉬도록 해라. 이제 에미의 맘을 돌리는 것이 쉽지 않겠지만 할 수 있는 데까지 설득해보도록 해라. 하긴 한 번 떠난 마음이 돌아오는 건 쉽진 않겠지만, 그래도 네가 남자로 부정한 행실을 했던 건 아니니까, 노력은 해보아야지.”

“알겠어요. 아버지 감사해요. 편히 주무세요.” 현식이 아버지와 한방에서 함께 잠을 자는 것은 처음인 것 같았다. 불편함은 피할 수 없었지만 혈육으로서 뿌듯함도 어쩔 수 없었다. 현식은 쉽게 잠들지 못하고 뒤척거렸다. 현식의 아버지는 가늘게 코를 골며 주무셨다.

현식이 잠에서 깨었을 때 아버지의 이불은 가지런히 정리되어 있었다. 산골의 아침은 더디 오는 듯 시간은 여덟시를 가리키고 있었다. 현식이 밖으로 나왔을 때 주방에는 아침식사가 준비되어 있었다.

“제가 게으름을 피웠네요. 잘 주무셨어요?” 현식은 어색하게 두 분께 인사를 했다. 현식은 밖에 있는 화장실에 가기위해 밖으로 나왔다. 게으른 겨울 아침 해가 아직 왕시루봉을 넘지 못하고 있었다. 아침은 표고버섯을 넣은 된장국이었다.

“표고버섯은 직접 따신 거예요?”

“그래요. 작년에 여름가뭄으로 별로 작황이 좋지 않았어요. 먹을 정도로만 표고목을 조금 만들었지요.”

"이곳에서 나온 것이라니 더 맛이 있는 것 같네요. 조금 더 재배해서 상품화해보시지요."

"표고목을 구하는 것도 쉽지 않으니 그 정도는 할 수 없고 집에서 먹고 조금 나눌 정도만 재배하지요."

"안주인도 안 계신데 폐가 많았습니다. 좋은 말씀도 나눌 수 있었고. 다음엔 제가 한 번 모시겠습니다."

"그래주시면 감사하지요. 달궁에 가본 지도 오래되었고. 아드님은 어떻게 할 예정이신가?"

"여기에 내려오면서 열차 안에서 만났던, 이곳에 사신다는 분을 만났었는데. 집에 계신다면 한 번 만나보고 가려고요."

"성함이 어떻게 되는데?"

"김성칠 씨라고 그러셨어요."

"김성칠, 그럼 요 아래 문수사 들머리에 사는 그 양반인 모양이구먼."

"잘 아세요?"

"잘 알지는 못하고 인사나 나누는 정도지 뭐." 아침식사를 마치고 부자는 집을 나섰다.

"감사합니다. 다음에도 뵙고 좋은 말씀 듣도록 하겠습니다."

"그래요. 어려운 시간이겠네요. 나이가 들어가면서 변화에 설렘도 아주 조금이고 견디어야 하는 게 더 많을 테니까요."

"건강하시고 안녕히 계십시오." 그가 잡아주는 손이 따뜻했다. 얼굴도 참 순하게 생기신 분이다. 잠시 내려가다가 문수사 들머리에서 현식은 아버지와 헤어져야 했다.

"아버지, 없던 용기도 힘도 생겼어요. 마치 지리산의 덕을 얻은 것처럼. 조심해서 가시고 건강하세요."

"그래, 그 마음을 흩트리지 말고 원하는 방향에 최선을 다하도록 해라. 너를 위해 기도하마."

현식은 한참동안 아버지 손을 잡았다가 놓았고 아버지가 다리를 건너 산굽이 언덕을 오를 때까지 한참을 그 자리에 서 있다가 다시 돌아섰다. 그분이 가르쳐준 방향으로 김성칠 씨 집으로 향한다. 등산객들이 발길이 거의 없는 곳이지만 근래에 그곳에도 펜션이며 별장 같은 주택들이 들어서고 있었다. 현식은 열차 안에서 만났던 김성칠, 그의 집 앞에서 대문 안을 두리번거렸다.

"계십니까? 현식이 큰 소리로 두 번쯤을 외쳤을 때 열차 안에서 만났던 그 분이 문을 열고 나왔다.

"안녕하세요?"

"누구시더라."

"엊그제 열차 안에서 만났었는데, 이곳에 오면 한 번 들르라고 하셨잖아요." 현식은 조금 쑥스러웠지만 거기까지 말했다.

"아 맞다. 근데 여기까정 어쩐 일이다요. 어서 들어와요." 그는 토방을 내려와 현식의 손을 잡아끌었다.

"아침부터 죄송해요. 어제 왕시루봉을 넘어와 밤재에서 하루 묵었어요."

"밤재에는 웬일로다?"

"제 아버지가 아시는 분이 그곳에 계시거든요. 김근철 씨라고."

"아 그 분. 나도 가끔 지나면서 뵙는 분이지만 말씀을 나눠 본적은 드문데, 여러 분야로 견문이 밝고 학식도 높다는 이야기를 들었어요. 아침식사는?"

"그 분 댁에서 먹고 내려오는 길이어요. 아버지는 왕시루봉으로 다시 넘어가시고."

"아이고, 사는 모습이 이러네. 옛날집이어서 궁색스럽기도 하고."

"오히려 좋은 것 같은데요."

"참, 지금 뭐하신다고 했지?"

"네 사관학교를 나와 군 생활을 하다가 사고를 쳐서 제대하고 다른 일을 준비하고 있어요."

현식이 얼떨결에 나온 말이었다.

"뭐시랑 사고를 쳤다고. 무신 사고를 쳤는디?"

"뭐 별시런 일은 아니었구요. 십여 년 군 생활에도 잘 적응을 하지 못한 것 같아요. 윗사람 비위를 잘 맞추어야 하는데. 그보다는 실제론 그냥 능력이 없었다는 말이 맞겠지요." 그이 부인이 녹차와 곶감을 가지고 나왔다.

"아침나절부터 빈손으로 죄송해요. 열차 안에서 뵀을 때 아저씨가 취하셔서 빈 말로 했을 수도 있었던 말일 텐데." 현식은 어색함을 피하듯 농담처럼 말했다.

"뭔소리여. 이렇게 만나니 반갑구만. 오늘 일정은 어떻게 되는디?"

"네, 오늘 서울로 다시 올라가려구요. 여러 가지 정리해야 할 일들이 있어서요. 잠깐이라도 괜찮으시면 아저씨 살아오신 이야기며 지리산에 관한 이야기도 듣고 싶고요."

"내가 뭐 아는 게 있가되. 두더지처럼 땅이나 파고 산짐승처럼 산이나 뒤지고 살아 왔는걸. 아참 지난번에 읽던 책은 다 읽었는겨?"

"아뇨 다 읽지 못했어요. 두 번째 읽는 책이거든요. 저자가 기자출신으로 굉장히 사실적으로 썼거든요."

"지난번이 야그한 대로 나는 난리가 터진 뒤 인공 때 태어났승께 당시의 사실은 잘 모르고 어른들의 이야기를 귀동냥으로만 많이 들었제. 국민핵교에 이어 중핵교에 들가면서 철저한 반공교육을 받았으니 내가 알고 있는 사실이 객관적이지는 못할껴. 다만 들러왔다던 김근철 씨는 그 아버지가 구례지역의 유지로, 당시로서는 드물게 좌우에 휩쓸리지 않고 객관적인 시각을 가지셨던 분이었다고 알고 있응께. 그때 같이 내 편이 아니면 적이라고 하던 각진 시절에도 요즘 말로 합리적 보수의 가치를 지니셨던 분이었다고 할까."

"그런 말씀은 하지 않으셨어요. 다만 산에서 빨치산들과 합류했던 여학생들을 설득하여 집으로 돌려보냈고 후에 어른이 되어 고마운 마음을 잊지 않고 찾아오기도 했었다는 이야기는 하셨어요."

"요 위의 가면 반달곰 복원센터가 있어. 묵고 살기도 힘든디 많은 돈을 들여서 왜 그 짓을 하고 있는 건지 처음인 이해를 할 수가 읎었어. 곰이라는 게 사람에게 필요한 것도 아니구 말여. 농작물에 해를 입히거나 벌통을 엎어버리기나 하는데 말야. 지금도 그런 마음이 크게 바뀐 건 아니지만 쪼금 이해는 할려구혀. 그보다는 상징적으로다 지리산이 남겨져있는 아픈 민족사도 마찬가지일거여. 반달곰처럼 인위적인 복원이 필요하다는 거. 여수나 순천지역에 근무하던 병사들헌티 폭동을 진압하라는 명령이 내려졌지만 되레 폭동을 일으키고 결국 쫓겨서 섬진강을 건너 이곳으로 왔던 건 알고 있제. 분명히 잘못알고 있는 것도 있을껴. 물론 당시 계급이 높은 눔들이 강제적으로 끌어들인 이유도 있을 것이고, 그런디 그게 전부 다가 아니란 말이시. 우리 의지가 아닌 타국에 의해 해방이 되고 혼란스러운 것은 당연한 것이었어도 당시 권력을 가진 자들의 횡포가 말할 수 없었다는 이유도 있었다는 것이제. 그 자들을 변명하는 것이 아니라 여그 사람들도 마찬가지여. 양반과 상눔으로 나눠져 살다가 일본눔들이 들어오고 또 거기에 빌붙어서 살던 놈들이 해방이 되어서도 숨어살지도 않고 다시 힘을 가진 자로 돌아오고 횡포를 부렸거든. 사람들은 오디 호소 헐 디도 없고 다른 세상이 온다는디 희망을 갖기도 했다는 거지. 우리 마을에도 그런 사람이 있써. 빨치산들이 보급투쟁으로 등짐을 지워 산으로 끌고 간 아들을 아직도 기다리는 노인, 구십 가까운 나이에도 아직 그 아들을 기다리고 있당께. 내가 한번은 마음이 안되기도 했고 호기심도 생겨 그 노인한테 물었던 적이 있었어. 물론 그 냥반이 직접 가담한지는 분명치 않지만 평생 그 오명을 뒤집어쓰고 살았거든.”

“공산주의가 뭔지 아셨대유?”

“그게 뭐여?”

“공산주의가 무엇인지도 모르면서 빨치산에 가담하셨답니까?”

“공산주의가 좋아서 가담한 것이 아녀.”

“그럼 왜 가담하셨대유?”

“그냥 한이 많아서였제. 양반 놈들에게 설움 받고 살다가 좋은 세상 왔는가벼 했는디 이번에는 더 나쁜 놈들이 지들 세상이라고 설치는 꼴이 더러워서 내가 그 편을 들기도 혔던 겨. 그들에게 무신 사상이나 신념은 없었다는겨. 그저 늘 누군가에게 억압당하고 살았던 설움… 그런 것이 선량하고 무지하고 노동에만 익숙한 이들을 산으로 몰아넣기도 했다는겨.”

“그럼 지금 그 상처는 아물었을까요.”

“무신 소리여. 어림도 없는 소리지. 드러나는 경우도 있고 그렇지 않은 경우도 있제. 나보다 연배 되는 한 동네에서 자랐던 동무네 애기야. 내 친구 위로 두 형님이 전쟁 통에 죽었어. 하나는 전주인가 교도소에 있다가 후퇴하던 국군들이 재소자들을 임의로 사살해버리는 통에 죽었고 하나는 보급투쟁을 마치고 산으로 들어가는 중에 토벌대에 의해 죽게 되었고. 그 친구는 집안의 그런 비극을 보고 듣고 어린 시절을 보냈는데, 마음의 상처가 어땠겠어. 후제 장가를 가고 낳은 자식이 정신이 온전치 못혀. 친구도 친구지만 그 자식도 그런 비극에서 비켜나지 못했던 거지. 그걸 누구의 탓이라고 해야 하는지…. 그냥 시대의 희생양이라고 한 줄로 말하면 맴이 편할까…. 아닐겨."

그의 목소리가 커지자 부엌에 있던 그의 아내가 들어와 잔소리를 했다.

"삼례아빠, 말 조심혀유. 지대로 알지도 못허문서."

"이 여편네가 왜 남자들 말 허는데 껴들고 그려. 가서 막걸리나 한 병 사와 봐." 그는 현식을 의식한 듯 큰소리를 냈다. 현식이 일어섰다.

"제가 몸이 가벼우니 금방 갔다 오지요." 겨울이라 외지에서 오가는 이도 드물 테니 가게는 문을 열었을지 궁금했지만 집을 나섰다. 큰 산이 흘러내린 계곡이었지만 남쪽이어서 바람은 덜 매서웠다.

한참을 내려갔을 때 담뱃가게가 보였고 마침 인기척이 났다. 막걸리 두 병과 두부 두 모를 샀다. 커다란 함지박에 담긴 두부가 집에서 만든 손 두부 같아 보였고 아침에 찾아가면서 빈손으로 갔기 때문이었다. 그가 사는 집으로 돌아와 막걸리는 들고 두부는 그 부인에게 건넸다.

"뭔 두부까정 사왔대유." 방으로 들어왔을 때 그는 입맛을 다셨다.

"집에 든 손님한테 미안혀서 어쩐디야. 가게도 한참 거린디."

"반갑게 맞아주어서 고마웠어요. 제가 관심이 있는 분야에 말씀도 해주시고. 처음에 우리 민족사의 앙금을 어느 정도라도 해소하려면 반달곰의 인위적인 복원처럼 노력이 필요하다고 말씀하셨는데 어떤 방법이 있을까요?"

"글시 내가 뭘 알간디. 허지만 노력은 해야 하겠지. 우리는 왜 동서로 남북으로, 한 동네에서도 윗말 아랫말로 편을 가르게 되었을까를 생각해보면 답을 찾을 수도 있을 껴. 물론 대간에서 흘러내린 산줄기에 사는 사람들끼리 말도 식성도 닮아있지만 말여."

"정말 우리 민족은 왜 그렇게 편을 가르는 걸 좋아할까요?" 현식이 질문을 던졌을 때 그의 부인이 개다리 상을 들고 들어왔다.

"이 냥반이 두부를 사왔길래 김장김치에 싸 잡숴보라고 다른 건 준비 안 했유." 상에는 잔이 두 개만 놓여있었다.

"그런데 왜 잔이 두 개래요?"

"아녀, 이 사람은 술 묻혀."

"아이 그래도 한 잔은 받아주셔야죠." 현식이 넉살을 떨었다. 현식이 일어서려하자 그의 부인이 부엌으로 나갔고 잔을 하나 더 들고 들어왔다.

"제가 한 잔 올리겠습니다. 아침부터 부산 피워 죄송합니다." 현식은 두 사람에게 술을 따르고 자신도 받았다.

"새해가 조금 지났지만 새해 소망을 여쭤 봐도 될까요?"

"새해소망은 뭘, 건강하기만 하면 되는 거지. 자 그럼 건배하자구. 건강을 위하여." 셋은 잔을 부딪쳤다.

"산골생활이 어떠세요?" 현식이 잔을 내려놓은 부인에게 물었다.

"좋은 시상이지유. 예전이는 여서 구례읍내까지 산을 넘어서 댕기자면 새벽밥을 먹고 출발해도 어두워서야 돌아오곤 했는데, 요즘이는 시내버스도 다니고 헝께. 그때는 모든 짐을 머리에 이고 다녔던 시절이었지라. 등에다 칭얼거리는 아이를 둘러멘 적도 있었구요. 아마 요즘 배운 여자들처럼 머리에 지식이 들어있었더라면 그 시절을 못 견디고 다 미쳐 버렸을규."

"왜요?"

"이 여자가 뭔 소리를 허는겨. 하긴 지금 생각혀 보면 그 때 사는 것이 다 그랬지만 여자들 사는 것도 다 그랬응게. 시부모에게 박대 당허고 서방들은 술이나 먹고 소리나 지르고 줄줄이 자식들 입은 날마다 얼마나 무서웠을겨. 머리에 세상을 사는 지식 대신 그 무거운 짐이나 가득 채웠을겨."

"아이구 영감이 웬일이래요. 바린 말도 할 줄 알고."

"아저씨 말씀을 들으니 참 그러네요. 저희 할머니나 어머니 생각을 하면 그 말씀이 딱 맞는 말씀이네요. 근데 아저씨가 잘 해주셨나요?"

"아이구 말두 마유. 지금은 술도 많이 줄인규. 그래도 건강해서 활동헝께 큰 것은 바라지도 않지만."

"산을 내려가고 싶은 생각은 없으셨어요?"

"왜 그런 생각을 허지 않었겄유. 셀 수도 읎었지. 그래도 산나물도 뜯고 가축두 키워 애들 가르치고 시집장가도 보냈으니 다행이지유.” 성칠씨는 잔을 빠르게 비웠고 막걸리 두 병은 이내 바닥을 드러냈다. 현식은 일어서야겠다고 생각했다.

“아침나절에 갑자기 찾아뵈어서 죄송했어요. 이만 가봐야겠어요.” 현식은 배낭을 메고 일어섰다.

“왜 벌써 일어나. 즘슨이나 묵고 가야지.” 성칠씨는 현식을 다시 자리에 앉혔다.

“그렇게 하세유. 즘슨 들고 가세요. 지금 나가도 뻐스도 다니지 않고. 이 냥반이랑 좀 더 이야기도 하시고.” 현식은 엉거주춤 자리에 앉았다.

“쟁교로 군 생활했다구 했제.” 그는 책꽂이에서 색 바랜 앨범을 하나 꺼냈고 현식의 옆으로 다가와 앨범을 펼쳤다.

“어린 시절 사진은 한 두 장인가 있고 대부분 군대 있을 때 찍은 사진들이여. 내가 월남전에 마지막으로 갔다 왔거든. 유명한 안케패스 전투의 영웅이었지.” 그의 취기로 달아오른 얼굴이 번들거렸다.

“정말이세요?”

“1년 넘게 숱한 생사의 고비를 넘나들며 월남에 있었지. 심하지는 않지만 고엽제 후유증으로 고생하고 있고.”

“거긴 어떻게 가시게 된 거여요?”

“젊었응께. 뭐 이유가 있었간디. 줄줄이 동생들도 있었응게 집안 형편을 생각혀야했구. 내가 육이오 전쟁통이 지나고 태어났는디 또 이역만리 정글의 남의 나라 전쟁터에 나가게 되었으니 내 운명도 참 그러하제. 그래도 그 때 많은 전우들이 죽었는디 살아 돌아온 것만도 참 감사한 일이제."

"그 유명한 안케패스 전투에 직접 참가하셨었다구요?"

"그려, 내가 맹호 수도사단 기갑연대 출신이여. 베트콩과의 전투에서 많은 전공을 세웠던 우리는 정규월맹군도 그렇게 두려워하지 않았었지. 사실 두려워하지 않았다는 것은 아마 개인이 아니라 명분적인, 부대의 대외적인 입장이었을 껴. 개인으로 보면 전쟁이 두렵지 않다는 것은 말도 안 되는 소리쟈나. 그리고 당시 전투는 아군의 많은 희생이 있었으니 죽음에 대한 공포는 말도 할 수가 없었지. 살아있는 자의 입장에서 죽음은 늘 곁에 있었지만 그렇다고 절대 자포자기는 없었어. 다만 곁에 있는 전우를 위한다는 마음은 피할 수가 없었던 거지. 만약 그 마음이 없다면 진작 자살하거나 전장을 이탈했었을 거야. 그때는 72년 4월이었구."

"72년이면… 한참 전부터였지만 미국 내 반전여론이 높아지면서 파리 평화협정이 한창 진행되던 시점이었네요. 미군들도 철군을 준비하고 있었을 때인데."

"그려 맞어. 우리가 월남전에 참전한 것이 미국의 용병이니 뭐니 말도 많지만 나 같은 촌놈은 그런 걸 생각할 식견도 여유도 없었어. 줄줄이 동생들 학비를 댈 수 있다는 안도감과 조금 억지스럽지만 공산당을 쳐 부셔야 한다는 패기가 있었을 뿐이지.”

“전쟁 통에 태어나시고 다시 지원하는 형식으로 이국의 낯선 전장에 나가셨다는 것도 참… 그러네요….”

“글씨. 나야 뭐 무식하지만 당시 638고지에서 사살 된 월맹군 병사의 주머니에서 나온 쪽지에 적혀있었던 이야기가 그때나 지금이나 내 맘을 대변한다고나 할까. 그 내용의 일부는 이러했지.

‘어머니! 우리는 왜 해방이라는 이름으로 남쪽 마을을 불사르고 파괴해야만 합니까. 저는 아이들을 고아로 만들고 부녀자를 과부로 만드는 명령을 꼭 따라야만 합니까. 동족의 피를 흘리게 하는 지뢰를 묻으려면 흔들리는 대나무처럼 손이 떨릴 때가 한두 번이 아니었습니다. 무수한 악몽에 시달리면서 몸을 돌아누울 때는 피눈물을 흘렸습니다.’

전쟁이라는 것도 정치의 한 수단 이랄 수도 있다더라고. 자네는 잘 알 것이구만. 결국 그 전투에서 많은 전우들이 전사하고 부상을 입었구. 훈장을 탄 이들도 있었지. 살아서는 절대 받을 수 없다던 태극무공훈장을 두 명이나 받았던 전투이기도 했으니께. 한 명은 죽어서, 한 명은 살아서 받았지. 이역의 전장에서 피어보지도 못한 꽃처럼 스러져간 전우들을 생각하면 난 늘 죄인이라는 생각을 하지. 그래서 전쟁은 하지 말아야 하는데, 우리는 전쟁의 공포에 시달리면서 그걸 잊은 듯 우리 안에서도 서로 편이 갈려 싸우고 있으니 원.”

“얼마 전에 베트남에 가셨던 대통령께서 민간인 학살 등에 간접적으로 사과한 적이 있었지요. 거기에 대해선 어떻게 생각하세요.”

“글쎄, 어려운 문제잖여. 그 앞전이두 대통령들이 사과한 적이 있지만 그건 신중하게 접근해야 할 문제라고 생각 혀. 내 개인적인 생각이지만 그럼 그 때 참전했던 나는 꼴이 우습잖여.”

현식은 비통한 듯 쏟아내는 그의 말을 들으면서 무심한 척 앨범을 넘겼다. 직업으로 군인이 되기도 했었지만 전쟁을 경험하지 않았던 것을 행운이라고 해야 하는 건가도 생각했다.

“기억하실지 모르는데, 제가 초등학교시절 ‘자유의 벗’이라는 잡지가 있었어요. 한국전쟁이 끝나고 1955년 미국 극동사령부가 자유민주주의 사상 고취와 미소 냉전 체제에서 미국 홍보용으로 발간하는 30쪽 정도의 한글판 월간지였는데. 국제 문제뿐만 아니라 국내의 정치, 문화, 사회 소식을 전했었지요. 고해상도의 천연색 및 흑백 사진들이 박혀있던 당시 최고급의 잡지였고 학교 교실이나 마을회관 벽에는 항시 ‘자유의 벗’ 몇 권이 걸려 있었지요. 전후 사회는 혼란했고 극도의 빈곤시대였으니 이 잡지의 영향력은 지대했었던 것 같아요. 잡지의 제호처럼 미국은 우리에게 둘도 없는 우방의 국가라는 것을 각인시켰고 국내 동향과 국제 동향, 전쟁 후의 재건 모습, 우리나라의 발전 소식 등을 다루었으며 특히 월남전에 참전한 주월 한국군의 대민지원

활동이 꼭 소개되었었지요. 잡지의 특성상 전투현장의 이야기보다는 현지 주민들과의 이야기였는데, 좀 어이없지만 평화를 더 많이 생각했던 것 같아요.”

“좀 전이 말했던 전쟁도… 아니, 세상일 모든 것이 정치적이라는 말도 있잖여. 자네가 그렇게 느꼈던 것은 그런 부분일 꺼야. 전쟁터라는 것 자체가 비인간적이라는 것을 포함하고 있는 말이잖어.”

“좀 전에 말씀하실 때 줄줄이 동생들 때문이었다는 말씀도 하셨는데, 최근에 대통령도 현충일 추념사에서 그런 말씀을 해서 그쪽 사람들로부터 비난을 받기도 했었거든요. ‘베트남 참전용사의 헌신과 희생을 바탕으로 조국 경제가 살아났다’고.”

“물론 그 분은 참전용사들을 위로한다는 명목으로 그런 말씀을 하셨겠지만, 당연히 사실이기도 하지만 그런 직접적인 표현이 불편한 것은 사실이지. 북한과 대치하고 있는 우리의 입장에서 당시에는 딴 나라의 공산화를 막는다는 분명한 명분과 미국과의 관계도 있었던 것이니께. 뭐 애기할 것은 아닌 것 같지만 이 지리산 깊은 산골에서 살다가 먼 이국땅에 갈 수 있다는 설렘도 있었다면 있던 것이었응께. 당시 촌놈들이야 해외여행은 꿈도 꿀 수 없던 세상이었잖어.”

“아 그래요. 일주일도 넘게 배를 타고 그곳에 도착했을 때 느낌이 어떠하셨는지 궁금해요.”

“밤낮으로 배를 타고 지독한 뱃멀미 까징 하면서 일주일이나 가봐. 육지가 얼매나 그리웠겠어. 그거였지. 물소 떼와 야자수, 아오자이 입은 개미허리의 꽁까이들… 아, 꽁까이는 아가씨라는 월남말이여. 남십자성이야 그렇다고 치고, 역시 일주일만 지나면 그게 그거지. 하지만 우기가 되면 눅눅하고 습해서 죽을 지경이었어. 뽀송뽀송한 고향의 가을 날씨를 내내 그리워 하였을껴. 계절이 뚜렷하지 못한 것으로 하루가 가고 한 달이 가는 것이 밋밋했으니께. 우리 민족이 정이 많다는 게 아마 사계절이 뚜렷하기 때문이었을 꺼라는 생각을 했지."

"전투유공으로 훈장은 안 받으셨어요?"

"훈장은 무슨, 무사히 살아온 것만으로도 감사한 일이지. 그곳에서 돌아오고 3년쯤 지난 후에 결국 월남은 패망했지. 그 때 심정은 참담한 심정이었어. 우리가 그곳에서 목숨 걸고 싸운 의미도 없이 망했다는 거잖어."

"소위 '보트피플'이라고 했던… 백만 명도 넘는 주민들이 어선 등의 배를 타고 탈출하다가 배가 전복되어 죽고 해적들에게 죽고, 그리고 당시 반정부운동을 했던 이들도 교화소에 들어갔지만 대부분 월맹군에게 죽게 되고, 천만 명이나 학살당했다는 보도를 기억하고 있어요. 해방전쟁이라고 했지만 결국 체제에 저항세력으로 존재할까봐 월맹군에 협조한 이들까지 희생시킨 것이잖아요."

"한국전쟁이 휴전으로 마무리되면서도 마찬가지였잖여. 김일성이는 전쟁이 끝나갈 무렵까지 전혀 지원도 없이 그들에게 가혹한 희생만을 요구했을 뿐 그들의 안위에 대해서 눈곱만큼의 배려도 읎었던겨. 당시 휴전협정문서에는 각 상대방 후방에 남겨진 물자와 장비의 철거, 심지어 전사자의 시체발굴과 반출에 관한 조문까지 있었지만 후방에 남겨져 있는 살아 있는 인간에 대한 고려는 전혀 없었덩겨. 다만 휴전협정 막바지에 유엔군 측이 남한 후방의 게릴라의 안전철수를 요구했으나 북한 측이 그것을 묵살하고만 기록이 남아있을 뿐이랑게."

"아 처음 듣는 이야기네요. 열차 안에서 보셨던 책의 저자인 이태 씨가 그런 말을 했던 것 같아요. '휴전협정이 논의되던 그 무렵에도 남한의 산악에는 수백의 인간들이 일체의 정보로부터 차단된 가운데 절망적인 항전을 계속하고 있었으니 만일 북한당국이 인명의 소중함을 알았다면, 아니 추호의 동지적 정의라도 있었다면 그 절망속의 생명을 구출할 노력을 기울여야 했던 것이다. 그럼으로 해서 수백의 생명과 그 후에도 토벌 전에서 전몰한 상당수 전경대원의 희생을 막을 기회는 있었던 것이다.' 라고요."

"월남전에서 북부 월맹군보다 월등한 전력을 가지고 있었으면서 결국 공산화 된 것은 내부의 부패와 우리의 시각으로 재단할 수 없는 민족적 기질이 작용했을겨. 우리가 지금 평화를 누리는 것은 유엔군의 절대적인 지원을 중심에 두어야 하겠지만 월남패망과 비교할 수도 있는 것이지." 시간은 점심때가 가까워지고 있었다.

“얼떨결에 찾아뵈었는데 좋은 말씀도 들었네요. 이만 일어서야겠어요.”

“무신소리여 점심참이 다 되었는데 밥은 묵고 가야제.”

“아녀요. 일어날게요.” 현식이 배낭을 챙기며 일어섰다.

“아이고 점심묵고 뽀스시간 맞춰서 일어나두 되요.” 그의 부인이 만류했다. 현식은 다시 그 자리에 앉았다. 그의 부인은 부엌으로 나가는 것 같았다.

“그런디 앞으로 무신 일을 할려고 하는 겨?”

“이제 찾아봐야지요. 다시 조직에 들어가 남 밑에서 일하기는 어려운 것 같구.”

“조부께서 토벌군으로 지리산에 오셨었다고 했지? 아버지는 지리산을 생존의 터로 잡고, 그럼 그 아들에게 지리산은 어떤 존재일랑가?”

“글쎄요. 저에게는 숨어드는 곳이지요. 삼한시대에 소도라는 곳처럼, 신성한 공간이면서 숨어드는 곳이요.”

“참 삼대가 지리산과 깊은 연을 맺게 되는구먼. 우리 민족의 축소판같이. 할아버지는 이념 때문에 그 아들은 조국근대화 시대에 종교의 부흥에 한 축을 담당했고 그 아들은 이제 편안허게 살아야 하는데, 숨어들기나 하다니.”

“어르신 지난번에 술을 잡숩고 뵈서 좀 그랬는데 멋이 있으시네요. 그렇게 표현하시다니, 사실 할아버지와 아버지 세대는 경제적으로 궁핍한 것은 물론 억압과 전쟁에 시달렸지만 온전하지 못하더라도 가정은 지킬 수 있었는데. 나는 이제 가정을 지키지 못하는 가련한 사내가 되어버렸어요." 현식의 풀죽은 말이 끝났을 때 그의 부인이 밥상을 들고 들어왔다. 현식이 일어서 상을 받았다.

"산골이라 찬두 읎유. 배차짐치랑 그냥 잡숴유." 현식이 아침에 사온 두부로 김칫국을 끓이고 간고등어도 올라와 있었다.

"같이 드시지요." 그의 부인에게 권유하였지만 그의 부인은 나중에 먹겠다고 했다.

"나중에 서울 올라오시면 연락주세요. 제가 맛있는 것 사드릴 테니까요."

"그런 건 됐으니 빨리 자리나 잡으시게. 그런 건 하나도 중요한 것이 아니니."

"네 알겠어요. 쉽진 않겠지만." 식사를 마쳤을 때 현식이 일어나 상을 들고 주방으로 갔다. 요즘엔 시골집들도 부엌은 입식으로 잘 갖춰져 있다. 배낭을 메고 일어섰다.

"갑자기 찾아와서 신세지고 가네요. 내려가다 버스 타고 가겠습니다."

"기냥 차 시간 맞춰서 나가지 원." 그는 밖으로 나왔다.

"오랜만에 이런저런 이야기를 했네. 옛날이야기도 많이 했구."

"저도 좋았어요. 귀한 이야기를 들을 수 있었구요. 기회가 되면 한 번 더 만나 이야기를 듣고 싶어요. 건강하시고 또 뵙겠습니다." 현식은 장갑을 벗고 그의 손을 한참이나 잡았다 놓고 돌아섰다. 내려오며 다시 돌아보았을 때까지 그는 그 자리에 서 있었다. 그저 오가가다 만난 사람들인데, 산골에 살다보니 애틋함이 더 한 것이라고 생각했다. 포장된 길이 생기기 전에는 깊은 산골이었을 것이다. 개울이 깊어지는 계곡 건너편에는 티벳 고원지대의 마을처럼 경사가 이어지는 곳에 집들이 이채롭다. 농사지을 땅도 없는 것 같은데, 제법 가구들이 많은 편이다. 저수지가 가까워지니 큰 길이 멀지 않은 것 같은데 버스가 올라온다. 버스가 돌아내려오면 타기로 했다. 현식은 아버지가 어디까지 가시고 계신지 궁금했다. 그래도 아직 도착할 시간이 아니니 전화기를 꺼내려다 다시 집어넣었다.

인연

바람이 불지 않으니 날씨는 온화하다. 언젠가는 이곳에 내려와 살고 싶다는 생각을 한다. 한참을 더 내려갔을 때 버스가 종점을 돌아내려왔고 현식은 버스를 세웠다. 버스에 촌노 셋뿐이었다. 어딜 가나 시골버스 안의 풍경은 마찬가지, 남정네들은 드물고 대부분 할머니들이다. 많은 사람들이 귀촌이나 귀농을 꿈꾸고 또 몇몇은 실행에 옮기지만 농촌경제는 이미 황폐화되었다. 이제 농촌은 하루가 다르게 생기를 잃어간다. 마을길을 내려가 구례에서 하동에 이르는 길로 접어든다. 구례에서 동으로 섬진강이 흐른다.

동고서저(東高西低)의 한반도 지형 특성상 대부분의 강들이 동에서 서로 흐르는데 섬진강은 구례에서 동으로 흐르다가 하동에서 남해에 이른다. 봄철 벚꽃이 필 즈음에는 말할 것도 없지만 철 따라 천천히 지나고픈 길이다. 저수지를 돌아 오미리 들길을 지나면 19번 도로와 만나고 섬진강을 거슬러 올라간다. 배산임수의 길지에다 오미리 너른 들판은 오래된 양반집 운조루를 있게 했다.

버스는 터미널에 들르고 다시 구례구역으로 가는 버스를 탄다. 구례읍내에서 십리쯤 떨어져 있어 구례구역이란 역명을 만들었다. 서울까지 가는 버스도 있지만 현식은 열차가 편했다. 역에 도착해 표를 구하고 아버지께 전화를 했다.

“잘 도착하셨어요?”

“그래 방금 전에 내려왔다. 지금 어데냐?”

“기차 타려구 구례구역에 있어요. 미끄러운 길 내려가시느라 힘드셨죠?”

“아냐 괜찮았다. 그런데 많이 늦었네.”

“네 다시 만난 그분과 많은 이야기를 나누었어요.”

“그래 아비 걱정은 말고 순리대로 일을 풀어가도록 해라. 내가 속을 알 수 없으니 에미하고도 어떻게 하라고 말은 못하겠구나. 차분하게 할 일도 구해보고. 잘 올라가거라.” 현식의 아버지는 전화를 끊으셨다. 현식은 아버지를 생각하면 마음이 아프다. 혼자 산에서 지내신다는 것이 얼마나 힘든 것인가를 생각했기 때문이다.

주말이어서 생각보다 많은 사람들이 열차를 기다리고 있다. 여수에서 바닷내음을 싣고 출발한 열차가 도착하고 현식은 열차에 올랐다. 다행히 오른쪽 편 섬진강을 내다볼 수 있는 창 쪽이었다. 곡성까지 가는 길지 않은 구간이지만 자연 그대로 섬진강을 보는 것이 좋았다. 골짜기마다 흘러내린 물들이 모여 흐르는 길, 현식은 초등학교 때 배운 동요를 떠올리며 속으로 불러보았다.

'냇물아 흘러 흘러 어디로 가니
강물 따라 가고 싶어 강으로 간다
강물아 흘러 흘러 어디로 가니
넓은 세상 보고 싶어 바다로 간다'

동요의 가사를 떠올리면서 현식은 마음에 시냇물이 흐르는 듯 나른한 편안함이 몰려오면서도 서울에 올라가면 부딪쳐야 할 일들이 강가의 바윗돌처럼 중압감으로 다가왔다. 밖의 날씨가 차가워서인지 창이 흐려지면 닦아내고 하다가 현식은 나른한 잠에 빠져들었다. 설핏 꿈을 꾸었던가, 안케패스 전투의 현장이었다. 진지로 적의 박격포탄이 날아들면서 순식간에 아수라장이 되고 현식 자신은 땅에 머리를 박고 있었다. 잠시 후 베트콩들이 진지로 들어왔고 현식은 총부리를 들이 댄 베트콩에게 살려달라고 애원하는 절박한 순간이었다.

"살려주세요!" 소리친 듯 스스로 놀라 잠이 깨었다. 창가는 어둠이 내려와 있었다. 현식이 탔을 때 옆자리는 빈자리였는데 한 여인이 앉아있었다. 그녀는 의아스러운 눈으로 힐끔 현식을 바라보았다. 현식은 무안한 듯, "여기가 어디여요?" 물었고 그녀는 망설이는 듯 한동안 외면하다가 입을 열었다.

"익산을 지났어요. 좋지 않은 꿈을 꾸었나 봐요." 그녀의 답변을 들으면서 현식은 그녀의 얼굴을 빤히 보았다. 나이는 30대 후반, 현식이 보기에 편한 인상이었다.

"아… 네, 산을 내려왔더니 피곤했나 봐요. 실제 전투에 참가한 경험도 없는데 전쟁터에서 적과 마주한 상황이어서 나도 모르게 소리까지 내게 된 것 같아요."

"어디 산에 다녀오셨어요?"

"지리산에요."

"저도 얼마 전에 다녀왔는데 코스는 어디로 다녀오셨어요?"

"달궁에서 반야봉으로 노고단으로 왕시루봉으로 문수골에 내려왔어요."

"그래요. 그곳은 지금 등산로가 폐쇄된 곳이 아닌가요?"

"예, 맞아요. 허락을 득한 건 아니지만 그럴 만한 일이 있어서요. 그런데 등산 좋아하시나 봐요?"

"학교 다닐 적에는 산악반이어서 자주 다녔는데, 지금은 가끔씩 다녀요." 그녀의 말이 끝났을 때 이동판매대가 지나갔다. 현식은 캔 맥주와 오징어를 샀다.

"아까 놀라게 해드려서 죄송했습니다. 말을 나눠주신 것까지." 현식은 그녀에게 맥주를 건넸다.

"괜찮은데, 주신거니 잘 먹겠습니다."

"그런데 서울까지 가시는 거예요?"

"네. 서울에 동생이 사는데 가봐야 할 일이 있어서요. 아저씨는 뭐 하는 분이세요?"

"직업군인으로 근무하다가 전역하고 다른 일을 준비하는 중이지요."

"직업군인이라면 안정적인 직업인데 왜 제대하셨어요?"

"사고를 쳤겠지요."

"마치 남 일처럼 말씀하시네요. 아마 본인이 의지와 상관없이 안 좋은 일이 있으셨나 보네요. 불편하면 말씀하지 않으셔도 돼요."

"불편할 것 까지는 없는데 자랑할 일도 아니어서. 현실에 잘 적응하지 못한 소치인 것 같네요. 여러 번 마음을 고쳐먹고 했지만 결국 자존심을 지켜야 한다고 생각했지요. 흥분하면 자신의 상태가 무슨 성분인지를 잘 모르는 것 같은, 늘 그렇잖아요. 스스로 폭발했던 것 같아요. 글쎄 아직도 잘 모르겠어요. 후회하는 분량이 더 많은 것도 같고."

"봉순이 언니라는 소설이 있지요. 삶이 공평치 못한 것처럼 당시 식모라는 직업을 가진 처자였는데, 그녀에게 안 좋은 일들이 생겨요. 그래도 그녀는 외양으로는 씩씩한 모습을 드러내는데, 물론 어른이 된 작가의 기준이겠지만 어린 소녀는 운명론자처럼 이렇게 말했지요. '그래 그 남자를 만나지 않았다면 봉순이 언니의 삶은 달라졌을 것이지만, 아마도 그녀는 다른 방식으로 불행해졌을 것이라고, 왜냐하면 삶에서 사소한 일이 없는 이유는, 매 순간 마주치게 되는 사소한 방향을 결정하는 것도 바로 그 사람이 지금까지 살아온 총체에 의해 결정되는 것이기 때문에 결국 그 사소한 일 자체가 아니라 그 사소한 것의 방향을 트는 삶의 덩어리가 중요하다는 걸 내가 알아버렸기 때문이라는' 그 소설을 읽은 지 한참 지났지만 가까이 있는 외피로 들어나는 타인과 나의 삶을 보면서 그 말을 늘 생각했어요."

"어른들 대부분은 운명론자가 아닐까 하는 생각을 해요. 그렇지 않다면 스스로를 미워하거나 타인을 원망해야 할 일이 너무 많잖아요. 거듭되는 절망 속에서도 희망의 끈을 놓지 않는 봉순이 언니는 결국 작가 자신을 투영한 모습, 한 번도 어려울 것 같은 이혼을 여러 번이나 실행했던, 그녀는 후기에서 이런 이야기를 했던 것을 기억하고 있어요.

'생각해보면 어려운 시대에 절망하기는 얼마나 쉬운가, 허망해져버리기는 또 얼마나 쉬운가, 한때는 나도 허무의 뭉게구름을 엷게 흩트리며 우아하게 도피하고도 싶었다. 절망하거나 허망한 사람은 아무런 책임을 지지 않아도 되는 것이니까. 희망을 가졌다는 것은 얼마간 귀찮음을 감수해야 하는 것이다. 희망은 수첩에 약속시간을 적듯이 구체적인 것이고 밥을 먹고 설거지를 하고 쓰레기를 치우는 것처럼 구차하기 까지 한 것이지만.'

작가가 말한 우아하게 도피한다는 말은 자칫 극단적인 선택일 수도 있을 것 같아요. 요즘 많은 사람들이 그런 유혹에 빠지듯이 말이어요."

"그건 기억하지 못했던 내용인데, 마치 나에게 하는 말인 것 같네요."

밤이 깊은 것 같은데 대전을 지나는지 도시의 불빛들이 날아다니고 있었다. 맥주를 다 마셨는지 그녀는 빈 캔을 버리고 눈을 감는 것 같았다. 흠칫 눈을 감은 그녀의 얼굴을 넘겨다보았다. 그녀의 얼굴에 옅은 그늘이 내려와 있는 듯 했다. 대전을 지나 금강을 건너는지 열차소리가 깊어졌다. 현식도 눈을 감았던 듯 다시 꿈을 꾸었다. 희망과 꿈은 한통속인 것인가? 아닌 것 같다. 현실의 꿈이든 잠속에서 무의식의 꿈이든 꿈은 공허하거나 아련하다. 서울이 가까워질수록 현식의 마음은 무거워졌다.

수원역에서 정차했을 때 그녀는 눈을 떴다.

"여기 어디여요?"

"수원역이어요. 샘이 나도록 잠을 주무시네요." 현식의 농담에 그녀는 무안하게 웃었다.

"이름을 알 수 있을까요?" 얼떨결에 현식이 던진 말이었다.

"다음에 산에서 뵈면 이름이라도 부르고 싶어서 일거여요." 현식은 제풀에 무안하게 웃었다.

"전화번호를 물어봐주셔야지. 이름은 뭐하시게요."

"전화번호를 묻는다는 게 자칫 치근덕거린다는 느낌 때문이겠지요. 여자분들은 내숭처럼 경계가 미덕이잖아요."

"제 이름은 채현순이어요. 이름이 촌스럽죠."

"나하고 가운데 돌림자가 같네요. 제 이름은 박현식인데. 멍청

하지 말고 현명하라는 뜻도 있게 할아버지가 지어주신 것 같은데 그러지 못해서 할아버지께 죄송한 마음이지요. 많은 아버지들이 자식들에게 실망하게 되잖아요. 할아버지도 아버지께 실망을 하고 손자인 나에게 기대를 많이 하셨던 것 같아요. 그래서 사관학교에도 다니게 되었던 것 같고." 현식은 메모지와 볼펜을 꺼내 그녀에게 건넸다. 그녀는 잠시 웃음을 지으며 망설이는 듯 싶더니 메모지에 전화번호를 적기 시작했다.

열차가 영등포역에 가까워졌을 때 그녀는 짐을 챙기기 시작했다.

"이번 역에서 내리시나 봐요?"

"용산역까지 가시겠네요. 만나서 반가웠어요."

"네. 다음에 인연이 되면 뵈도록 해요. 우연히 산에서 만나면 더 좋을 것 같고." 현식이 일어나 그녀에게 인사했다. 그녀가 열차 밖으로 나가 사라진 쪽으로 현식은 한참을 바라보았다. 열차는 덜컹거리는 소리를 내며 한강을 건넜다. 한강을 건너면서 내는 소리는 이제 현실로 돌아오고 있음을 알려주는 것이었다.

자정이 가까운 시간, 역사를 빠져나오면서 서울을 떠나기 위해 나섰던 길을 생각했다. 몸도 마음도 피곤했지만 그의 마음속이 따뜻한 기운이 조금은 고여 있는 듯 했다. 열차 안에서 만난 그녀를 다시 생각했다. 늦은 시간 전동차를 타고 귀가를 하는 이들, 손마다 전화기를 들게 되면서 사람들은 작은 액정에 눈을 맞추고 화면에만 자신의 표정을 드러낸다. 손에 든 액정이 사라진다면 아마 많은 사람들이 그 공허감을, 시선을 어찌 할 것인가를 현식은 생각했다.

지하 역사를 나와 집으로 가는 길, 그의 집은 산을 오르는 언덕배기에 있었다. 현식이 군인아파트를 나와 처음 이곳에 왔을 때만 하더라도 아담한 단독주택들이 많았는데, 이젠 한때 '연립'이니 '빌라'로 불렸던 다가구 주택들로 새로 지어졌고 여전히 지어지고 있다. 현식의 집은 산 중턱에 있는 낡은 아파트였다. 아내며 딸이 떠난 빈 집에 들어가려니 마음이 서글펐다. 집에 들어가기 전 현식은 딸의 목소리를 듣고 싶었다. 아내에게 전화를 했다. 한동안 신호가 건너가는데 아내는 전화를 받지 않았다.

계단을 올라가는 발걸음이 무거웠다. 이제 집도 비워야 한다. 며칠 동안 비워두었던 집은 한기가 머물렀다. 온기가 오려면 잠이 든 시간일 것이다. 아무 생각도 하고 싶지 않았다. 한기 때문에 쉽게 잠들지 못했다.

아침에 일어나 집을 정리했다. 어디로 가야하지. 원룸이나 고시원을 생각했다.

연금을 받을 수 있었다면 아내는 그렇게 쉽게 집을 나갔을까? 다른 남자가 생긴 건가? 현식은 머리를 흔들었다. 김장김치를 볶아 간단하게 아침을 먹었다. 이제 집도 구해야 하고 일자리를 알아보아야 한다. 마음은 답답했지만 하루는 짐을 정리해야 할 것 같았다. 군 생활동안 여러 번 이사를 했지만 버려야 할 것과 챙겨야 할 것을 나누는 데는 여전히 서투른 것 같아 현식은 스스로를 답답하다고 생각했다. 삼 개월인가 인도를 여행하고 왔다는 친구에게 물었던 말을 생각했다. 인도에선 삶과 죽음이 한데 섞여있다는 짧은 지식을 가지고 한 말이었을 것이다.

'넌 그곳을 여행하는 동안 버려야 할 것은 무엇이었고, 챙겨온 것은 무엇이었니?' 친구는 한동안 말을 하지 않았던 것으로 기억하고 있다. 현식은 다시 아내에게 전화를 했다. 여러 번 신호음이 가고 나서야 퉁명스럽게 전화를 받았다.

"왜 전화했어. 집은 언제 비울거야?" 현식은 한동안 할 말을 잊었다.

"예진이는 잘 있어?"

"그래 잘 있어. 집은 언제 비울거야?"

"만나서 이야기 좀 하자. 같이 살아달라고 애결복걸하진 않을 테니까."

"만나서 무슨 이야기를 할 건데, 나 당신하고 더 이상 할 얘기가 없어. 얼굴 마주치고 싶지도 않고." 현식은 당황스러웠다. 당황스럽다기보다 분노가 치밀었다. 누가 뭐라도 제일 힘든 건 자신인건데. 그래도 읍소하듯 다시 말했다.

"내가 죽을 죄를 진 것도 아닌데, 한 번 만나서 얘기 좀 해." 한동안 말이 없던 그녀는

"어디서 만나?

"동작대교에 있는 전망대로 와, 전철역에서 조금 걸으면 되니까." 현식의 아내는 대답도 없이 전화를 끊었다. 만난다고 약속

을 했지만 현식은 무슨 말을 해야 할지 두리번거렸다. 다시 생각해보라는, 지금은 상황을 덮고 새로 시작하듯, 무릎이라도 꿇고 사정을 해야 하나. 현식은 고개를 흔들었다. 대중가요의 가사처럼 '한 번 떠난 사랑'은 아내의 마음에 없을 것이고 결국 돌아오지 않을 것이다. 정리를 마무리하고 집을 나섰다. 전철역에서 내려 다리를 건너간다. 스스로 생을 마감하는 이들이 늘어나면서 강을 건너는 다리로 올라서는 경우를 생각했다. 그들의 마음은 어떤 것일까? 현기증이 올라오는 강물 아래로 떨어지는 두려움보다 더 한 두려움은 무엇일 것인가?

현식은 찬바람을 맞으며 잠시의 고민을 강물에 던져버렸다. 다리 위에서 일몰의 풍경을 찍는 이들이 많다. 여의도의 빌딩숲을 끼고 흐르는 강물, 돌아오지 못할 곳으로 떠나는 듯 지는 일몰의 풍경을 남겨두고 싶은 것인가?

전망대 카페는 한산했다. 현식은 창가를 돌아 자리를 잡았다. 누군가를 만나려할 때 설렘이 피어난다면 그 대상이 누구이든 친구라고 했는데 십여 년을 같이 살았던 아내를 기다리는 지금 이 마음은 무엇이란 말인가? 골치 아픈 계약을 다루려는 마음처럼 황량함을 느낀다. 약속시간은 30여 분을 지나가는데 아내는 나타나지 않았다. 전화기를 들었다가 놓기를 여러 번, 아내가 안으로 들어온다. 현식은 자리에서 일어났다. 세경은 눈도 마주치지 않고 자리에 앉는다.

"그동안 잘 지냈어? 예진이도 잘 있는 거지? 같이 나왔으면 좋았을 텐데.”

“할 얘기가 뭐여요. 집을 언제 비울 거여요?

“내가 묻는 것 대답부터 하면 안 돼? 그리고 꼭 그렇게 해놓고 집을 나갔어야 돼? 내가 뭘 그렇게 죽을죄를 지었다고.” 현식의 목소리에 분노가 묻어나고 있었다. 그녀는 말을 하지 않았고 핸드백을 들고 일어서려고 했다.

“봐요. 만나보았자 이야기도 틀어지고 그나마 남아있던 연민도 틀어지잖아요. 그래서 만나지 않으려 했던 거여요. 당신은 아직도 가부장적인 사고체계에서 벗어나지 못하고 있고. 나를 자꾸만 도덕적인 잣대로, 당신의 할아버지나 아버지는 겪지 않았던 일을 내가 겪어야하나, 원망하고 좌절하고 있어요. 이제 이혼해주세요.”

“그동안 다른 놈이라도 만나는 거야?”

“그러기를 바라는 것 같네요. 요즘 세상에 흔한 게 사랑이라지만 그게 어디 쉬운 건가요. 때가 되면 하겠죠. 뭐 더 할 말이 없으면 빨리 이혼수속에 동의해주세요.” 그녀가 자리에서 일어났다. 현식은 멍하니 앉아있었다. 엎질러진 물처럼 수습할 수 없는 상황이었다. 계단을 내려와 다리 난간에 섰을 때 그녀는 저만치 빠른 걸음으로 가고 있었다. 달려가 잡고 싶었지만 다리가 움직이지 않았다. 다리 난간을 잡고 흐르는 강물을 내려다보았다. 세상의 마지막 날인 듯 비감(悲感)했다. 현식은 천천히 걸어나갔다. 술이라도 한 잔 하고 싶었다. 전역하고 사업을 하고 있는 선배에게 전화를 했다. 선배는 반갑게 전화를 받아주었고 보고 싶다고 했다. 삶이란 그렇게 엉겨드는 것이리라. 결말은 무엇일까?

선배는 신림동 근처에서 만나자고 했다. 몇 년 만에 만나는 선배였다.

"어떻게 지내냐? 얼굴이 왜이래, 전역했다며?" 그는 자리에 앉자마자 한꺼번에 궁금증을 쏟아냈다. 삼겹살을 굽고 소주를 시켰다. 현식은 급하게 소주를 입안에 털어 넣었다.

"반갑게 뵐 수 있어서 고맙습니다. 사업은 잘 되시나요?"

"야 내가 먼저 물었는데, 먼저 얘기하고 물어라. 술은 좀 천천히 마시고."

"마누라가 이혼하자네요. 진급도 못하고 성질피고 군에서 지맘대로 제대했다고."

"야 요즘 그런 놈들이 한 둘인 줄 아니. 근데 군 생활 잘하더니 왜 그랬어?"

"잘하기는요. 제분에 못 이겨 밥통을 엎어버렸는데."

"그래 나도 그런 친구들을 잘 알지. 세상 사람들을 여러 가지 원칙과 기준으로 사람들의 부류를 나누기도 하지만 인간관계 속에서는 두 가지 부류로 나눌 수 있어. 하나는 강한 자에게 약한 모습을 보이는 자이고 다른 하나는 강한 자에게 강한 모습을 보이는 자, 그 전제로 강한 자에게 약한 모습을 보이는 자는 반드시 약한 자에게만 강한 권력을 휘두른다는 것, 강한 자에게 강한 모습을 보이는 자는 약한 자에게 반드시 약한 모습을 보이는 자이지. 네가 모셨던 그 자식이 약한 자에게 강한 모습을 보이는 자의 전형일거야. 속으로는 위선으로 가득 차있는 놈들. 사실 나도 그럴지 몰라."

"글쎄 뭐 저도 허물이 있었겠지요. 잘난 것도 없으면서 잘난 체 한 것처럼."

"그나저나 부인이 집을 나갔다는 거네. 이제 우리들은 벌을 받고 있는 거야. 멀리 갈 것도 없이 우리 아버지세대만 해도 여자가 귀한 존재인 줄 몰랐잖아. 수렵과 채집으로 생을 영위하던 원시 사회에서 여자들이 열매를 묻어 정착생활을 유도하였고 남자들을 길들였다는데, 체통과 권위, 변하지 않는 진리처럼 받들었던 것의 본질은 여자를 억압하는 거였어. 우리 세대가 벌을 받고 있는 거지. 남자라는 게 얼마나 보잘것없는 존재인지 원. 미안하다. 네 아내를 포함해 여자 욕을 해줘야하는데. 나도 이제 수구꼴통같은 소리만 하고 있으니."

"선배 말이 맞는 거지요. 이제는 이혼이라는 것이 삶의 당연한 과정처럼 받아들여지는 건 아닌지 모르겠어요. 가끔 정치판에 기웃거리기도 한 여성작가는 몇 번의 이혼을 작품이나 말로 공공연히 노출했었는데, 그런 행태가 하나의 시류처럼 흘러가는 건 아닌가 하는 생각을 해요. 일종의 계몽성이 있는 거라 할 수 있지요."

"고민을 많이 한 결과물인가? 대중성이 있는 사람들에 대중매

체들은 관심을 가질 수밖에 없는 것이고 일종의 용기를 주었다고 해야 하나. 야한 소설로 법의 심판까지 받았던 이는 불행하게 생을 마감했는데, 문학작품에다 법의 심판을 들이댄다는 것은 어불성설이지만 일종의 성적인 일탈을 조장한 것은 부정할 수 없겠지."

"이제까지 이혼사유가 상대방의 외도라는 게 높은 이유를 차지하기도 하지만 그 문제는 과거에 더하면 더했지 새로운 것은 아닌 것이고 문제는 의식의 변화겠지요. 가해자, 피해자를 나눌 수 없는 상황이 된 것 같아요. 비슷한 공간에서 남자, 여자로 살아가고 있으니. 그나저나 요즘 무슨 일하고 있어요?"

"몽골에서 조그만 사업하고 있어."

"몽골이요? 전에는 미얀마에 있었잖아요?"

"미얀마에서 집을 짓는다고 하다가 제풀에 나가떨어졌지. 우기를 견디는 것도 힘들었고. 그곳에 가기 전에 현지인의 문화와 특성을 잘 알고 덤벼야 한다고 하지만 경험하기 전에는 쉽게 내 것이 되기는 힘든 거잖아. 네가 십 수 년 아내와 한 이불속에서 살았다지만 잘 몰랐을 것처럼 말이야."

"그럼 그나마 잘 아는 이곳에서 하지 왜 몽골까지 간 거여요?"

"역마살 같은 건지도 몰라. 사실 이곳에서는 자신도 없고. 그나마 자본주의에 길들여져 가는 그곳이 뭔가 덤벼들 만한 거 같은 허튼 자신감도 있고. 그보다 중요한 것, 그 땅에서 가질 수 있는 우월감이랄까. 흔히 하는 말로 개폼 잡는 꼴이라고나 할까."

"그럼 지금 몽골에서 무슨 사업을 하는데요?"

"중고자동차를 취급하고 있어. 동남아국가들이 우리차를 선호하는 편이거든."

"선배, 혹시 그곳에 가면 제가 할 수 있는 일 없어요?"

"왜? 그 실력으로 여기서도 충분히 일할 수 있는 곳이 많을 텐데."

"아뇨. 일단 이 땅을 떠나야할 것 같아요. 선배가 어떤 이유로 이 땅을 떠났는지 모르지만 지금 상황은 일단 떠나야 할 것 같아요. 평소 칭키스칸을 흠모했는데 그 사막인지 초원인지에 한 번 가보고 싶은 마음도 있고요. 선배가 먼저 그곳에서 자리를 잡았으니 많은 도움이 될 거구요. 사실 이 땅을 떠난 많은 사람들 용기백배하여 떠난 사람들이 얼마나 되겠어요. 열이면 아홉은 현실도피처럼, 나름의 절박함으로 떠났을 것이구요."

"알았어. 한 번 생각해보자. 결코 단순한 일은 아니니까. 너도 지금 즉흥적으로 의견을 제시한 것 같으니까. 포기하지 말고 제수씨한테 다시 잘 애기해보는 것도 괜찮을 것 같고. 세상을 지배하는 건 남자라지만 그 남자를 지배하는 것 여자이기도 하니까 말이지. 처음부터 혼자 살았다면 모르지만 알게 모르게 서로 의지하고 살았던 남자들은 상대적으로 취약할 수밖에 없어. 종자돈이야 그렇다고 치더라도, 용기백배하여 출병해도 싸워 이길지 말진데, 패잔병처럼 이 땅을 떠난다는 것도 마찬가지고."

"알았어요. 일단 떠나기로 마음먹은 거니까. 귀찮게 생각하지 마시고, 저 나름대로 공부도 해볼 거예요. 도원결의는 아니지만 주막결의로 건배하도록 해요."

"너한테 내가 도움이 되었으면 좋겠는데." 그는 숨겨진 음모가 있는 것처럼 말을 흐렸다. 현식도 어느 정도 예감은 할 수 있었다. 그의 사업이 순조롭지 않다는 것을.

술집을 나온 것은 자정이 가까운 시간이었다.

"정리되면 연락해라. 네가 뭘 할 수 있을지 고민해 볼 테니까." 선배와 지하철역의 입구는 같이 내려갔지만 가는 방향은 달랐다. 현식은 그게 사람 사는 모습일거라고 생각했다. 자정이 가까운 시간이었지만 전철 안은 복잡했다. 저마다 스마트폰의 모니터에 얼굴을 맞대고 있다. 저마다 집으로 돌아가는 길이니 사람과 사람이 마주보고 반응하는 모습은 보기 힘들다.

다시 역사를 빠져나와 집으로 가는 길, 현식은 피곤했지만 집으로 가고 싶지 않았다. 불현듯 이래서 노숙자가 생기는 거라고 생각했다. 현식은 아내에게 전화를 하려다가 다시 전화기를 주머니에 넣었다.

다음 날 현식은 부동산사무실에 집을 내놓았다. 대출금을 제하고 아내와 나누면 현식의 손에 들어올 돈은 얼마 되지 않을 듯싶었다. 내키지는 않았지만 근처에 있는 도서관에 가서 몽골에 대한 책을 찾아보았다. 대부분 요즘 유행하는 여행에 관한 책이었다. 여행자의 피상적인 관찰에 가까운 내용이었다. 어느 곳, 어디에 존재하던지 한갓 여행자가 볼 수 있는 공간과 시간은 제한적일 수밖에 없을 것이다. 몽골의 습속(習俗)과 경제에 관련된 책은 드물었다. 거대한 평원과 유목으로 살아가는 그네들의 삶, 동상을 세우는 등 여러 가지 수단으로 칭키스칸이라는 위대한 선인을 선양하고 흠모하지만 자본주의로 전환하고 빈부 갈등의 척박한 삶을 살아가는 그들의 현실에 그는 아득히 멀리 있는 존재일 뿐이라는 것을 생각했다. 내 땅과 내 집의 소유개념이 없이 바람처럼 떠도는 것 같은 유목민의 삶이 자연인의 삶이 아니라 국가라는 체제 속에서 존재한다는, 초원의 풀은 유목민 그네들의 삶과 동일체라는 것도 피상적으로 찾아냈을 뿐이었다. 이틀 동안 도서관에 자리를 잡고 관련된 책을 읽었지만 나름의 경계를 가지기보다는 새로운 영토에 대한 호기심만 깊어지는 꼴이었다. 절박하게 준비한다고 해도 호락하지 않은 현실에도 현식은 뭔가 바람에 휘둘리듯 광활한 대지에 대한 연모가 깊어지고 있었다.

오후가 되어 도서관에서 나왔을 때 봄바람이 펄럭이고 있었다. 산수유가 봄빛을 퍼트리는 가 싶더니 백목련이 피었다 지고 있었다. 열망하듯 흰 꽃잎이 허공을 응시하다가 지는 모습이 현식 자신의 모습 같다고 생각했다. 이르게 피는 꽃들을 샘하듯 바람은 차가웠지만 햇살은 조금씩 온기를 머금기 시작했다. 골목길을 지나오면서 열차 안에서 만났던 여자, 채현순 그녀가 생각났다. 그녀에게 전화를 했다. 신호가 가는데 그녀는 받지 않았다. 아쉬운 마음으로 주머니에 전화기를 집어넣고 얼마쯤 걸었을까 진동신호가 왔다. 그녀였다.

“전화 하셨네요. 잘 지내셨어요?” 그녀의 목소리는 낮게 가라앉아지만 현식을 편안하게 해주었다.

“잘 지냈어요? 한 번 뵐 수 있을까요?”

“여기 종로인데, 일이 끝나려면 한 시간쯤 있어야 하는데.”

“아 그럼 그리로 가겠습니다. 인사동에서 만날까요?”

“네. 괜찮으시다면.”

“그럼 한 시간쯤 후에 인사동에서 뵙겠습니다.” 현식은 오랜만에 마음이 가벼워졌다. 인간은 관계 속에서 위안을 갖고 존재감을 갖는 존재라는 것을 생각했다. 가정이 흐트러지면서 현식은 방황하고 있다. 어떤 책을 소개하는 글에서 읽은 누군가의 말이 생각났다.

‘가난했지만 내일이 더 나을 거라고 꿈꾸던 오르막 시대와 달리, 풍요롭지만 오늘보다 내일이 더 불투명한 내리막 시대를 살아간다’는 그의 진단은 정확한 것이었다. 그는 그 현실에서 조금이라도 벗어날 수 있는 것은 ‘다른 사람과의 관계, 인간관계에서 즐거움을 찾을 수 있어야 한다.’고 했다. 서로를 필요로 한다는 사실을 느끼고, 타인을 도우며 즐거움을 느끼는 윈윈(win-win) 관계라는, 이제 행복은 상품화되지 않는 것, 돈으로는 안 되는 부분에서 비롯되는 것 같다는 그의 말에 공감이 갔다.

시청역에서 내린 현식은 세종로를 지나 조계사에 들렀다. 시내에 위치하기도 했지만 수행공간으로 인식하기보다는 정치적인 공간으로 더 익숙했다. 일제치하인 1910년, 조선불교의 자주화와 민족자존 회복을 염원하는 스님들에 의해 각황사란 이름으로 창건되었다는 것, 조선의 억불정책으로 4대문 안에는 사찰이 세워질 수 없었던 시대가 지난 것이다. 1937년 각황사를 현재의 조계사로 옮기는 공사를 시작, 이듬해 삼각산에 있던 태고사(太古寺)를 이전하는 형식을 취하여 절 이름을 태고사로 했다. 태고사를 창건하면서 사찰의 중심인 대웅전은 정읍에 있었던 보천교(普天敎) 십일전(十一殿)을 이전하여 개축하였다. 1954년 일제의 잔재를 몰아내려는 불교정화운동이 일어난 후 조계사로 이름이 바뀌어 현재에 이르고 있으나 한국불교와 그 대표종파인 조계종의 중심사찰로 사대문 안에 자리 잡았지만 중심이 잡히지 않는 느낌이었다. 현식은 마음도 차분해지지 않는 절 마당을 돌아나가면서 종교의 태생적 본성을 생각했다. 종교가 인간의 욕망이 바탕이라면 그것은 또 다른 이름의 정치다. 정치인들이, 때로는 투쟁의 선봉에 서는 이들이 이곳에 오는 이유도 마찬가지라고 생각했다. 인사동으로 발걸음을 옮기면서 현식은 만날 장소를 막연하게 인사동으로 말했다는 것을 생각했다. 익숙한 공간이 아니어서 잠시 고민했는데 천상병 시인을 생각했고 귀천이라는 찻집을 생각했다. 현식은 그의 시 '귀천'을 좋아했다.

천상병, 막연하게 불려가서는 참담한 수모와 고통의 시간을 견디어 내야했던, 시인이기 이전에 한 인간이었고 남자였다. 두려움을 극복하는 것은, 두렵지 않은 것이 아니라 두려운 것을 알고 이겨내는 것이라고 생각했다. 고문의 후유증으로 자식도 가질 수 없었다던 시인의 삶은 결코 아름답지 못했다. 막걸리와 바뀌질 돈 때문에 손을 벌려야했던, '자신의 직업이 가난'이라고 말했던 일견 절망스러웠을 삶을 '소풍'이라고 표현했다. 아무나 쉽게 감내할 수 없었을 고통과 분노, 치욕을 내면으로 삭이며 시적 서정으로 껴안고 녹여낸 것이었을까? 시인의 시를 읊으면서 현실 속에서 현식은 부끄럽다고 생각했다. 누구나 나름의 굴곡진 삶을 살아가기도 하지만, 정해지지 않은 언젠가는 새처럼 하늘을 날아 이승을 떠나는 날이 오고야 마는 것이다. 막연하기도 한 그 날을 생각하며 이승에서의 삶을 소풍이었다고 표현한다는 것은 아무나 흉내 낼 수 없을 것이리라. '귀천'이란 시에서 소풍은 가슴이 먹먹해지도록 참 슬프고 아름다운 말이었다. 그녀에게 그 찻집으로 오라고 문자를 보냈다.

저녁나절 인사동거리는 부산스러웠다. 나름 운치 있는 거리였지만 현식은 아쉬움을 떨쳐버릴 수 없었다. 서울은 오랜 역사가 흐르는 도시인데 그곳에선 우리의 풍토와 역사를 느낄 수 없었다. 문화와 풍경을 잘 녹여내지 못했다는 것이 아쉬웠다. 궁궐보다는 오랫동안 사람의 손때가 묻은 골목길이 더 관광자원으로서 가치가 있을 것이라고도 생각했다. 피맛골이라는 골목이 있었지만 그마저도 사라지고 높은 빌딩들이 거리를 압도한다.

저녁나절이었지만 전통찻집이어서인지 한가했다. 찻집 안에는 생전의 시인의 천진한 모습이 남아있었고 현식은 그를 만나듯 천천히 사진이며 책들을 둘러보았다. 가난한 시인을 사랑했던, 아니 보듬었다는 말이 맞을 듯 시인의 부인이 되었던 여인은 오빠 친구였던 천 시인과 1972년 결혼해서 평생을 무직으로 살았던 천 시인의 뒷바라지를 했다. 오빠의 친구였던 시인이었지만 평생을 무직으로 살았던 사내의 후원자이며 동반자였던 여인이었다. 시인이 두 번이나 이승과 저승의 갈림길에 섰을 때 지극한 보살핌으로 제자리로 돌려놓았고 시인은 생전에 "나는 부업을 하지 않아도 되는 한국 유일의 시인이다. 그러니 얼마나 고마운 내 아내인가"라고 말했던 것을 기억했다. 93년 시인이 소풍을 마치고 떠난 뒤에도 홀로 '귀천' 카페를 운영하면서 천상병 시인의 숨결을 느끼고자 하는 동료 문인들과 독자들을 넉넉히 품는 문화공간으로 만들었다. 그렇게 현식이 찻집 안을 두리번거리고 있을 때 그녀가 들어섰다. 현식은 자리에서 일어나 그녀를 맞았다.

"오래 기다리셨어요?" 열차 안에서 만났을 때보다 그녀의 옷매무새도 표정도 밝게 보였다.

"아뇨, 방금 전에 도착했어요. 한 번 꼭 오고 싶었는데 덕분에 이 찻집에 오게 되어 흠모했던 시인을 생각할 수 있는 시간이 되기도 하였구요. 차 주문하지요."

"열차 안에서 뵈었을 때 무슨 안 좋은 일이 있으신 것 같았는데, 잘 해결되고 있나요?"

"언젠가 우리는 다시 돌아올 수 없는 어딘가로 떠나야하는 것처럼 그 연습을 해야 할 듯 싶네요. 몽골에 가려고 준비하고 있어요. 여행보다는 생존의 의미가 더 큰데 자꾸만 여행의 환상 속에 빠져드는 불길한 예감이기도 하구요."

"어차피 우리는 지구별에 여행자로 온 거잖아요. 그 본분을 잊고 영원히 살 것처럼 욕심을 부리니 환경도 우리의 삶도 망가져가는 거구요."

"아! 그 말을 들으니 마음이 조금 가벼워지네요. 그러나 현실은 현실이니, 아내는 정착한 곳이 마음에 들지 않는 듯 또 다른 여행을 준비하고 있으니 나는 버려진 것처럼 도피를 꿈꾸는 이상도 이하도 아니지요."

"한 사람의 말만 듣고 제가 뭐라 할 말이 없지만 관습과 도덕률 속에 얽매어져있던 여자들의 성정이 가팔라져가는 것은 사실이고."

주문했던 차가 나오면서 이야기는 찻잔 속으로 내려앉았다.

"오늘 나와 주셔서 감사해요. 남녀 간의 관계라는 것이 참 어렵고 복잡한 거잖아요. 아내가 나를 떠나려하는 순간부터 그런 마음이 더 강해졌어요. 세상사는 것이 두렵기도 하고. 어찌 보면 사내들은 단순하고 직선적인, 좀 우둔한 동물이라는 반증이기도 한 것 같고."

"그건 여자도 마찬가지일거여요. 여자인 나도 나를 잘 모르는 것은 사실이고, 다만 생존 본능적으로 여자는 남자보다 더 강하다는 것을 생각하면 될 것 같아요. 생존본능이라는 것이 자신의 주변만 살피려는 남자보다 이기적인 존재이기도 할거구요. 여자들은 과거의 남자는 어떤 관계를 가졌던 대부분 잊게 된다는 것이 그를 반증하는 것일 거여요. 남자들은 그렇지 않잖아요. 아마 나쁜 의미로 친숙했던 가까이 있는 물건처럼 여자를 생각한다는 생각을 했어요.”

“쉽게 인정하기는 싫지만 그건 맞는 말 같아요. 이제 아내를 보내주어야 할 것 같아요. 딸아이를 생각해서라도 헤어지는 것은 옳지 않다는 생각이 너무 무거웠던 것 같아요. 그보다는 사내로서 자괴감이 더 컸겠지요.”

“옳고 그름의 문제가 아닌, 결국 생존의 방식이지요. 생존이라는 말 속에는 인간의 욕망이 얼기설기 다져져 있을 테고.”

“현순 씨, 식사하러 나갈까요?”

“네. 뭐 드시고 싶으세요? 저녁은 제가 사겠습니다. 힘을 내시라고.”

“아닙니다. 나와 주신 것도 고마운 일인데.” 둘은 자리에서 일어섰다. 거리는 어두워져 인파로 흘러가고 있었다.

“근처에 ‘낭만’이라는 음식점이 있었던 것 같은데, 그곳으로 가시지요. 낭만이라는 말이 로망이라는 불어의 일본식 발음이라는데, 우리는 그대로 옮겨 쓰고 있는 거지만 ‘소설’이라는 뜻도 있는 것이고, 아무튼 우리들이 추구하는 의식주의 범주를 벗어나려 하는 복잡한 영역이기도 한거구요.”

“낭만이라는 말에 그런 유래가 있는지 몰랐어요. 막연히 내가 가끔 도달하고픈 영토라고만 생각했는데.”

“낭만은 현실이나 미래보다는 과거의 영역이 더 짙은 면이 있어요. 특히 나이가 들면 더 그런 증상이 심해지죠. 설렘이나 기다림보다는 그리움이 더 깊어지는 것이 인지상정이기도 한 거니까요. 대중가요의 가사처럼, 과거의 달콤했던 기억을 회상하려는, 현순 씨는 어떠신가요?

“글쎄 내게 흘러간 날들은 그리 낭만적이지 못했어요. 생존에 버둥거렸고, 남자에게도 마찬가지였고, 지우고 싶은 기억들이 더 많으니까요.” 골목길을 돌아섰을 때 한옥에 한자로 간판이 걸려 있었다.

“아마 한옥이라는 말은 없던 말이었을 거예요. 환상을 가졌던 서양의 집들에 겉모양을 모방한 양옥이라는 건축방식이 도입되면서 만들어진 말이었을 것이니. 살던 집처럼, 한 번 살고 싶은 집처럼 편안하고 아늑함이 좋지요?”

“네 정말인 것 같아요.” 식당 안은 한산했다. 현식은 식사를 주문하면서 동동주도 한 병 주문했다.

“술은 좋아하세요?”

“좋아하는 정도는 아니고 조금은 마셔요. 어려서 아버지의 술 때문에 집안이 조용한 날이 없었거든요. 지긋지긋했지요. 결국 술병으로 아버지가 돌아가시고 이제 아버지를 조금 이해한다고 건방진 생각을 가지기도 하지만 그때는 너무 힘들었어요. 그때는 가정폭력이라는 말도 없었던 시대였고요. 베갯잇을 적시고 자는 날이 많았어요. 그런 밤이면 꿈을 꾸었어요. 자면서 꾸는 꿈도 아니고 미래를 설계하는 꿈도 아니었어요. 마치 영화 속의 주인공이라도 된 것처럼 가출하는 상상이었어요. 그런 꿈이라도 꾸지 않으면 그 밤을 견딜 수 없었을 거여요."

상이 차려졌을 때 서로 잔을 주고받았다.

"건배해요. 우리의 만남을 위하여." 현식이 먼저 잔을 들었다. 현식은 왠지 술이 달콤하다고 생각했다. 가슴 저 밑에 가라앉았던 외로움의 허기가 술에 차오르는 듯 거푸 술을 마셨다.

"음식은 어떠세요?" 현식이 물었을 때 그녀는 담담하게 대답했다.

"내 고향이 전라도인데 어려서부터 익숙했던 맛은 아니네요. 서울사람들의 입맛에 맞췄다고나 해야 할까요. 어머니는 음식을 잘하셨어요. 동네잔치가 있는 날이면 품앗이도 아니고 요즘의 초빙요리사처럼 불려 다니고 했으니까요."

"그럼 현순 씨도 음식을 잘하겠네요."

"그렇지는 못해요. 시어머니를 모시고 시집살이하던 며느리였다면 모를까. 딸이 어머니로부터 전수받을 생각은 못하고 맛을 아는 수준만 높여 놓았던가 봐요. 여자의 입장에서 음식솜씨는 절대적이라고 생각해요. 남자들은 당연하다고 받아들일지 모르지만 음식이 입에 안 맞는 것은 견딜 수 없는 것이기도 하니까요. 그래서 '추억의 반은 음식이다'라는 말도 만들어졌을 거여요.

그래도 어깨너머로 본 것이 있으니 조금은 한다고 할 수도 있죠." 현식은 갈증처럼 자꾸만 술을 들이켰다.

"미안해요. 이러면 안 되는데 자꾸만 갈증이 나요. 어머니와 한 몸이었다가 세상에 나왔으니 숙명처럼 여자의 인정을 갈구하는 것이 남자의 숙명이기도 할 거여요. 나 자신의 문제도 버거운데, 중년을 넘어가는 나이에 가정이 해체되는, 가부장적인 잔재가 엄연한 현실에서 견디기가 힘든 거겠지요."

"오다가다 만난 것처럼 가벼운 사이일수도 있는데, 너무 어려운 문제를 내주시는 것 같아요. 삶이 힘들 때마다 그런 생각을 한 적이 있어요. 인생은 끊임없는 문제를 풀어나가야 하는, 학창시절의 시험과는 다른, 정당한 질문에 정당한 답을 요구하는 것이 아니라는 것이라는 걸. 우문현답(愚問賢答)이란 사자성어를 아시지요? 현식 씨의 지금 상황도 어리석은 문제지를 받아든 게 아닐까요. 어리석은 질문에 어떻게 답을 하느냐 하는, 그건 지식이 아니라 지혜가, 또 다른 방향으로 용기가 필요한 시간이라는 것이지요."

"와, 현순 씨 대단해요. 세상의 어떤 철학자보다 아니 성인이라는 분들이 애기한 것보다 대단한 이야기네요. 이제 밥을 맛있게 먹는 게 지금 상황의 현명한 답이겠네요." 현식은 자꾸만 올라오던 갈증이 가시는 느낌이었다.

"현순 씨 앞으로 좋은 친구가 되어주셨으면 좋겠어요. 어때요?" 약간은 달뜬 현식의 채근에 현순은 답을 하지 않고 밥을 먹다가 한마디 했다.

"친구의 모양과 형태를 말로 할 수 있는 게 아니자나요. 봄이 되면 꽃이 피고 연둣빛 나뭇잎이 피어나듯 하는 것이지요. 저절로 되는 것이지 억지로 의도적으로 되는 것이 아니라는 의미이지요." 현식이 머쓱하듯 뭐라고 답을 하지 않았다.

식사가 끝나고 자리에서 일어났을 때 현식은 취기가 올라왔다. 식당을 나왔을 때 거리는 어두워져 있었고 가로수에 연둣빛 잎들이 피어나고 있었다.

"청계천에 한 번 가보실래요? 밤엔 가본 적이 없는데."

"그래요. 한 번 가보지요." 신호등을 건너가는데 현식은 마주 오는 익숙한 모습을 보아야했다. 아내였다. 그녀는 가던 방향을 돌아서 현식에게로 다가왔다.

"아니 벌써 여자가 생겨 연애질이야? 이제 꼴값을 떠시는구먼. 근데 이 여자는 누구야?" 현식은 취기가 싹 가시는 듯 했다. 걸음을 멈추고 서 있던 현순은 당황한 기색이 역력했다. 현식은 뭐라고 답을 건네지 못했다. 너무나 당황스러운 상황이었다. 현식은 그 자리를 빨리 달아나고만 싶었다. 자연스럽게 그 상황을 설명할 수도 있었지만 현식의 취기는 아내의 눈길을 빨리 피하고 싶다는 생각뿐이었다. 아내를 한 번 쏘아보고는 현순에게 빨리 가자고 손짓했다. 그러나 현순은 움직이지를 않았고 혼자 다른 방향으로 걸음을 옮겼다. 현식은 그녀를 잡아야한다고 생각했지만 몸을 움직일 수가 없었다. 그저 그 자리에 주저앉고 싶은 심정이었다.

"내일 만나서 이야기해." 현식은 그 자리를 비켜나고 싶었다.

팔짱을 끼고 현식을 쏘아보고 있던 그녀는 팔짱을 풀며 던지듯 한마디 했다.

"내일 만날 것도 없이 지금 이야기해." 그녀는 앞장서 근처의 카페로 들어갔다.

"지금 어떤 상황인데, 벌써 연애질이야. 진작 도장을 찍어주었던지. 뭐 미련이라도 있던 것처럼 밍기적 거리더니 이게 뭐야." 손님도 몇 없는 홀 안에서 그녀는 큰 소리로 면박을 주고 있었다. 그녀는 분이 가시지 않은 듯 얼굴빛까지 붉어져서 현식을 몰아대고 있었다.

"참 그러네. 이렇게 서로에게 모멸감을 주고받으며 헤어져야 한다니, 아까 그 여자 앞에서 꼭 그렇게 해야 했어?"

"아니 그럼 어떤 사이냐고 정중하게 묻고 인사라도 해야 했단 말이야?"

"그런 말이 아니잖아. 그냥 지나쳐주지는 못할지라도 그렇게 빈정거릴 것까지야 없는 거잖아. 특별한 관계도 아니고 우연히 마주쳤던 사람을 처음 만난 건데."

"알았고. 이제 정리해줄 거지? 오히려 잘된 일이네. 그나마 조금 남아있던 미련도 이제 거두었으니. 애한테도 그렇게 얘기해 줄게. 아빠한테 새로운 여자가 생겼더라고." 현식은 뭐라고 할 말이 없었다. 수그러들던 취기가 머리위로 올라오면서 그녀의 머리채를 잡아 흔들고 싶은 순간의 충동에 흔들렸다. 흔들거리며 자리에서 일어났다. 그녀가 뒤에서 뭐라고 시끄럽게 얘기했지만 뒤를 돌아보지 않았다. 지나치는 사람들이 현식을 힐끔거리는 것 같았다. 미련처럼 현순에게 전화를 했다. 그녀는 전화를 받지 않았다. 그녀도 당황했을 것이다.

다음 날 아내를 만나 가정법원에 이혼서류를 제출했다. 헤어지는 절차는 복잡했고 혼자서 할 수 있는 일도 아니었다. 다시 아내를 만나야 한다는 것도 불편했다. 흔히 하는 말로 도장만 찍으면 되는 것이 아니었다. 3개월의 숙려기간이 주어진다는 것이 무슨 의미가 있을까 생각했지만 어쩔 수 없는 일이었다.

“꼭 이래야 하는 거야?” 법원을 나오면서 현식은 앞을 보며 한마디 했다.

“누군 이러고 싶어서 하는 것이 아니잖아. 나도 내 욕망의 내용물을 잘 모르는 거고. 나도 막막한 현실을 피할 수는 없는 거야. 흔히 이혼하는 부부들이 내세우는 이유 중의 첫 번째는 성격차이를 꼽기도 하지만 글쎄, 아닐 거야. 결국 대화의 문제일거야. 대화가 문제라는 것은 소통과는 다른 기술적인 면이라 해야 하나.”

“결국 아무리 이유를 달아도 분풀이밖에 안 되는 거 아냐.”

“어찌 보면 바람을 피웠다든지 하는 특별한 이유 없이 이렇게까지 오게 된 것은 당신과 나의 대화의 기술이 문제였던 거야.

나한테도 문제가 있었겠지."

"우리에게 예진이가 없다면 서로 모르는 사람으로 살아갈 수도 있겠지만 그럴 수도 없는 거구. 아무튼 나도 자리를 잡으면 어떻게든 도울 테니까 우선은 당신이 잘 키워줘."

"그동안은 내 감정정리에 급급했는데, 사실은 막막해. 아빠 없는 아이로 키우는 것도 쉽지 않을 거 같고. 어찌 보면 이제 문제가 끝난 게 아니라 문제가 시작인 것 같기도 하고."

"어쨌든 3개월 한정된 시간이 주어졌으니 그동안 한 번 더 생각해보았으면 좋겠어. 점심이나 같이 먹고 가."

"아냐. 밥 생각도 없구, 잘 가." 그녀는 뒤도 돌아보지 않고 전철역을 향해 걸어 나갔다. 현식은 한동안 그 자리에 서 있었다. 싸울 상대가 없어진 것처럼 둘은 스스로 시들해진 모습이었다. 거리를 걷고 싶었다. 가로수로 서 있는 플라타너스는 연초록 물결이 오르고 라일락은 짙은 향기를 날리고 있었다. 해를 손으로 가리며 걷다가 몽골에서 일한다는 선배에게 전화를 했다.

"몽골에는 언제 들어가세요? 한 번 같이 갔으면 하는데."

"다음 주에 들어가는데, 같이 들어가려면 비자신청하고 비행기 표 예매하고 해야 하는데 이번에는 어려울 것 같고 내가 먼저 들어가 있으면 준비하고 들어와. 절차는 내가 메일로 보내줄게 참고하고."

"알겠어요. 연락드릴게요." 멀리 아지랑이가 피어오르듯 현식은 현기증이 일었다. 현식은 남자인 것이 자괴스러웠다. 한 번도 해보지 않은 생각이었다. 어차피 세상은 모계사회로 돌아가는 것일까? 자연에 부는 바람처럼 세상은 늘 변하는 것이지만 자신이 당면한 현실은 세상 탓인 것만 같았다. 자신이 살아 온 모든 것이 형체도 없이 흐물거리며 녹아내리는 형국이었다.

현식은 집에 돌아오자 침대에 쓰러졌다. 사람이 떠나면서 온기가 사라진 방은 화사한 봄볕이 무색했고 잠에 빠져들었다.

현식은 혼자 산에 오르고 있었다. 군 생활이 어긋나면서 현식은 산에 오르기 시작했고 산은 상처받은 그를 위로해주는 무언의 존재였다. 아버지가 계신 지리산도 마찬가지였다. 산의 초입에서 원망의 대상들이 떠오르기 시작했고 거칠어지는 숨결 속에서 뒤돌리고 싶은 상념들이 덧난 상처처럼 욱신거렸다. 분노와 원망은 쉽게 사그라지지 않았다. 군 생활 중에 부딪치며 상처를 주었던 상급자들, 집을 나간 아내까지. 산을 오르면서 땀이 번져나기 시작했고 그 원망과 분노들은 사그러드는 듯 했다.

산을 내려오면서 익숙한 길이 아니었다. 산중에 외딴 마을이 있었다. 현식은 이상했지만 마을로 들어섰다. 지나가던 남자에게 물었을 것이다.

"못 보던 마을인데, 무슨 마을인가요?"

"그래요. 요 근래 새로 생긴 마을이지요. 여자들이 가장노릇을 하는 마을이지요." 그는 그 말로 답하고 현식을 스쳐갔다. 현식은 다큐멘터리 프로그램에서 보았던, 아직도 모계사회를 이루고 있다던 중국의 소수민족이 생각났다. 맘에 드는 남자가 있다면 여자는 문을 열어주고 남자가 밤에 다녀간다는 곳, 여자가 가장이니 여자에게 재산을 물려주고 사내들은 어미와 함께 살면서 경제권을 포함 가정사를 관장할 권리를 갖지 못한다는 곳, 아이들은 온전히 여자가 키우고 남자는 부양의 책임도 없다는 곳. 어찌 보면 이 땅의 젊은이들에게 천국 같은 곳이라는 생각도 들었던 기억이 떠올랐다. 가부장제의 권리는 점차 사라지면서 의무와 책임은 가중되고 있는, 사내들의 입장에서 암울한 현실이었다. 목이 말랐던 현식은 마을을 지나가다가 우물이 있는 집안으로 들어갔다. 마침 부엌에서 한 여인이 나왔을 때 현식은 사정을 이야기했다. 여인은 물 한바가지를 건네며 현식에게 말했다. 무거운 가구를 옮겨야 하는데 잠시 도와달라는 것이었다. 현식은 여인을 따라갔고 부엌을 지나 창고에 있는 짐을 같이 들어 옮겼다. 짐을 옮기는 일이 끝났을 때 여인은 잠시만 방안에서 기다리라고 했다. 여인은 잠시 후 개다리소반에 간단한 음식과 술인 듯 병 하나를 들고 들어왔다. 낯선 방안에 여인과 단 둘이 있는 것이 어색했지만 피곤했던지 그대로 주저앉았다. 여인이 술을 따르고 마시고 술을 건네고, 누가 먼저였는지 기억이 나지 않았지만 서로의 손을 잡고 쓰러졌을 때 현식은 잠에서 깨었다. 별난 꿈이라고 생각했다. 여인의 손을 잡고 몸을 더듬던 순간 잠에서 깨어나 아쉬워하던 자신이 일순 부끄럽기도 했다.

절차가 번거로웠지만 뭔가 기대를 가지고 현식은 몽골 행을 준비했다. 그것이 유일한 탈출구였는지 모른다. 몽골대사관에 갔지만 비자는 별도의 장소에서 발급한다고 했다. 비자를 준비하고 비행기 표도 예매를 했다. 구체적인 계획은 없었다.

떠나기 전에 현순, 그녀를 한 번 만나고 싶었다. 아내와의 관계가 어그러지면서 현식은 여자의 존재가 새롭게 다가왔다. 현식이 생각하기에도 그건 좀 우스웠다. 관계가 파탄 나고서야 육체적인 제한적인 공간에서 정신적인 공간으로 확장되듯 상실이자 획득이었다. 지난 번 불편하게 헤어졌기에 조심스러웠다. 용산에 있는 몽골대사관 비자과에서 비자를 받아들고 전화를 했지만 그녀는 받지 않았다. 당시의 상황은 그녀도 받아들이기가 쉽지 않았을 것이다. 마치 주인이 있는 사내를 치사하게 넘봤다는 자괴감을 가졌을 수도 있다. 전철에서 내리면서 그녀에게 다시 전화를 했다. 한참 신호가 흘러가고야 그녀는 전화를 받았다.

“잘 지내셨어요? 전번에는 본의 아니게 너무 죄송했어요. 다음 주에 몽골에 가는데 한 번 뵈었으면 하는데.” 현식은 목소리는 머뭇거렸다.

“아, 그래요. 오늘은 안 되고 주말에 시간보고 전화할게요.” 그녀는 그렇게 전화를 끊었다. 현식은 서운함을 감출 수 없었지만 덕분에 아버지를 생각했다. 가기 전에 아버지를 한 번 뵙고 가야겠다고 생각했고 간단한 준비를 하고 다시 역으로 나갔다. 현식의 마음은 착잡했다. 아버지가 직업군인이 되는 것을 탐탁지 않게 생각한 것은 사실이지만 그렇다고 현재의 상황을 쉽게 받아들일 수는 없을 것이기 때문이다. 주중이지만 역사는 많은 사람들이 오고갔다. 현식은 승차권을 구매하고 점심식사를 위해 식당으로 갔다. 역사 안에 있는 식당에는 혼자 밥을 먹는 사람들로 붐볐고 현식도 메뉴를 정하고 식사를 기다렸다. 현식은 언젠가부터 혼자 먹는 밥이 편했다. 밥을 천천히 먹는 습관 때문이기도 했지만 현식의 현재 상황이 그렇게 만들었을 것이다.

산에서 산다

열차 안은 한산했다. 고속열차가 생기면서 여행의 묘미는 사라져가고 사람들의 마음은 더 급해져간다고 생각했다. 혼자 열차에 오를 때마다 현식은 옆자리에 과연 누가 올 것인가를 은근히 기대하거나 막연히 염려하는 수준, 뭐 그런 거였다. 그것은 누구나 그럴 것이라고 생각했지만 자신을 의도적으로 고립시켜가는 현대인들에게는 또 다른 의미일거라고 생각했다. 마치 택시에 타면 이어폰을 꽂는 요즘 젊은이들처럼, 택시기사와의 대화요청을 사절하듯 말이다.

옆자리는 비워진 채 열차는 출발했다. 승용차나 버스를 타고 한강을 건널 때면 먼 풍경을 바라보게 되는데 열차에서는 다리 아래로 멈춘 듯 흐르고 있는 강물을 내려다본다. 다리 위 레일을 지나는 소리가 강물위로 떨어지듯 소리가 깊어지기 때문일거라고 생각했다. 복잡한 도심을 한동안 지나도 한갓진 풍경은 좀처럼 나타나지 않는다. 현식은 책을 꺼냈다. 창밖의 풍경을 내다보는 것도 좋지만 책을 보는 것도 좋았다. 현식이 군에 있을 때는 전혀 접할 수 없는 책이었을 것이다. '이 여자 이숙의', 자서전이라도 책의 제목을 그렇게 정했다는 것은 마치 대열에서 외치는 구호처럼 건조하거나 자신감을 넘어서는 그 이상의 아우라가 있을 것이라는 생각을 했다.

해방 전에 여성으로서 사범학교를 다녔다는 것은 당시 대단한 축에 드는 지성인이라고 할 수 있는 특별한 여성의 범주에 드는 존재였다. 그녀는 사범학교를 마치고 그녀의 고향에 있는 초등학교에 부임하였고 해방 이듬해 열린 삼일절 기념식에서 운명처럼 한 남자와 만나게 되는 것으로 이야기는 시작되고 있었다. 해방 후에 강대국에 의해 남북으로 국경이 만들어지고 이념도 갈라섰다. 그러나 이념은 국경 따라 갈리는 것이 아닌지 남한은 다시 좌우로 대립했고 그 대립은 끈질긴 질곡의 역사를 잉태하고 있었다. 연설자로 나온 남자, 그는 사회주의를 표방하는 공산주의자였다. 해방 후의 혼돈된 상태에서 정연한 논리로 정의를 말하는 연사였을 것이다. 그렇게 공산주의를 표방하는 청년과 갓 부임하여 그 시절의 훈도라는 직명의 처자는 그렇게 만났고 혼인하여 작은 방에서 시어머니와 함께 신혼생활을 시작하지만 남편은 공부를 이유로 북으로 떠난다.

열차는 터널과 들을 지나더니 천안아산역에서 정차했고 현식의 옆자리에는 특별한 복장의 여인이 승차권과 좌석번호를 확인한다. 개화기에 여학생들이 입었던 교복처럼, 흰 저고리에 검은 치마를 입은 복장, 원불교의 정녀였다. 그러나 정녀는 공식적인 명칭이 아니고 원불교의 성직자인 교무였다. 그녀가 앉으면서 어색했지만 현식은 인사를 나누었다.

"처음 가까이서 뵙는 특별한 복장이시네요. 어디까지 가세요?"

"그래요. 익산까지요." 그녀는 근엄해지는 표정으로 현식의 물음에 답했다. 현식은 여러 가지 묻고 싶은 것이 많았지만 더 이상 말을 걸기가 찜찜했다. 그 어색함을 감추듯 다시 책을 넘겼다. 그러나 현식은 아쉬운 듯 책을 덮고 말을 걸었다.

"혹시 이 책 읽어보셨어요? 서문이 시작이 이렇거든요. '참으로 어처구니없이 수많은 세월이 흘러갔다.' 저는 처음 이 책을 펼치면서 이 한마디가 참 혼란스러웠어요. 그냥 '모진 세월이었다'거나 '돌아보면 아득한 시간들이었다'가 아니라니. 세월이야 당연히 흘러가는 것인데."

"무슨 책인데요? 현식은 관심을 가져주는 것이 반가운 듯 책을 그녀의 앞에다 놓아드렸다. 그녀는 한 번 보는 듯 하더니 이내 책을 덮고 시선을 창밖으로 던지듯 외면했다. 현식은 의아스러웠지만 다시 말을 붙이기가 그랬다.

"요즘 읽어야 할 책들이 많은데 왜 이런 책을 보시는 거여요?"

"아 네, 제가 지리산에 관심이 많거든요. 지리산이라는 것이 단지 공간적인 면만이 아닌 시간도 포함된, 굴절된 우리 민족사의 현장이고 극복해야 할 지평이잖아요. 나의 조부와 아버지, 나도 지리산과 관련이 있기도 하고요. 아내와 헤어져야 하는 암담한 상황인데 이런 저의 현실도 관련이 있을 거여요." 현식이 말을 마치고 났을 때 그녀의 표정은 뭔가 아득해지는 모습이었다. 그녀는 창밖을 물끄러미 응시하고 있었다.

"교무님도 지리산과 뭔 상관이 있으신 건가요?" 그녀의 조금 당황스러운 표정이 창문너머로 어른거렸다.

"초등학교 4학년 꿈 많은 소녀시절 갑작스럽게 덮친 여순사건으로 혼란스러울 때 나도 지리산에 들어가야 했어요. 산에 들어갔다는 의미를 이해하지 못하시겠지만." 그녀는 다시 창문너머를 응시하고 있었다. 현식은 다음 말을 기다리는 수밖에 없었다. 잠시 후 그녀는 덮어놓은 책을 가져갔다. 표지를 넘기고 그녀의 시선은 한동안 그 자리에 머물고 있었다.

"그녀는 무엇을 말하려고 이 책을 썼는지 의아스럽네요. 단지 어처구니없이 흘러간 세월을 말하고 싶은 것인지, 아니면 그녀의 남편 이야기를 하려고 한 것인지."

"저도 같은 생각을 했어요. 교육자로서 본인의 표현대로 겪어야 했던 것이나 스스로 이룬 성취 또는 행한 의미를 전하려고 했던 것인지, 아니면 도달하지 못한 피안을 말하려고 한 것인지."

"나의 아버지는 당시 지식인 축에 드는 분이었어요. 해방이 되면서 부조리한 세상을 타파하여 새로운 세상을 꿈꾸었지요. 북으로 간 그 남자처럼. 결국 가족을 데리고 산으로 가셨고 얼마 후에 아버지와 어머니 동생까지도 다시 만나지 못했어요. 참 할 말이 많지만 그녀처럼 나는 말을 하지 못하고 속으로만 집어

삼키고 살았던 것이지요. 내가 쓸데없는 말을 했네요. 그동안 잘 참아왔는데."

"그래도 오늘날을 살아가는 이들에게 뭔가 한마디 해주시고 싶다는, 아닌 그보다는 분하고 억울한 그 공간을 드러내고 싶다는 생각은 하지 않으셨나요?"

"아뇨. 결국 누구를 원망해야 하는데 누굴 원망하겠어요. 산에서 헤어지고 다시는 만나지 못한 두 분과 동생이 사무치도록 그리울 뿐이지요." 현식은 궁금한 것이 너무나 많았지만 그녀가 산에서 내려올 수 있었다는 것에 안도하며 말을 삼켰다.

열차는 익산역에 가까워지고 그녀는 내릴 준비를 하고 있었다.

"후에 한 번 꼭 뵐 수 있었으면 좋겠는데." 현식이 자리에서 일어났을 때 그녀의 눈길이 현식에게 왔다가 지나갔다. 역사를 향해가는 그녀를 배웅하듯 한참을 바라보았다. 다시 열차는 떠나고 전주를 지나 남원을 지났다. 창밖으로 푸른빛이 가득한 들판의 고즈넉한 농경의 풍경이 이어지고 강물이 소리를 내기 시작한다.

구례구역에 내려 버스를 타고 읍내에 정차했을 때 운전기사에게 잠시 양해를 구하고 생닭과 과일을 샀다. 들판에는 벼들이 새끼치기를 끝냈는지 검푸른 빛으로 넘실거렸다. 들판을 지나 산이 시작되는 언덕을 돌아 천은사 매표소를 지난다. 소나무 사이로 초록의 활엽수림들이 칠월의 태양이 내리는 빛에 열광하듯 반짝이며 흔들렸다. 굽이를 돌아 시암재를 지나고 성삼재다. 저녁노을이 멀리 산으로 내려가고 있었다.

성삼재에서 내려 달궁 쪽으로 걸어 내려간다. 한낮의 열기가 가시고 서늘한 바람이 스쳐간다. 심원마을 입구를 지나다가 지나가는 차를 세운다. 정령치로 가는 차, 그곳 삼거리까지 간다.

달궁에 도착했을 때는 날이 어두워져있었다. 개울가에는 수달래가 지고 초록빛 물이 흐른다. 흑돼지 고기를 취급한다는 길가의 식당들에서는 연기가 피어오르고 군데군데 사람들이 왁자하다. 마을을 벗어나 아버지가 계신 숙소에서도 연기가 피어오른다. 굴뚝에서 피어오르는 연기 속으로 잠시 어머니의 모습이 떠오르다 사라진다. 굴뚝의 연기는 농경시대가 존재함의 실재였다.

"아버지." 어머니를 부르는 질감과는 다르게 투박하지만 또 다른 존재함의 본질이었다. 다시 한 번 아버지를 더 부르고서야 아버지는 바람을 저으며 문을 열었다.

"웬일이냐 기별도 없이, 어서 들어와."

"그냥 아버지가 보고 싶어서요." 현식의 목소리에는 천진함이 배어났다.

"그냥은 뭐고 보고 싶어서는 또 뭐냐?"

"참 그러네요. '그냥이라는 말'에 관한 시가 있는데요. 변명도 허풍도 아니게 그냥 좋다는 내용이었던 것 같아요."

"성삼재까지는 차가 다닐 거고, 거서부터 걸어온 것이니?"

"네, 지나가는 차를 한 번 얻어 타기도 했어요."

"조금 기다려봐라. 그냥 왔는데 뭐 맛있는 게 있는지 모르겠다."

"오면서 구례에서 삼계탕용 닭을 샀어요. 참, 삼계탕은 왜색의 말이래요. 원래 우리말은 계삼탕이래요. 닭이 중심을 이루는…. 그냥 아버지랑 먹고 싶어서요."

"그래, 그럼 그걸 먹자꾸나. 너는 뒷산에나 올랐다 오려무나."

"아뇨 제가 할게요."

"아냐. 이왕 나선 김에 시원한 개울물에 몸도 씻고 오고."

아버지는 수건을 내주었다. 현식은 수건을 받아들고 집을 나섰다. 길을 건너 개울을 따라 올라간다. 초록의 풀 냄새가 상쾌하다. 한참을 올라가니 조그만 소(沼)가 나온다. 옷을 벗고 물속으로 들어갔을 때 개울물은 시원하기보다 차가웠다. 현식은 개울물에 누워 하늘을 올려다본다. 하늘에는 별이 돋아나고 있었다. 어둠은 하늘에 별을 돋아내고 있었고 별은 멀리 있어서 지상에 존재하는 것들에게 빛이 되어 준다고 생각했다. 물소리는 세상의 소리를 씻겨주고 가려주는 듯 했다. 산 아래에서 가져온 잡동사니 생각들이 멀리 달아나고 청량한 개울물만이 흐르는 듯했다. 몸을 닦고 개울가 바위에 잠시 머무른다. 첩첩한 산중은 적막이 흐른다. 현식은 오래 이곳에 머물고 싶다는 생각을 했다. 한기를 느끼며 옷을 걸치며 이곳에서 얼마나 견딜 수 있을는지를 생각하며 다시 개울을 따라 내려오기 시작했다. 아버지 숙소에 도착했을 때 들큰한 냄새가 마중을 나온다.

"다 됐어요?"

"그래 시원한 물과 바람으로 목욕은 잘했느냐?"

"네, 너무 좋아서 여기서 아버지랑 살고 싶다는 생각을 했어요."

"그래 우선 일주일만 살아보고 결정하자꾸나." 아버지는 한결 여유가 있어진 모습으로 말씀하셨다.

"네 우선 일주일만 살게 해주세요. 그 후에는 독립할 테니까."

"글쎄 그게 어려울 거다. 역설적이지만 여기서 혼자 살려면 독기가 올라와야 하는데 너는 아직 그런 독기가 만들어지지 않았을 거다. 독기가 없다면 산의 기운을 상쇄할 수 없다는 이야기야. 이제 저녁먹자." 아버지는 야외식탁에 저녁을 차렸다.

"오랜만에 아들 덕분에 훌륭한 만찬이구나. 너랑 같이 하는 것만으로도 말이다. 이곳에 살면서 나눔의 의미를 생각한단다. 잠시 나란히 앉아 이야기를 나누든 밥을 한 끼 나누든 그것이 얼마나 소중한 것인가를. 현대인들이 사람들과의 관계에 치어 자꾸만 자기만의 세계로 숨어들려고 하지만 그건 외로움과 고독을 구분하지 못하기 때문일 거야."

"아버지 그건 무슨 말씀이세요?"

"외로움은 타인과의 관계에서 생기는 공간이고 고독은 자신과의 관계에서 생기는 공간인 거잖아. 많은 사람들이 두 개의 공간을 명확히 구분할 수 없는 혼란한 상태라고 볼 수 있는 거지. 서로 상처를 주고받으면서 외로움의 공간마저 고독의 공간으로 밀쳐 놓아버리는 거지.”

“네 그런 점이 있는 것 같아요. 남녀 간의 문제도 마찬가지고. 일상에서 많은 부분을 각박하게 살다보니 생겨난 것이겠지요.”

“아야, 쓸데없는 소리는 그만하고 식기 전에 먹자. 산을 울로 세우고 넓은 하늘을 두르고 먹는 저녁은 얼마나 위대한 거냐. 당귀로 담근 술이다. 한 잔 마셔 보거라. 궁벽한 산골살림이니 행여 손님이라도 올라치면 대접할게 없으니 이딴 것으로 때우기도 하려고 담가둔 것이다.”

“네, 술에서 산 냄새가 나요. 뭐라고 짚어 말할 수 없는. 아버지 번번이 죄송해요. 아내와는 헤어지기로 정리했어요. 한 번 엇나간 관계는 금간 유리잔처럼 결국 버려지는 것 같아요. 결국 제가 미욱한 탓이겠지만…. 이번 달에 몽골에 한 번 다녀오려고요.”

“네가 알아서 하겠지만, 세상은 그렇게 만만치 않은 것이나 한 번쯤 경험하는 것도 나쁘진 않겠지.”

“네, 아버지 죄송해요. 어떻게든 가정이 깨지는 건 막아보려고 했는데.”

“네가 힘들겠지. 아직 젊으니까 다시 시작하는 마음으로 너무 욕심을 갖지 말거라.”

“네. 할아버지로부터 저까지 삼대의 삶은 어떤 유기적 연관이 있는 건지 궁금했어요.”

“그럼 다 연관이 있는 것이지. 워낙 급격한 변화의 세태를 살아왔으니 말이다. 네가 현재 겪어야 하는 것도 알게 모르게 그 연장선상에 있는 것이겠지. 아비라는 존재는 알게 모르게 자신의 욕망을 자식에게 투영하려 하는 것이고 자식은 순응하기보다는 반발하거나 거부하는 면이 있고. 그것보다 한 세대 속에서 무엇을 욕망했는지가 흘러내려가는 것이기도 할 것이고. 내일 일정은 어떻게 되니?"

"내일 올라갈려구요."

"그래도 내려왔으니 산은 한 번 오르고 가거라. 지난 번 코스도 괜찮을 것 같고."

"그럴까요. 그럼 내일 일찍 출발해야겠네요. 지난 번 그 분도 한 번 더 뵙고 갈까요?"

"그렇게 하려무나. 막연히 오르는 것보다 목적이나 목적지가 있는 것이 덜 지루할 테니. 오늘은 저녁 먹고 산책삼아 심원마을 쪽으로 다녀오자꾸나. 덕분에 같이 오랜만에 먹으니 맛이 좋구나."

저녁식사가 끝났을 때 현식은 설거지를 했다. 아버지는 집 안을 정리하고 외출준비를 했다.

"이곳은 어쩌면 가슴이 답답한 사람들이 사는 곳이구나 하는 생각을 한단다."

"왜요. 가슴이 휑한 이들이 이 답답한 골짜기에서 살 수 있는 것 아닌가요?

"네 말을 들으니 '두 의미는 같을 것이다'라는 생각이 드는구

나. 답답하다는 것과 휑하다는 것은 같은 의미인 것처럼. 아무튼 여기처럼 사방이 가로막힌 곳에서 산다는 것은 자신의 답답함을 끌어안아야 살 수 있는 곳이니 말이다."

"심원마을은 이제 사람들이 다 떠나야한다면서요?"

"심원(深遠), 깊고도 먼 골짜기라는 뜻이지. 사람들은 더불어 사는 존재이면서 그것을 망각하기도 하니 자연을 더럽히고 욕망을 충족시키려하니 분쟁이 일어나기도 하고, 최소한 그곳만이라도 본래의 주인이었던 자연에게 돌려주려는 생각을 했을 거야."

"저도 그 마을에 숨어들었던 한 분을 알고 있어요. 동자출가라는 이력을 갖고 계신 분이었는데, 갓난아기 때 절 앞에 버려져서 그런 이력을 갖고 계신 분이었어요. 그 분은 자연스럽게 수행자가 되었지만 그곳은 수행자만의 공간이 아니었던가 봐요. 그 당시 스님들이 대처승이었으니 가정이라는 또 다른 생존의 영역이 있음이었겠지만 절 소유의 산에 벌목허가가 나면서 이권에 개입하게 되었던 것 같아요. 참, 일제강점기에 민족정기를 무너뜨리듯, 해방 후에도 마찬가지로 대처승이란 용어를 받아들이게 되었대요. 결국 나무들이 어울려 살던 울창했던 숲은 인간 송충이들에 의해 붉은 비탈을 드러냈고 절도 겉모습이 변한 것이 없었지만 붉은 산비탈에서 흘러내린 흙탕물에 내부 정규가 잠겨버린 듯 했대요. 그는 그 때 도스토엡스키가 말한 '삶에서 가장 두려운 것은 고통이 아닌 의미 없는 고통'이라는 말을 음미하게 되었대요. 그는 나에게 말했어요. 도스토엡스키처럼 의미를 발견하지 못했던 고통으로 삶이 두려워졌다고요. 잘못된 것을 바로잡겠다는 일념으로 노도와 같은 젊은 시절을 보냈지만 그에게 주어진 것은 허망함뿐이었다는 것을. 되레 분란을 만들었다는 눈총은 길게 이어졌고 결국 스스로 내쳐져서 심원으로 숨어들게 되었다는 것이지요. 다른 한 분의 이야기도 있어요. 일제강점기에 송정리비행장 공사감독관으로 일했던 분이었대요."

"송정리라면 광주비행장을 말하는 것이냐?

"네 맞아요."

"그건 네가 잘못 알고 있는 거란다. 송정리는 여러 지역에 같은 지명이 있고 현재 김포공항이 있는 공항동이 송정리였어. 행정구역상으로 김포군 강서면 송정리, 일제시대에는 가미가제특공대의 훈련장으로 쓰였고 일본이 패망하고 떠난 후 미군 군정하에서 비행장은 필요에 의해 조금씩 확장되었던 것이지. 참고로 미군이 남한에 주둔하면서 사용하는 장비와 보급품 물동량이 늘고 공항을 이용하는 승객도 많아졌기 때문이었고. 1958년 대통령령에 의해 종전의 여의도국제공항은 김포비행장으로 옮겨 국제공항으로 승격되었지. 현재 송정리 광주비행장은 후에 만들어졌고."

"아 그래요. 제가 잘못알고 있었던 거네요. 아무튼 현장에서 공금을 횡령하여 이곳으로 숨어들었대요. 지금이야 포장된 길로 내려오지만 당시에는 첩첩산중이었으니. 행여 누군가 체포하러 오더라도 낮에만 올수 있는 곳이고 산중턱에서 건너다보면 동정을 살필 수 있는 곳이었다는 것이지요. 그렇게 무사히 숨어 있다가 해방을 맞았대요."

"그래, 우리는 선하다거나 선한 편에 속한다고 생각하지만 그렇지 못한 존재인거지. 그보다는 선과 악이 혼재돼있다는 것을 생각해야 하는 것이지."

"얼마 전에 어떤 분을 만났는데, 그 분이 그러셨어요. 구약성서에 나오는 십계명중 첫 번째인 '나 이외의 신을 섬기지 말라'가 있는데 그 말을 들여다보면 나 이외에도 다른 신이 있다는 것을 의미하는 것 아니냐고. 저는 그분이 무신론자로 그런 말을 하는 줄 알았는데. 결론은 달랐어요. 한라산이라 치고 산 아래에서 각자가 믿는 신을 우러르며 정상에 오르면 한 분만 계신 것 아니냐 라는 것으로, 그 분은 가톨릭 신자였어요. 아버지는 그 말에 대해 어떻게 생각하세요?"

"참 어려운 질문이구나. 내가 목회를 할 때였다면 이렇게 이야기했을 거야. 신이 '하나'라는 말의 의미가 단순히 숫자로서의 의미가 아닌 신이 철저한 헌신의 대상이어야 한다는 실천적 요청이라는 것으로 말이다. 나머지 계명들도 마찬가지지만 사람 사는 동네의 보편적인 도덕률일 수 있잖아. 그 시대에는 실제로 우상을 만들어 숭배하기도 했으니 나름 그 계명은 종교적인 수단뿐만이 아니라 정치적인 참신성도 있었던 것이지. 후에 문화권이 다른 땅으로 전파되면서 충돌은 필연적이었고. 그것은 지금도 마찬가지지."

"네 아버지의 말씀을 들으니 조금은 이해가 되네요. 그럼 상대적으로 동양은 어떠했나요?"

"동양은 태극에서 음양오행에 바탕을 두었다고 해야 하나. 아무튼 변화한다는 것에 초점을 두었던 것이지. 결국 전통적인 서양과 동양문화의 차이는 거기에서 기인한다고 할 수 있는 것이지."

"어려워요. 밤이 깊어지니 하늘도 깊어지는 듯 하네요. 아버지는 산에서 사시면서 밤이 불편하지 않으세요?"

"글쎄 그런 점도 없지 않아 있는 것 같네. 책을 보거나 글을 쓰기도 하지만 너무 적막하니까. 그래도 여름에는 밤이 짧으니까 괜찮아."

"아버지." 현식은 한 번 불러놓고 더듬거렸다. 앞서가던 현식의 아버지는 돌아보지 않았다.

"혼자 적적하지 않으세요? 말동무라도 있으면 좋을 텐데."

부자간에는 잠시 침묵이 흘렀다.

"그런 게 아니라고 한다면 말이 안 되겠지. 그나저나 이 산골에 와서 살 동무 같은 이가 누가 있겠냐. 그럴 능력도 안 되고."

"그래도 생각은 해보실 수 있잖아요."

"생각은 무슨, 멀쩡한 젊은이들도 장가가기도 힘든 세상인데."

물소리가 작아지고 마을이 보이는 곳에서 돌아섰다. 적막한 산중에서 소란스럽게 새가 운다.

"아버지 밤에도 우는 저 새의 이름은 무엇인가요?"

"응 검은등뻐꾸기야. 뻐꾸기가 뭐라고 표현하는 것은 아니겠지만 듣기에 따라서 '홀딱벗고 홀딱벗고'로 들려 일명 홀딱벗고새의 별칭을 얻기도 했지. 잘 들어보아."

"정말 그런 것 같아요. 누군가의 시에서 '첫차타고 막차타고'로 '언짢다고 괜찮다고'로 그 마지막은 '듣는 이에 따라 이현령비현령(耳懸鈴鼻懸鈴)이다. 만어를 품고 있는 저 무궁설법 누가 따라잡을 수 있단 말인가'로 끝났던 것 같아요."

"그래 정말 그런 것 같구나. 자주 들으면서도 반어법으로 이 말, 저 말을 생각해보지는 못했는데. 이제는 잘 들어보아야겠구나." 산골의 밤은 서늘했다.

"일찍 자고 산을 올라가도록 해라. 앞으로 해야 할 일은 신중하게 생각해서 하고. 애비가 도와줄 능력은 없으니 기대하지는 말고 말이다."

"아뇨. 이렇게 아버지께 찾아올 수 있는 것만으로도 감사해요. 자랑스럽지는 못해도 떳떳한 아들이 되려고 노력하겠어요."

"그래 고맙다. 각자의 존재로 살아가는 것이지만 어려울 때 무언가를 나눌 존재가 있다는 것이 참으로 감사한 일이라는 걸 생각한단다."

검은등뻐꾸기는 새벽까지 잠을 자지 않는 듯 했다. 현식은 일찍 잠에서 깨어났다. 아침이라도 자신이 지어드려야겠다고 했는데 아버지는 벌써 일어나셨다.

"오늘 나물 뜯으러 가는 날로 정해서 일찍 일어났다. 개울에

가 세수하고 와서 아침 먹도록 하자.”

“오늘 아침밥은 제가 하려고 했는데.” 현식은 머리를 긁적이며 개울가로 나갔다. 새벽공기가 상쾌하다. 개울물도 마찬가지였다. 돌아오는 길에 아버지가 가꾸는 텃밭을 돌아서왔다. 식탁에는 아침밥이 준비되어 있었다.

“텃밭에 상추가 잘 자랐네요.”

“낙엽과 주방 부산물을 모았다가 인분을 섞어 해를 넘겨 썩혀다가 거름을 하고 물만 제대로 주면 잘 자라니까. 사실 음식물 쓰레기라는 말은 인간의 오만이 배태된 말이지. 먹는 음식을 쓰레기로 만드는. 그저 ‘주방 부산물’이라면 좋을 것 같다는 생각을 한단다. 자연에서 생성된 것들은 자연이 다 거두어두지만 사람이 만든 것들은 자연이 받아주지도 않으니 쓰레기가 되는 것이지. 낙엽이나 풀과 섞으면 퇴비가 될 수도 있고. 도시에 살면 단지 춥고 덥고 모기를 생각하지만 여기서는 계절의 조화로움을 느끼는 거지. 거기서 겸손과 자연에 대한 고마움도 마찬가지고. 아침 먹도록 하자. 같이 올라가다가 나는 옆 산으로 가고 너는 지난번에 갔던 길로 가도록하자. 점심은 주먹밥을 준비했다.”

“네 감사히 먹겠습니다. 상추겉절이가 아주 맛있네요.”

“그래 청정지역에서 자랐으니 그렇겠지 뭐. 든든히 먹고 가. 어디 가서 무엇을 하든지 항상 옛사람들의 전해주었던 말, ‘콩 심은데 콩 나고 팥 심은데 팥 난다’는 말, 일견 고리타분할 수도 있지만 명심했으면 좋겠다. 그리고 세상일은 내 뜻과 의지만으로 절대 되지 않는다는 것, 그래서 늘 겸손해야 하는 것도."

"네 명심할게요. 아버지도 이제 뭔가 의미를 만들었으면 좋겠어요. 가끔 밖에도 나가시구요."

"그래 노력하마. 다 먹었으면 짐을 챙기도록 해라. 산나물 조금 챙겨 줄 테니 그 어른한테 갖다드리도록 해라."

"네 알았어요."

집을 나섰을 때 아침 해는 아직 산을 넘지 못하고 있었다. 개울을 건너고 조금 더 오르다가 둘은 헤어진다.

"아버지 건강 잘 챙기세요. 뭔가 아들에게라도 보여줄 것도 챙기셨으면 좋겠어요."

"그래 명심하마. 아들의 행운을 빈다. 잘 가라." 아버지의 투박한 손을 잡고 현식은 한참을 서 있었다.

칠월이었지만 아침기운은 서늘했다. 풀 섶에 원추리꽃이 피어나기 시작했다. 이슬이 발등을 적시고 땀이 번져나기 시작하며 산은 가팔라지기 시작했다. 해는 중천으로 오르고 주능선으로 올라 주먹밥을 먹었다. 노고단으로 가는 길은 오르막 내리막길이 이어진다. 이번에는 왕시루봉으로 가지 않고 노고단에서 화엄사골로 문수골 가는 길을 찾았다. 화엄사로 내려가는 길에서 밤재로 내려가는 길을 더듬었다.

이야기들

문수골에 도착했을 때는 산 그림자가 노고단을 내려오고 있었다. 산을 내려오면서 외딴집을 만나면서 마음이 편안해짐을 느낀다. 현식은 천리 행군길에 경기도에서 강원도로 이어지는 밤길을 가면서 만났던 외딴집에서 번져 나오던 불빛의 온기를 생각했다. 저 불빛 가에 있는 이는 얼마나 행복할까 부러워했던 것이다. 마을에서는 보이지 않지만 언덕위에 서 있는 오래된 반송도 반가웠다. 마침 그 어른은 집 앞에 나와 있었다.

“아저씨 안녕하세요. 잘 지내셨어요?”

“어, 웬일이어요. 기별도 없이.”

“아버지를 뵈러 왔다가 다시 뵙고 가려고 산을 넘어왔어요. 갑자기 찾아와서 죄송해요.”

“뭘 그런 소리는, 고맙네, 어서 들어가세.” 현식이 배낭을 벗었을 때 시원한 물을 한 컵 내오신다.

“날씨가 더워서 힘들었을 텐데, 우선 씻도록 하게.” 현식은 화장실에서 간단하게 샤워를 했다.

"일정은 어떻게 되나?"

"네 이제 뵈었으니 올라가야지요."

"무슨, 늦었으니 저녁 먹고 자고 가도록 하게 나하고 이야기도 좀 하고." 현식은 어색하게 웃었다.

"그래도 괜찮겠어요?"

"그럼, 마침 집안의 어른 한 분도 오시기로 했으니 지난번에 했던 이야기보다 더 구체적인 이야기를 더 들을 수도 있을 거야."

"정말이요. 와! 기대되는데요."

"나는 저녁을 준비해야겠네. 앉아서 좀 쉬도록 하게."

"오늘도 사모님은 어디 가셨나 봐요. 참 아버지께서 나물을 좀 주셨어요. 갖다드리라고."

"몸이 좀 안 좋아서 병원에 다니러 진주에 갔네. 나물이야 여기도 많이 있는데, 고맙다고 전해드리게."

"오늘 오시는 분은 누구신데요?"

"집안의 형님이시지. 팔십이 넘은 노인이신데, 이곳에서 있었던 일을 소상하게 기억하고 있는 분이야. 어린 시절에 겪은 일인데 참 소상히도 기억하고 있더라고. 저녁 준비하는 동안 마을이나 한 번 돌고 오게나."

"네, 도와드렸으면 좋겠는데. 그럼 동네 한 바퀴 돌고 오겠습니다." 현식은 밖으로 나왔다. 깊은 골짜기이니 산 그림자가 왕시루봉을 올라가고 있었다. 개울이 멀리 있는데도 깊은 계곡을 흐르는 물소리가 상쾌하다. 물소리는 언제나 정겹다. 현식은 물소리를 따라 개울가로 내려간다. 손을 씻고 작은 돌을 뒤집어본다. 깨끗한 물이 흐르는 곳이니 혹시 가재가 있나 확인해 보고픈 마음이다. 어린 시절 고향마을 개울가에 가재는 지천이었다. 퇴행의 정서처럼 깨끗한 물이 흐르는 곳이면 돌을 뒤집어보는 것이다. 물길이 급한 곳이라 그런지 가재는 보이지 않는다. 계곡을 흐르는 물소리는 마음속을 흐르는 잡다한 관념들을 가리고 단순하고 명징해지게 한다. 생각이 복잡하다는 것은 버려지지 않은 관념들이 머릿속을 떠돌고 있다는 증거이다. 관념은 끝없이 생각을 흩뜨린다. 관념이 마음을 흩트리면 생각이 자리할 수가 없다. 초록의 풀 냄새와 물소리를 따라 흐르다가 자리에서 일어난다. 현식이 집안으로 들어오니 어른 한 분이 와 계신다.

"안녕하세요?"

"형님, 방금 전에 말씀드렸던 서울에서 온 젊은 양반, 이 곳 지리산과 관련된 우리 민족의 정체성에 관심을 가지고 있대요. 형님이 어린 시절 겪은 일들을 궁금해 하고 있기도 하구요."

"아, 그래요. 반갑습니다. 천천히 이야기합시다. 그럼 지금은 무얼 하시나?"

"직업군인으로 근무하다가 전역하고 지금은 다른 일을 준비하고 있습니다."

"그래요. 군에서 계시지 왜 나왔어요?"

"능력이 없어 나왔지요, 뭐." 현식의 답변에 그분도 무안하신

듯 다음 질문을 삼키시는 듯 했다.

“식사들 하시지요.”

“이 양반 조부님께서 1948년 공비토벌 작전으로 이곳에 와 있었대요. 맞아요?”

“네, 해방 후에 군에 들어가셨고 61년 5·16 이전까지 직업군인으로 근무하셨지요. 이곳에서 근무하셨던 것은 조부께서 직접 말씀해주신 적은 없고 몰래 비망록에서 보았어요. 당시에 기록한 것은 아니었던 것 같고 전역 후에 기록하신 것 같았어요. 사실적인 내용과 피비린내 나는 동족간의 다툼 속에서 임무수행을 위한 명목으로 무고한 생명을 해할 수밖에 없었던 일을 참회하는 내용도 포함되었으니까요. 그 내용 중에 같이 근무했던 한 분의 이야기는 내내 궁금했어요. 얼마 전에 빨치산 사령관의 아내였다는 분의 자서전 같은 이야기를 읽으면서 더 그랬던 것 같아요.” 현식의 이야기를 듣던 그 분께서 숟가락을 내려놓으면서 말씀하셨다.

“그 분의 성함이 무어라고 적혀있던가요?”

“네 정해운 중위였어요. 같은 부대에서 근무했고 그 분 때문에 목숨을 구했다는 내용도 있었으니까요. 그리고 50년 6월 남침전쟁이 시작되자마자 부상을 당했는데 그 후에 행방을 알 수 없었다는 내용도 있었고요.” 현식이 이야기를 마쳤을 때 식사가 끝나가고 있었다. 그분은 한동안 말씀이 없으셨다.

“아 그럼 내가 현식 씨 조부님을 오며가며 뵈었을 수도 있었겠네요. 정 중위는 내가 잘 알고 있는 분이고."

"그래요. 그 분을 어떻게 알고 계시지요?"

"그 분이 속한 부대가 우리 지역에 들어온 것은 48년 12월쯤으로 기억하고 있어요. 부대라기보다는 그 분을 개인적으로 자주 뵈었지요. 아시겠지만 48년 10월 19일 여순반란사건이 시작됐고 반란군들이 토벌군에 쫓기면서 빨치산이 되었고 이듬해 우리 마을까지 낮에는 군경이 밤에는 그 빨치산들이 준동하던 때였으니까요. 그 때 내가 초등학교 4학년이었어요. 51년 한국전쟁이 발발한 이듬해 중학교에 입학하면서 처음으로 국가고시라는 걸 치루고 입학하였었으니까. 정 중위는 당시 3연대 2대대 정보관이라는 직책이었어요. 육사 7기라는 것도, 그 대대장 이름도 기억하고 있으니까. 직업군인으로 근무하셨다니 알고 있겠지만 육군사관학교라는 명칭은 48년 9월 5일, 그러니까 대한민국 정부 수립이후에 정식명칭이 되었지요. 그 이전, 미군정에 의해 46년 12월 5일 군사영어학교가 설립되었고 당시 임관한 인원들은 미군정 국방경비대의 한국인 보좌관으로 근무했어요. 군사영어학교는 46년 2월 서울 냉천동에서 태릉으로 이전하였고 명칭도 국방경비사관학교로 명칭이 바뀌었어요. 당초 미군정은 국방경비사관학교를 국방경비대 훈련소로 계획했으나, 한국 측에서 간부 육성의 필요성을 강조하고 사실상의 사관학교로 간주함에 따라 국방경비사관학교로 명칭이 정해졌던 것이지요. 그 후 국방경비사관학교는 다시 조선경비사관학교로 명칭이 변경되었고. 당시 생도들은 주로 북한에서 월남한 우익청년들이 많았어요. 정 중위가 임관했던 7기생은 48년 5월 합격자발표가 있었지요. 당시 사단 편제는 없었고 전군에 8개연대가 있었는데 합격한 예비 생도들은 각 연대에 30명 내지 40명씩 배치되어 가입교 훈련처럼 받았어요. 각개전투에서 분대전투까지, 폭동진압훈련도 받았다고 했어요. 2개월 남짓 야전부대에서 훈련을 마치고 7월에 정식 입교하여 48년 11월 11일 임관한 것으로 나와 있어요. 그 분에게 관심을 가지면서 확인한 사항이지요. 박정희 전 대통령이 당시 육사에서 생도대 1중대장으로 근무하고 있었다는 것도, 7기가 임관하던 11월 11일 그는 광주로 작전지역에 다녀오는 길에 남로당 개입협의로 체포되었던 사실도."

"이건 정말 우연이네요. 직접 조부로부터 들은 이야기는 아니지만 아무리 전쟁통이라고 해도 같은 부대에서 근무했던 동료 전우의 생사를 모른다는 게 이상했거든요."

"물론 현식 씨의 조부가 기록한 정 중위가 내가 알고 있는 정 중위와 동명이긴 하지만 동일인이라는 것은 더 확인해보아야 할 거여요. 참 그런 우연한 사실이 있다는 게 뭐라고 표현해야 하나, 정 중위가 우리를 만나게 해준 것 같은 염력이라고 생각할 수도 있는 거네요. 우리 마을이 구례에서는 넓은 들 가운데 있어 많은 농토를 가지고 있어 다른 곳에 비하면 형편이 넉넉한 편이었어요. 당시 우리 집은 머슴을 둘 정도 둔 중농이었고. 아버지 형제들이 넷이었는데 한 분은 면사무소에 한 분은 우익단체인 국민회에 막내삼촌은 좌익단체인 민청에 속해있었어요.”

“해방 후 좌우익의 대립은 언제부터 극렬해진 건가요?”

“해방 후 약 1년 정도 공산당은 합법이었어요. 이때까지만 해도 공산당은 서울에 중앙당을 두고, 지역별로 하부 조직을 두어 양지에서 반탁운동 등의 조직적으로 활동 하였던 거고. 그러나 46년 5월 위조지폐 사건으로 조선공산당은 궁지에 몰리게 되었어요. 위조지폐사건은 46년 5월, 조선공산당 기관지 ‘해방일보’를 인쇄하던 조선정판사에서 위조지폐를 대량으로 찍어 낸 일을 말하는 거지요. 당시 상황으로 미군정의 조작의혹도 있다는 것은 나중에 알았어요. 그 후 해방일보는 미군정으로부터 발행정지처분을 받았고, 46년 9월 7일 박헌영 등 주요 간부들의 체포령이 내려졌었지요. 박헌영은 관속에 누워 영구차 행렬로 자신을 위장하여 38선을 넘어 북한으로 탈출했어요. 그 해 10월 1일 대구 폭동으로 좌익 활동이 불법화 되자 김달삼 등 남로당 계열은 지하 활동으로 전환하였지요. 북한에서 이미 김일성은 강력한 군사력을 보유했으나 박헌영은 그렇지 못했던 거고. 이에 남한에서 유격대 형식의 무장 세력을 만들려고 했는데 이것이 바로 빨치산이 되었던 거지요. 초기에는 야산대(野山隊)라고 하여 그 규모는 미약해서 경찰지서나 우익청년단 사무실을 습격하는 정도였고. 앞서 언급했던 것 같은데, 모택동의 공산당군으로 전투경험이 있던 만주일대의 조선족들이 김일성의 요청에 의해 북한군에 편입되어 최 일선부대의 주 전투원으로 편성되었다는 거는 알고 있는 이야기이고, 이들을 전쟁에 써먹으려 불러왔지만 고분고분하지 않았고 김일성의 정치적 기반을 위협하는 존재였다는 것, 그렇게 전쟁을 위해 동원했던 외부세력은 전쟁 중에서부터 모두 숙청당했지요. 전쟁이 끝난 후 박헌영 등 남로당 출신들도 마찬가지였고. 결국은 빨치산 출신들만 남았고 나중에는 빨치산 중에서도 김일성 직계만 북한군에 남아 김일성에 충성하게 되었던 것이지요. 결국 이는 3대에 걸쳐 독재를 지탱할 수 있는 기반이 되었지만 이제 권력투쟁이 없었던 1인 독재체제의 한계에 도달했다고 보아야하는 거지요."

"그럼 남로당의 조직은 어떻게 되었었나요?"

"남한의 각 도별로 도당이 있었으며, 각 도당을 2, 3개 지구로 나누고 한 지구가 몇 개의 군당을 운영하여 도당 사령부, 지구별 사령부, 군당, 야산대 체제였지요. 군당에는 다시 면당이 있었는데 각 면당은 초모사업, 식량지원 등 후방지원을 맡았고 야산대는 군당 직할이었어요. 초모사업은 이태의 자전적 수기 '남부군'에도 나와 있는데, 보급투쟁 때 짐을 지워온 마을청년들을 강제로 빨치산에 편입시키는 행위이었지요. 범위를 넓힌 모병활동이지요. 대부분 젊은 청년들이었지만 얼떨결에 끌려올라와 산짐승처럼 살아야하는 험한 상황에 적응하기는 쉽지 않았을 테지요. '남부군'에서 보면 오히려 그들을 감시하느라 부담만 되었다는 것도, 동상이나 부상을 당해 거치적거리는 존재가 되면 '집에 돌려보내주겠다'고 유인하여 죽이고 묻어버렸다는 이야기도 나오지요. 야산대의 전투 지휘는 일본군이나 국군 준비대에서 군사 경험을 가진 청년 당원들이 맡았고 이 시기에 야산대는 중앙당 군사부 이중업이 총지휘 하다가 체포되었고 이중업은 이후 탈옥하여 월북하였지요. 이후 이주하가 책임자가 되었고. 당 조직 외에도 외곽단체인 농맹, 민청, 여맹 등이 있었고 이들 역시 면단위 까지 조직되었어요. 각 단체별 위원장과 조직책을 두는 등 체계화 되었었지요."

"그럼 집안 형제들 간에도 한 분은 민청으로 좌익 활동을 했고 한 분은 공무원, 또 한 분은 우익계열의 국민회 활동을 했던 거네요."

"민청소속의 삼촌은 중학교 때 좌익 활동으로 제적되었어요. 또 한 분, 할머니의 남동생은 당시 대학까지 나온 인텔리로 좌익 활동을 했어요. 우리 마을에서 가까운 청천리라고, 청내골로도 불리는 마을이 있어요. 산 아래 있는 마을이었는데 '인공치하'에서, 참 '인공 때'라는 말을 어른들한테 많이 들어보았을 거여요. 50년 6월 25일 남침전쟁이 시작되고 3일 만에 서울이 함락되었고 구례는 7월 23일 인민군이 들어왔어요. 지역별로 차이는 있지만 인민군의 점령 하에 들었던 시절을 '인공치하'라고 했던 거지요. 남부군을 쓴 이태씨도 남한의 합동통신사 기자였다가 인공치하가 되면서 조선통신사 기자로 흡수되었던 일을 생각하면 쉽게 이해할 수 있을 거여요. 행정이나 치안책임자는 월북했거나 남한 내에서 좌익 활동을 하던 이들이 장악했지요.

할머니의 본가는 청천리의 지주였어요. 지금도 과수원이 있는데 그 당시에도 과수원도 있었을 정도였으니. 좌익 활동을 했던 그 한 사람 때문에 청천리는 마을 전체가 불태워졌어요. 대부분 소작을 붙이던 주민들도 마찬가지 신세가 되었겠지요. 그나마도 잊혀져가던 이야기였는데 2004년에야 그 당시를 기억하고 있는 분이 그 마을 입구에 작은 비석을 세워놓았어요. 비문의 내용은 이렇지요. '청천리는 1948년 전에는 가구 수가 70호정도 있었다. 평화롭던 마을이 1948년 여수 14연대 반란사건으로 인해 죄 없는 양민이 영문도 모르게 행방불명되었고 마을 전체가 방화로 불타버리고 살아남은 주민은 뿔뿔이 흩어지고 마을은 폐허가 되었다. 행방불명이 된 영령을 위로하고 옛 고향의 그리움을 달래고자 이 돌에 새깁니다.'라고. 그러나 할머니의 남동생은 살아남았고 인공치하가 되면서 순천지역의 내무서장이 되었어요. 내무서장은 요즘의 군수나 시장과 같은 직책이었고."

"그럼 당시 좌익 활동을 했던 분들은 어르신이 보기에 특별한 사상적으로 정신적인 신념이나 교감이 있었던 거라고 생각하셨나요?"

"그건 아니었어요. 물론 일본유학 등으로 사회주의 사상을 학문으로 접하면서, 그런 경우도 있었지만 민청이었던 삼촌은 사태가 진정되자 다시 우익활동을 하기도 했으니까. 이제 정 중위 이야기를 계속해야 하겠네요. 조부님의 형제가 세분이었는데, 둘째 할아버지에게는 본처 소생의 아들이 하나 있었고 또 다른 자식은 첩이라고 해야 하나 주막을 하던 여인에게서 난 딸이 하나 있었어요. 이름은 민순이었고. 민순에게는 씨 다른 오빠, 정도가 있었지요. 정도 씨와 그 친구였던 유 모, 그리고 작은 할아버지의 아들이었던 연동 씨가 광의면의 대표적인 좌익이었지요. 정도 씨는 여순사건 후 월북하였고 그 후 행방불명되었어요. 민순 씨는 당시 10대 후반이었는데 미모가 출중한 편이었어요. 정 중위가 구례에서 토벌작전을 할 때 좌익 활동을 하던 청년들 대부분이 감옥에 가거나 즉결처분되기도 하였지요. 그런데 무슨 이유인지 연동 씨는 방면이 되었어요. 그렇게 된 정확한 이유는 잘 모르던 것이었고. 처음 반란이 일어나고 토벌작전이 시작되면서 백운산을 지나 섬진강을 건너 문수골 등으로 흘러들어갔다는 것은 알고 있는 사실이잖아요. 여기서 가까운 서시천 건너 용방면이라는 곳이 있는데 거기가 고향인 한 청년이 반란군 대열을 이탈해 집으로 숨어들었었데요. 그 마을 이장이 정 중위를 찾아와 그 사실을 이야기하고 부탁한 모양이어요. 나하고 또래였던 여자애가 있는데 후에 초등학교 동창회에서 만났을 때 들은 이야기였지요. 그 동무 집에 정 중위가 방을 얻어 살림을 했었대요. 내 동무인 여자애가 호기심에 정 중위에게 차를 한 번 태워달라고 해 지프를 같이 타고 그 집에 갔던 모양이어요. 대열에서 이탈한 그 청년은 방의 온돌을 들어내고 그 속에 숨어있었대요. 아궁이 속에서 숨어 지내던 이탈청년도 방면해주었대요. 정 중위는 직책상 좌익성향을 가진 자들을 탐문하고 처분을 결정하는 막중한 자리였지만 막무가내로 하지는 않았던 거 같아요. 정 중위의 처신이 합리적이었다는 것이 그렇지만 당시의 분위기에서 온건한 편이었다는 평판이 있었으니까요. 역시 그 친구에게 들은 이야기이지만 그래서 그 마을 이장이 정 중위에게 찾아 와 당시 고급스런 유과를 보내주었던 것도 기억하고 있었어요. 그 유과는 아마 우리 할머니솜씨였던 것 같고. 어떻게 구들장 아래 숨어 살 생각을 할 수 있었던지, 절체절명의 생존을 위한, 나름 안전하리라고 생각했겠지요. 또 다른 이야기로 한국전쟁 말기에 있었던 일인데 광의초등학교에서도 교실 밑에서 빨치산들 8명인가가 수개월동안 숨어 지냈던 시절도 있었어요. 옛날 교사는 벽면이 콜타르를 칠한 판대기로 벽을 만들었고 교실도 마루 식이었으니 그 밑에 은거할 수 있는 공간이 될 수 있었다고 봐야 되겠지요. 교실 마루 밑에 숨은 빨치산들은 교사나 학생들이 없는 시간에 활동했겠지요. 후에 확인된 것이겠지만 숙직실에서 몰래 쌀을 훔치고 밥을 해먹었대요. 분명히 누군가 다녀간 흔적이 있었지만 끝까지 확인을 하지 않았던 거지요. 한번은 숨어있던 빨치산의 오발로 총성이 났는데도 유야무야 넘어가기도 했고. 음악시간에는 마루 밑에서 노래도 같이 따라 부르기도 했대요. 단속명령이 내려지고 우두머리인자가 광의 지서장과 담판을 했어요. 자수하면 살려주는 걸로. 그렇게 해서 교실바닥에서 나오게 되었대요."

"그건 조금 의아스럽네요. 빨치산들도 마찬가지지만 토벌작전에 나선 군경들도 무자비하게 양민을 학살한 경우가 많았잖아요. 후에 진상이 밝혀지면서 공분을 사고 추모공원이 만들어지기도 했지만 조부의 비망록에 보면 지시에 의한 것이었지만 너무 무심하게 양민들을 사지로 몬 것을 회의하고 참회하는 내용도 있거든요."

"글쎄 정확한 것은 알 수가 없는 거지요. 아무튼 정 중위는 연동 씨를 방면하고 얼마 안 있어 연동 씨와 아버지가 다른 여동생과 동거를 시작했어요. 어린 내가 보기에도 작은 할아버지가 아들을 방면한 대가인 것처럼 생각되기도 했어요. 사실은 그 분들만이 아는 거겠지요. 그리고 50년 1월 토벌작전이 진정되고 1월에 노고단에서 지리산 평화제가 열렸어요. 다시는 이 땅에서 동족간의 이념의 대립으로 죽고 죽이는 일이 없기를 염원했겠지요. 이후 정 중위는 38도선 개성지구로 부대를 옮겼어요. 전쟁 전에 개성은 남한 땅이었으니까."

"네 맞아요. 거기까지는 제 조부의 비망록에 나와 있는 내용과 일치하지요."

"가끔 혼자 지내는 민순 아지매를 보면서 정 중위를 생각하곤 했는데, 그렇게 떠난 것을 기억하는데 수개월이 지나 전쟁이 시작되고 2주쯤 지났나, 바지저고리 민간인 복장을 한 정 중위가 마을에 나타났던 것이지요. 한쪽 팔과 어깨에 붕대를 칭칭 동여매고 있었어요. 이상했지만 그에게나 그 아지매에게도 물어볼 수가 없었지요. 전쟁은 시작되었다지만 이 곳 구례는 약 한달

여는 그런대로 평화롭게 지나가고 있었지요. 50년 7월 23일 아침, 드디어 읍내에도 인민군이 들이닥쳤어요. 아까 이야기했던 인공치하가 시작된 것이지요. 그것은 정 중위에게 시련의 시작이었겠지요. 군경가족이나 우익인사들은 가차 없이 처결의 대상이었으니까."

"그런데 왜 부대를 따라 정 중위란 분은 이동하지 않고 이곳으로 왔었을까요?"

"그 이유는 잘 모르고, 저 건너편 야산에 기와를 굽던 터, 기와굴이 있었어요. 흙으로 만든 기와를 넣고 불을 때어 구어 내던 가마가 있던 곳이었지요. 인민군이 이곳을 점령하고 이튿날 연동 씨와 정 중위 그리고 동거하던 여인 민순 씨는 그 기와굴로 숨었어요. 식사는 이른 새벽, 들에 가는 척 작은 할아버지가 배달을 하였지요. 그렇게 20일쯤 지났나, 연동 씨와 같이 좌익 활동을 했던 유 모가 보안서장의 자리에 앉았어요. 그러니 연동 씨는 고민했겠지요. 하루 이틀도 아니고 기와굴에서 지내는 것도 그랬을 것이고. 연동 씨는 친구인 보안서장을 찾아가기로 결심했던 것 같아요. 친구이고 같이 좌익 활동을 했었던 동지이니 사정을 이야기하면 봐줄 것이라고 안이하게 판단했었던 것이겠지요. 부상을 입고 도피중인 현역 장교인 처남이야기도 했을 테고. 어떤 답변을 들었는지 모르지만 너무 안이하게 판단하고 행동에 옮겼던 것 같아요. 어찌 보면 인공치하가 오래 가리라는 생각을 했을지도 모르겠어요. 여순사건이 있은 후 한 번은 작은 할아버지가 아들에게 좌익 활동을 그만 하라며 심하게 나무라고 폭력을 행사했었는데, 그 해 겨울에 친구인 유 모가 숙부의 집에 불을 지르기도 했었던 걸 기억해요. 무슨 이야기가 오갔는지 모르지만 기와굴에 숨어있던 둘은 연동 씨와 집으로 돌아왔어요. 그런데 그 다음 날 새벽 그 세 명은 포승줄에 묶여 보안서원에 의해 끌려갔지요. 과정은 잘 모르지만 처결의 대상이 된 듯 했어요. 구례읍내에서 가까운 봉서리 뒷산에 구덩이를 파고 반동분자라며 생매장을 했다는 소문이 돌았어요. '골로 간다'는 말이 있지요. '급작스럽게 타의에 의해 죽을 것이다'라는 나쁜 상황을 빗대어 말하는 것인데, 당시 골짜기로 간다는 것은 좌우익 공히 죽음을 의미하는 말이었지요. 대부분 이성이 아닌 감정에 치우쳤던 시대의 단면일거여요. 그렇게 무참히 아들이 죽었다는 이야기를 전해들은 작은 할아버지는 제 정신이 아니었고, 몰래 밤으로 장정 한 명을 앞세워 관을 지우고 서시천으로 숨어 생매장터에 갔어요. 한 여름이었으니 금세 시체 썩는 냄새가 진동하는 시신들을 헤치며 뒤지기 시작했겠지요. 여덟 번째야 허리에 찬 벨트를 보고 연동 씨를 찾아냈다고 했어요. 정 중위도 치아를 보고 확인했다고 했는데 급한 김에 아들의 사체만 관에 수습하여 다시 서시천으로 내려가 다시 섬진강 풀 섶에서 한 낮을 보내고 밤에 다시 창천리로 오르는 개울로 숨어 올라와 아들을 매장했어요. 그러니 정 중위나 민순 씨는 찾지 못했겠지요. 그렇게 정 중위는 행방이 불명 되었고 최근에 확인해보니 현충원에 위패만 봉안되어 있다는 사실을 확인했어요. 전사일은 50년 8월 2일이고 안양에서 전사한 것으로 나와 있는데, 당시에는 사실을 확인하지 못했거나, 안 했겠다는 생각을 했어요. 49년 여름이었던가 그의 아버지와 동생이 한 번 이곳을 다녀갔는데 전쟁 후에도 이곳에 오지 않았어요. 동생이라도 살아있었다면 한 번은 다녀갈 법도 한데, 당연히 그 부자의 생사도 불명한 것이고."

"아, 그래요. 진작 조부께서라도 그 사실을 알았다면 봉서리 매장터를 발굴이라도 해보려고 했을 텐데, 이제 그 위치를 아는 이가 있을까요?"

"연동 씨의 사체를 수습했던 이도 몇 년 전에 돌아가셨으니 이젠 찾기가 어렵겠지요. 참 안타까운 일이지요."

"당시 일을 소상하게 기억하고 계시네요. 또 다른 기억도 있으신가요?"

"면서기로 근무하던 삼촌 한 분은 인공치하가 되자 신변의 위협을 느끼고 순천지역의 내무서장으로 근무하던 외삼촌을 찾아갔어요. 그 외삼촌은 앞서 말했던 청천리에 살았어요. 그로 인해 마을이 불태워졌다던. 순천까지 가면서도 산으로 숨어 갔다고 했어요. 청천리에 살던 삼촌의 외삼촌이었던 김재성 씨였죠. 삼촌은 내무서장의 관사에서 그렇게 한참을 숨어살았는데, 9월 중순 조선은행권 지폐를 한 자루 주면서 '구례로 돌아가라'고 했대요. 물론 이유는 말하지 않았겠지요. 낙동강까지 내려왔던 인민군들이 인천상륙작전으로 패퇴하고 있던 상황이었을 거여요. 그 지폐는 쓸모가 없는 것이었고 내가 동무들과 딱지를 접어 놀거나 한참 지난 후에 몇 장 남아있는 게 있어 골동품처럼 처분했던 기억이 있어요. 그 삼촌은 여순사건 때 토벌대의 공작대장으로 활동했어요. 민간인 신분으로 지역사정을 잘 알고 지리에도 익숙하니 그런 임무를 수행했었을 거여요. 한 번은 덕유산 지역으로 이동명령이 떨어졌는데 몸 상태가 좋지 않았던 삼촌은 이유를 대고 그 대열에 합류하지 못했대요. 현역군인보다 공작대가 선두로 이동했을 테고 빨치산의 매복에 걸려 공작대는 전원 사망했는데 삼촌은 대열에서 이탈하여 천운으로 살아남을 수 있었다는 것이지요. 그 전에 일제강점기 때였겠지요. 그 삼촌은 친구 한 명과 같이 일본군에 징병되어 끌려갔던 적이 있어요. 삼촌은 갑자생이었어요. 들어보았는지 모르지만 '묻지 마라 갑자생'이라는 말이 회자되었던 적이 있었어요. 육십갑자(六十甲子)의 첫해인 갑자년에 태어난 이들은 대부분 머리가 좋았다는, 그래서 이름 있는 사람들도 많았고 많은 것을 알고 있으니 물어볼 것이 없다는, '답이 뻔한 질문을 하지마라'는 의미로 쓰였던 말인데, 일제강점기로부터 격동의 세월을 맞고 보내야했던 1924년 갑자년에 태어난 이들 때문에 당시 더 많이 오르내리게 되었지요. 1940년 이후 태평양전쟁이 시작되면서 징용과 징병으로 더 많은 젊은이들이 필요하게 되었고 항일무장투쟁에도 마찬가지고, 어리고 말 잘 듣고 힘도 있는 갑자생들 대부분이 대상이었던 거지요. 해방 후에는 좌우익으로, 6·25 전쟁 중에는 서로 총부리를 겨누면서 아마 갑자년에 태어난 이들은 3분의 2가 죽었을 거라고 추측하는 것이지요. 수난의 역사를 몸으로 겪어야 했던 이들을 연민으로 칭했던 말이 되었던 것이지요. 삼촌은 징병으로 만주 쪽으로 이동하다가 대동강철교를 지나면서 같이 갔던 친구와 뛰어내렸대요. 강을 헤엄쳐 나와 강둑에 숨어있었는데, 다시 붙들리는 신세가 되었고 삼촌은 허리를 다쳐 내팽겨지고 친구는 다시 붙들려갔대요. 그랬던 친구는 만주군으로 있다가 다시 고국으로 돌아와 후에 초등학교 교사로 교장까지 근무했지요. 내무서장을 했던 김재성 씨는 인공치하가 끝나고도 살아남아서 그 삼촌이 자수를 권유했어요. 자수는 했지만 실제적인 전향은 하지 않고 위장임이 드러나 재수감이 되고 결국 교도소에서 그 한 많은 생을 마감했지요."

"막연히 생각만 했던, 아니 생각할 수도 없었던 사실이 있었네요. 어르신이 어린 시절 단순하게 사실만 기억하고 있으니 그런 말씀을 해주실 수 있는 것 같네요. 이태 씨가 70년대 남부군의 원고를 작성했지만 80년 이후에 발표할 수 있었던 것처럼 객관적인 입장에서 기록된 것이 거의 없었던 것 같아요."

"여순사건 때 빨치산이 시시때때로 준동하면서 그런 풍경도 있었어요. 당시 소는 지금과 다르게 농사를 짓는데 없어서는 안 될 것이었는데, 빨치산들이 밤에 내려와 끌고 가기도 하니 저녁이면 구례읍내 가까운 곳에 매어두었다가 아침이면 다시 데려오곤 했지요. 새벽녘에 소를 몰고 돌아오는 목가적인 풍경은 그 참혹한 시절에도 장관이었어요. 언젠가는 읍내로 오고 가는 것이 귀찮았던지 집에 그대로 메어두었다가 밤에 공비들이 끌고 가게 된 적이 있었어요. 식량이나 기타 필요한 것을 민가에서 확보하는 것을 그들 말로 '보급투쟁'이라고 했는데 산으로 짐을 지고 가는 것은 마을사람들이 해야 했지요. 소를 끌고 가는 것도 마찬가지고. 빨치산들이 은거하고 있던 곳은 노고단을 지난 임걸령 근처였는데 한 번에 네 마리나 끌고 갔어요. 소를 끌고 갔던 우리 집 머슴이 빨치산 대장에게 읍소를 했대요. '소가 있어야 농사를 지을 수 있고 농사를 지어야 당신들 먹을 식량을 올려 보내 줄 것이 아니냐. 한 마리는 다시 데려가게 해 달라'고, 그래서 힘 잘 쓰던 황소를 다시 데려왔던 적도 있었지요. 그리고 한 번은 마을 초등학생 중에 유별나게 덩치가 컸던 6학년이 있었는데 빨치산에 의해 보급투쟁에 동원되어 짐을 지고 산으로 가던 길이었는데 경찰이 빨치산으로 오인하고 사살 당했던 일도 있었어요. 그 애는 그렇게 억울하게 죽었지요. 또 한 번은 마을에서 자경단으로 근무하던 이가 있었는데 갑자기 개울에서 빨치산이 나타났던 모양이어요. 후다닥 도망치다가 돼지우리로 숨었는데, 당시 이곳도 뒷간이라고 했던 화장실 아래에서 제주도처럼 인분도 먹여 똥돼지를 키웠었지요. 빨치산들이 돼지를 잡으려고 총을 쏘았던 모양이어요. 그러나 제풀에 '살려 달라'고 냅다 소리를 지르게 되었다는 것이지요. 결국 그도 반으로 가른 핏물이 떨어지는 돼지를 지고 산으로 갈 수밖에 없었다는 것이지요.”

어르신의 이야기가 끝났을 때 그 분이 말씀하셨다.

“왕조시대의 신분제가 일제강점기에 이르러 와해되면서도 그 것이 완전히 타파되지는 않고 잠재되어 있었지요. 내부적인 저항이나 작용에 의해 신분제가 타파된 것이 아니고 왕조가 무너지는 와중에 갑작스럽게 이뤄진 것이고 그 오래된 악습으로 누적된 업보를 정리할 수 있는 기회가 없었던 것이지요. 그 잠재된 불만이 하층민, 노동자계급의 해방을 표방하는 사회주의 사조가 바짝 마른 봄 들판의 여우불처럼 번질 수 있는 토양을 만들었다고 봐야지요. 또한 일제에 대한 저항과 맞물려 유학파 등 지식인들에 의해 학습과 조직을 만들어갔던 것이지요. 그러나 사회주의는 경제적인 평등에 치우치며 인본적인 면에는 취약했어요. 억압과 분배의 불평등에 대한 분노와 감정이 배어들었던 것이고 그 누구도 그런 문제점을 부각시키고 알게 해주는 이는 드물었던 것이지요. 해방 후에도 미군정은 점령지로 통치하면서 내부적인 문제를 치유할 수 없었던 것이고. 결국 상처가 치유되지 못하고 곪아터진 것이 좌우익의 거친 분열로 분출되었다는 것이 타당할거여요. 거기에 권력을 지향하는 자들이 충동질하였고. 서양의 중세를 암흑시대라 하지만 거기는 신분에 따른 각자의 역할이 정해져 있었지요. 그러나 우리는 그러지 못했어요. 양반이 아닌 민중들은 농사는 물론 군역과 과도한 세금에 시달렸으니까요. 나의 아버지는 그런 면에서 특별한 분이셨어요. 물론 조부의 영향도 있었겠지만. 해방 후에 좌우익의 갈등 속에서 어떤 실력자와 담판이 붙어 그런 말씀을 하셨던 걸 기억해요 '우리 민족이 공산주의를 따르는 원인은 조선시대부터 일제 36년 동안의 양육강식, 즉 양반과 상놈, 지주와 소작인, 있는 자와 없는 자, 귀한 자와 천한 자로 나뉘었기 때문입니다. 이 민족의 80%가 상놈이요, 소작인이요, 천한 사람이었소. 공산주의 이론은 이들의 구미를 돋우었고 농민회에서 소작료 불납을 선동하는 것도 구미를 돋우자는 일환책이요. 그러므로 토지는 농민에게, 가진 자는 없는 자를 도와서 어느 정도 평등한 세상을 만들어야 합니다. 그 선두에 우리가 나서야 합니다. 귀한 사람도 천한 사람도 없는, 사람은 누구나 평등한 사회가 되어야 합니다. 계급이라면 공직자계급, 생산자 계급, 문학자 계급, 의학자 계급 등 직업의 구분이 있을 뿐이요. 그 작업을 통해 국민을 위해 봉사하는 사회가 되면 공산주의는 김빠진 맥주가 될 것이요. 이것이 민족주의를 바탕으로 자유민주주의가 될 수 있는 길이 될 것입니다.'라는. 그러한 신념을 바탕으로 좌익 사상에 휩쓸리지 않도록 주민들을 독려하러 다니시기도 하였지요."

"정말 아버님은 대단하셨던 분이셨네요. 대부분 권력에 줄을 대거나 줄을 서려던 사람이 득세하던 세상이었는데, 당시 기회가 되어 큰일을 하실 수 있었으면 좋았을 텐데."

"그 분은 경제관념이 희박했고 약삭빠르게 행동하지는 못했어요. 후에 정치에도 관심을 가지셨었지만 노년에 그런 표현을 하셨어요. '정치, 그거 더러운 것이야'하고. 절망스럽고 저주스런 한탄이 집약된 말씀이셨지요."

"그럼 왜 우리는 오늘날까지 그 상처를 치유하지 못하고 여전히 극명하게 편이 갈려져 있을까요?"

"감상적인 진단일수도 있지만 그건 서로 이야기를 통해 즉 대화를 매개로 과거의 기억을 공유하지 못한 이유일 거예요. 서로 과거의 이야기를 한다는 것은 어떤 형태로든 반성이 전제되어야 하는 거잖아요. 그런데 정치적 기득권자들은 자신들의 정권탈취 및 유지에만 혈안이 되었었지요. 상대적으로 세가 약한 반대진영에 속한 사람들은 죄인처럼 취급받고 살아야했고, 연좌제라는 것이 그 일단이고, 오늘날도 마찬가지지요. 적폐청산이라는 것이 자칫하면 그 연장선상에 있을 수도 있는 것이지요."

"지금 하신 말씀은 굉장히 중요한 이야기인 것 같네요. 결국 과거의 기억을 공유한다는 것은 미래를 지향하는 것과 궤를 같이 한다는 것이겠네요." 현식이 말을 마쳤을 때 어른이 다시 말씀을 시작하셨다.

"또 그런 일이 있었어요. 좌익분자로 몰려 부모를 잃은 나이 어린 자매가 우리 집에 와있게 되었었지요. 구례지역은 좌우익 대립이 극심했고 결국 여순사건이 숱한 비극으로 이어졌던 것이지요. 그 자매의 집은 토지면이었어요. 당시 토지면은 다른 지역에 비해 타지에 나가 공부한 이들이 많았어요. 바다가 가까운 곳이니 그렇게 떠날 수 있었을 거여요. 이는 사회주의를 추종하는 이상을 가질 수 있는 단초가 되었던 거고. 47년 3월 1일 파도리 마을 언덕에 백여 명의 사람들이 모여 '사회주의해방만세대회'라는 이름으로 집회가 있었고, 이는 경찰의 경계대상이 되었겠지요. 당시 주동자는 토지초등학교 교사였고 경찰과 대치하는 상황이 되었던 것이고. 경찰은 '발포한다'고 경고했지만 집회참가자들은 해산하지 않았고 이에 경찰이 발포하는 최악의 상황으로 치닫게 된 것이지요. 사망자는 스무 명 정도, 물론 부상자도 그 정도 되었겠지요. 그때 자매의 부모가 죽었어요. 먼 친척의 주선으로 부엌일이라도 거들며 지내라고 우리 집에 와있게 됐어요. 다른 이야기이지만 여순사건을 겪은 영향이었던지 구례지역은 한국 전쟁 시에 피해가 적은 편이었지요. 좌우익사이에서 음해성의 시비가 적었고 워낙 험한 세월을 겪어 조심스러웠던 영향이었을 것이어요. 한 번은 마을의 자경단원들이 쌀을 모아 소총을 구입하러 갔던 일도 있었어요. 한 때 남대문시장에 가면 1개 사단을 무장할 수 있는 군용물품이 구비되어 있다는 말이 회자되었던 것처럼, 무기조차도 암시장이 형성되었던 때이겠지요. 그 무기들은 죽은 군인들에서 취한 것들이었을 테고. 어느 날 밤인가는 산에서 내려 온 공비들이 들이닥치고 식량을 챙기더니 마루에 걸려있는 괘종시계가 탐이 났던지 이를 내려 쌀보퉁이 옆에 두었는데 자매 중 내 또래인 언니가 이를 몰래 다른 곳에 숨겼어요. 세이코 괘종시계는 홋카이도에 징용 갔다 온 집안 아제가 돌아오면서 사온 것이었는데. 당시 손목시계는 물론 벽시계도 귀한 것이었지요. 이를 확인한 공비가 그 애에게 추궁하고, 왜 이곳에 와 있는지도 이야기하게 되었는데, 부모가 죽은 사연을 이야기했어요. 공비는 그 애에게 '왜 이곳에서 이러고 있냐고 같이 산으로 가자'고 강권하듯 권유했고 결국 공비들을 따라 산으로 가게 되었던 것이지요. 그 후 그 애의 흔적은 세상 어디에도 없게 됐어요. 동생은 이곳에서 살고 있고, 나이에 비해 야무졌던 언니를 이야기하지만 동생도 천애고아가 된 것이지요."

"참 안타까운 일이네요. 동생은 당시 상황을 어떻게 생각할지 궁금하네요. 그러고 보면 여성들이 더 이념적이라고 해야 하나, 그런 게 있는 것 같아요. 마지막 빨치산이라는 '정순덕'도 그렇고 한국전 당시 거제도 포로수용소에 여성포로도 300여명이 있었는데 반공포로 석방 시 한 명도 이에 끼어들지 않고 송환된 것만 보아도요."

"그 동생은 남의 집 일하던 청년과 결혼도 하고 이 마을에 살았어요. 그러나 평탄한 삶은 살지 못했지요."

"의지할 가족이 없이 살아야했을 나이어린 소녀의 신산스런 삶을 생각하게 되네요. 당시 나이 어린 중학생들도 좌익 활동을 했다면서요?"

"그랬지요. 한번은 읍내에 잡기장과 연필을 사러 갔다가 돌아오는 길이었어요. 돌아오는 길에 중학생이었던 옆 마을의 형을 우연히 만났는데, 노래를 가르쳐준다고 하면서 '따라서 해라'했던 적이 있어요. 지금도 그 노래를 기억하고 있어요. '날아가는 까마귀야 시체를 보고 울지 마라. 몸은 비록 죽었으나 혁명정신 살아있다'라는 가사였어요. 집에 와서도 그 노래를 불렀는데 국민회 소속이었던 삼촌이 '누구한테 배웠느냐'고 하면서 크게 나무라셨지요. 나 같은 어린애들한테도 그런 무시무시한 노래를 가르쳐주었지요. 고모가 구례여중 1회인데 당시에도 'X동생'이라는 말이 있었어요. 친구이상의 관계를 지칭하는 표현이었을 테지요. 고모에게도 후배 중에 그런 동생이 있었던 것 같아요. 고모는 그 후배에게 줄 거라면서 천으로 신호기를 만들었던 것을 기억하니까요. 49년 가을 무렵이었어요. 밤에 빨치산들이 보급투쟁을 위해 산에서 내려왔는데 그 중에 그 후배가 있었어요. 고모는 그 후배 이름을 불렀어요. 승재라고. 그는 '누나네 집이야', '부자네'하며 둘이 한참을 속닥거렸을 거여요. 그는 이야기 중에 경찰을 '검은 개'로 표현했고 군인은 '노랑 개'로 표현했어요. '검은 개 몇 마리를 잡아야한다'고도 했어요. 고모가 중학교를 졸업했을 때 그 전에 민청소속이었던 삼촌도 중학생 때 제적당했어요. 삼촌과 같이 제적당했던 이 모가 있었어요. 48년 팔월쯤인가 벼가 패기 시작할 때 쯤 이었어요. 그가 우리 집에 숨어들었던 적이 있었어요. 매복을 하던 경찰이 들이닥치고 처음에는 모른다고 했는데 이 모 씨를 경찰이 발견하고 그의 손에 수갑을 채웠지요. 당시 경찰들은 임무를 수행하러왔다가도 밥때가 되면 집에서 밥을 얻어먹기도 했던 시절이었어요. 이 모

씨도 같이 먹었는데 '할아버지, 밥 먹을 때만이라도 수갑을 풀어 주면 안 되겠냐'고 했을 거여요. 그렇게 수갑을 풀고 밥을 먹다가 후다닥 담을 넘어 도망쳤지요. 당황한 경찰책임자는 조부의 뺨을 후려쳤어요. 그는 은혜를 입었다고 생각했던지 인공치하 때 전남도당 선전책이라는 완장을 차고 조부께 인사를 하러 오기도 했고."

"요즘 상사 등에게 당한 성추행을 폭로하며 촉발 된 '미투(Me too)운동'이 일고 있는데 당시 군경이나 빨치산들의 성적 일탈은 어떠했나요?"

"내가 보거나 들은 것은 시공간적으로 단편적일 수밖에 없었다는 것을 전제로 하고, 그런 일이 있었어요. 51년 1·4후퇴 시 수도사단 1개 소대가 공비토벌작전으로 이곳에 주둔하고 있었는데 최 모라는 특무상사가 우리 마을에 사는 19세 처녀를 겁탈했어요. 그 처녀는 겁탈로 임신한 것을 모르고 시집을 갔고 혼외자를 낳았어요. 그 아이는 최 모를 닮았었으니까. 결국 그녀는 시집에서 쫓겨났고, 그 아이는 전쟁통에 사생아가 된 것이지요. 내가 중학생이었을 때 두 살 위인 고모와 함께 읍내에서 자취를 하고 있었는데 그 놈이 고모도 점찍었던 같아요. 고모와는 다른 방에 자고 있는데 그놈이 들어왔던 것 같아요. 당시 읍내에는 통행을 통제하기 위해 세 군데의 출입구만 만들어 검문하던 시절이었어요. 또 다른 곳으로 천은사가 있는 방광리는 산자락과 인접한 곳이라 빨치산이 자주 마을에 내려왔고 울타리를 만들어

두 곳에만 출입구를 만들고 그 안쪽에 함정을 만들었었지요. 한쪽은 함정을 파고 죽창을 꽂아놓았고 한쪽은 우물을 위장해 들어오는 빨치산이 빠지도록 했는데 빨치산의 우두머리와 훔쳐가던 소가 함정에 빠졌고 그 보복으로 마을주민 12명을 사살한 참혹한 일도 있었어요. 한 마을에 줄초상이 났던 것이고, 한 마을에 제삿날도 마찬가지겠지요. 이야기가 다른 곳으로 흘렀네요. 다시 고모 이야기로 돌아와서 고모가 소리 지르고 반항하니까. 허리춤에서 권총을 빼내 고모에게 주면서 '자신의 말을 안들을 거면 자신을 쏴라'했는데 그래도 고모가 소리를 지르니 도망쳤어요."

"그 당시를 기록한 책들이 있지만 어르신과 같이 객관적인 시각으로 된 이야기들이 별로 없는데 대단히 중요한 이야기네요. 기회가 되면 정 중위 유골이라도 수습할 수 있었으면 좋겠구요. 성묘하러 가면 조부님께 할 말도 있을 것 같고. 아무튼 고마웠습니다. 가감 없이 이야기해주셔서. 당시의 상황을 이해하는데 귀한 자료가 되겠네요. 만약 '순이 오빠'라는 소설이 쓰여지지 않았더라면 제주 4·3사건도 그저 구전되는 이야기로만 남아있었겠지요. 소설 등 산문이라는 문학적인 기록물이 없었다면. 이태의 '남부군'도 마찬가지겠지요. 물론 이병주의 '지리산'이라는 소설이 세상에 나온 건 더 먼저였지만."

"별로 생각해보지 못한 이야기이지만 그 말을 들으니 공감이 가네요. 다양한 시각을 가질 수는 없는 것이지만 많은 사람들에게 전달될 수 있는 수단이니까. 역시 내가 한 이야기도 이제 그 당시를 기억하는 이들이 없으니 사소한 것이라도 기록으로 남겨 놓았으면 좋겠네요. 매천의 사당을 가끔 가보지만 그분처럼 그렇게 치열하게 기록하고 그것을 후세 사람들이 그것을 읽어본다면 과거를 통해 미래를 같은 방향으로 지향할 수 있는 것이니."

그 분의 이야기가 끝났을 때 자정이 훨씬 지난 시간이었다.

"늦은 시간까지 고마웠어요. 이제 주무셔야죠." 현식은 진심으로 감사함을 전했다. 잠시 밖으로 나왔을 때 열이레 하현달이 왕시루봉을 넘어오고 있었다. 이 골짜기에서 살았던 산처럼 순박했던 사람들. 더 좋은 세상을 만들겠다며 누군가의 편을 들었던, 그렇지 않았던 질곡의 역사를 지나 온 그들을 생각했다. 현식은 지금 어디에 있고 어디로 가는 있는지를 생각했다. 우리 민족도 마찬가지였다. 남과 북이 하나가 되는 길은 있는 것인가? 없는 것인가? 방으로 들어와 누웠지만 피곤한 몸이 쉽게 잠을 부르지 못했다.

현식이 다음 날 아침 눈을 떴을 때 창문이 훤했다. 늦잠을 잔 것 같았다.

그 분은 식탁에서 아침을 준비하고 계셨다.

"잘 주무셨어요? 제가 늦잠을 잤네요."

"늦잠은 무슨, 피곤하셨을 텐데. 씻고 아침식사 합시다."

"어르신은 어디 가셨어요?"

"네 산책 나가셨어요. 돌아오실 시간이 되었는데, 어제 너무 많은 이야기를 듣느라 몸도 머리도 피곤했을 했을 텐데."

"아녀요. 쉽게 들을 수 없는 이야기를 들었더니 머릿속이 빵빵해졌어요. 가뭄에 단비처럼 단단했던 머리가 축축해졌고요. 이야기의 의미보다는 이제 나눌 수 없는 시공간을 나눌 수 있었다는 것만 해도요. 어디쯤 오시는지 한 번 나가봐야겠어요. 그런데 한 번도 아니고 번거롭게 해드려서 어떻게 해요."

"그런 건 괜찮으니, 나갔다 오세요." 현식이 밖으로 나왔을 때 서늘한 기운이 상쾌했다. 길을 조금 내려가니 어르신이 올라오고 계셨다.

"좋은 아침이어요. 어디까지 다녀오셨어요?"

"요 위에 올라가면 반달곰 복원센터가 있어요. 워낙 골짜기이니 오르거나 내려가는 길이 전부지요."

"그런데 인위적으로 방사한 반달곰들은 오래전에 산에서 자연스럽게 생존했던 곰처럼 살 수 있을까요?"

"글쎄, 이 곳 국립공원 관계자들은 서식지를 고려한 적정개체수를 50여 마리로 판단하고 있는 것 같던데, 얼마 전에 경북 김천의 수도산까지 관리지역을 이탈한 적이 있듯이 포획 후에 재방사라는 단순한 처치를 하는 걸 보면 문제의 시작이라고 볼 수 있다고 봐요. 곰이 단지 호기심으로 낯선 곳까지 갔으리라고는 할 수 없는 거고, 현재의 권리권역이 파편화되어 한계를 가질 수밖에 없는 것이겠지요."

"사람들의 생존영역과 곰의 생존영역이 금을 긋듯이 구분할 수는 없는 것이고 겹치는 부분은 필연적으로 나타나겠지요. 그렇다고 사람들에게 양보를 바라는 것은 타당치 못한 것일 테고. 근래 들어 농촌지역을 중심으로 다문화가정이 증가하고 있는데 우리의 마음자세가 그렇게 포용적이지 못하다는 것을 생각할 수 있는 것이겠네요."

집에 들어왔을 때 아침밥이 차려져 있었다.

"같이 만나셨나보네요. 식사하시죠."

"산에서 맞는 아침은 계절에 관계없이 청량감이 있어요. 물소리는 언제나 반갑고 시원하고요"

"그래도 현식 씨가 이곳에 산다면 그렇지도 못할 거여요. 도시의 소음과 몰려다니는 인파들이 그리울 것이니."

"어제 묻혀 갈 소중한 이야기들은 들을 수 있어 정말 좋았어요. 장편소설과 수기 형식으로 바람으로 흘러간 이곳의 피로 얼룩진 이야기들이 기록되기도 했지만 당시의 시대적인 상황과 직간접적으로 겪은 작자의 내면을 무시할 수가 없었을 것이고 마치 제 3자의 입장으로 기록된 이야기들이 없으니 굉장히 소중한 것이라고 생각해요."

"이태 씨가 쓴 남부군으로부터 어떤 형식으로든지 그런 기록이 없었다면 그냥 묻혀 갈 이야기가 되었겠지요. 다시 한 번 문학의 소중함을 생각하게 되요. 제주 4·3사건 같은 경우도 소설 등으로 그 이야기들이 세상에 나왔으니 후세에 재조명할 수 있는 기회가 되었잖아요. 역사는 어차피 승자의 편에서 기록될 수

밖에 없는 것이니 말이죠.”

“어제도 말씀해주셨지만 같이 과거의 기억을 공유할 수 있다는 것은 절대적으로 반성을 필요로 하는 것이고 그 바탕에서 미래를 지향할 수 있는 것이죠. 타인이나 내 편이 아닌 상대편의 이야기를 듣는 행위, 그런 자리가 소중한 것이지요.”

“어제 해주신 말씀들이 많은 사람들이 공유할 수 있는 기회가 되었으면 좋겠어요. 이제는 단지 에피소드처럼 가볍게 느껴지는 것이라도.” 아침식사가 끝나고 현식은 배낭을 꾸렸을 때 그 어른께서,

“천천히 같이 내려갑시다. 오미리에도 들렀다 가고.”

“저야 좋지만 그래도 되시겠어요?”

“자네가 저 아래 저수지까지만 차로 태워다 주게.”

“네 그러지요.”

“제가 거듭 신세도 졌으니 오미리에 들렀다가 읍내에 가서 같이 점심식사나 같이 하지지요.”

“밥이야 누가 사든지 그것도 괜찮을 것 같네.” 집을 나왔을 때 해는 왕시루봉을 넘고 있었다. 골짜기를 길을 따라 내려간다. 현식은 강을 건너 산으로 숨어들었던 이들을 다시 생각했다.

“반란군으로 몰려 강을 건너 이곳 골짜기로 들어왔던 이들의 마음상태는 어떤 것이었을까요?”

“인간을 움직이는 힘이 무엇이 있을까를 생각해보면 그 답을 찾을 수 있지 않을까요.”

"물론 시대적인 상황과 환경을 생각해야 하겠지만 당시 그 사람들을 움직였던 힘, 그것을 뭐라고 표현한다는 것이 어불성설이지만 결국 무리 속에서 집단심리라는 것에 휩쓸렸을 거라는 생각이 드네요. 개인을 생각하기보다는 나름의 정의의 편에 있다는, 개인의 의미를 추구하기보다는 자신이 가는 길이 의로운 길이다 아니다를 생각하지 않고 단지 그 무리에서 벗어나는 것이 불의라는, 자기 확신내지는 소속감에 마비되었다는 것, 방향을 가리키는 자의 의지에 따라 움직일 수밖에 없었을 테지요."

"이인모라는 비전향 장기수가 생각나요. 김영삼 정부는 취임 후 얼마 되지 않아 새 정부의 긍정적인 이미지를 만들어줄 사건으로 '이인모 북송허용'을 발표하였던 일, 당시에 굉장히 충격적인 사건이었어요. 물론 그는 취임초기 금융실명제, 역사 바로 세우기 등 급작스러운 개혁을 시도한 긍정적인 면도 있지만요. 북으로 돌아간 그는 어떻게 되었는지 궁금해요. 무려 교도소에서 복역한 시간만 34년, 젊은 청년이 결국 감옥에서 노인으로 늙어갔던 이였는데."

"그는 인민군 소속의 종군기자 신분이었어요. 한국전쟁 때 종군기자로 참전하여 북으로 돌아가지 못했지요. 대열에서 낙오되었던 것처럼 지리산에서 빨치산으로 활동 중 52년 검거되었고 7년 동안 감옥에서 생활하였다가 풀려났는데 1961년 다시 붙잡혀 15년을 복역하는 등, 총 복역기간만 34년이었어요. 그는 복역기간 중 전향을 거부하여 비전향장기수가 되었던 거지요. 그는 1988년 출소하여 양아들과 생활하던 중, 한 월간지에 그의 수기가 실리게 되었어요. 그걸 북한에서 확인했겠지요. 1991년, 남북회담을 취재하러 온 북측기자가 그 부인의 편지를 남측에 전하면서 서로의 생사가 확인되었지요. 이를 계기로 시민단체 등을 중심으로 이인모 씨를 북한으로 송환하자는 여론이 형성되었으며, 당시 1992년 취임한지 얼마 되지 않은 김영삼 대통령은 앞서 말한 대로 그를 송환하는 대단한 이벤트를 연출하였지요. 1993년 판문점에서 그의 아내, 딸, 외손자들이 그를 맞이했으며, 판문점 근처에는 환영하는 인파가 대단했어요. 북한도 대단한 이벤트의 호재를 만난 것이었지요. 그의 아내는 약 40년의 시간이 흘러, 할머니가 되었고, 젖먹이였던 그의 딸은 아이들의 엄마로 변했겠지요. 절대적인 충성심의 전형처럼 그를 대하는 북의 배려였으려나? 그보다는 북한체제의 선전을 위한 엄청난 도구와 수단이 되었겠지요. 평양 백성들은 상상도 못할 최고급 단독 주택은 물론 북한 최고의 김일성 훈장과 공화국 영웅칭호도 수여하였고 '신념과 의지의 화신'이라 추켜 세워주었지요. 당과 수령에 대한 충성의 산 모범으로 '민족과 운명'이라는 예술영화의 주인공으로까지 내세워 주었음은 물론 그의 고향인 양강도 파발리 소학교를 '이인모 소학교'로 명명해주었어요. 김 씨 가문과 동등하게 봉화 진료소에서 치료받는 것은 물론 미국에까지 보내서 신병 치료를 해주었어요. 그 역시 비전향 장기수답게 당과 수령의 배려에 보답하기 위하여 수령에게 충성할 것을 독려하는 글들과 당과 수령을 우상화하는 장문의 글들을 연속 써냈고 그가 쓰는 글들은 노동 신문 1면에 대서특필되곤 했겠지요. 참으로 긴 세월을 적들의 감옥에서 꿋꿋하게 지켜왔던 그의 충성심은 참으로 대단했던 것이고 전체 간부들과 주민들은 이인모 따라 배우기에 끌려 다니느라고 적지 않은 땀을 뺐다고 해요. 수령에 대한 충성심 문제를 놓고는 중앙당의 간부들에게도 서슴없이 일갈을 하는 이인모 앞에 높은 간부들조차 마주 서기를 꺼려할 정도였다고 했어요. 김정일은 그가 가보고 싶은 곳은 모두 가보도록 막강한 권한도 주었다는 것이고 거침없는 충성의 일로를 달려 나가던 그가 자기 일생의 반을 빼앗아간 감옥 생활이 떠올랐던지, 어느 날 갑자기 북한의 '교화소'를 한번 보겠다고 했다는 거지요. '그가 요구하는 것은 다 들어 주라'는 김정일의 지시가 있었던지라 간부들은 그를 데리고 사리원 시에 있는 '국제 교화소'로 갔다고 해요. 사리원에는 '7호 교화소'와 '국제 교화소'가 있었는데, 7호 교화소는 일반교화소로 시설과 대우가 너무 열악하여 공개를 못할 정도이니, 국제교화소로 데리고 갔다고 해요. 그곳은 죄를 지은 외국인들과 항일 투사 가족들, 그리고 비서국 대상 간부 가족들만을 받아들이는 곳이니 나름대로 시설도 괜찮고 죄수들에 대한 대우도 좋은 곳이었겠지요. 국제인권단체들이 교화소를 보자고 찾아오면 서슴없이 보여주기도 했대요. 휠체어에 몸을 맡긴 그는 국제교화소를 돌아보는 장시간 동안 굳은 표정으로 한마디의 말도 없었다고 해요. 남조선의 감옥에서 비인간적인 대접을 받으며 오랫동안 수감생활을 한 그가 아마도 너무 감동을 먹은 모양이라고 생각한 북한 간부들은 참관을 끝내고 마당에 나오자 '이인모 동지, 돌아보신 소감이 어떻습니까?'하고 자신에 넘쳐 물었다는 것이지요. 한참 동안 먼 곳을 응시하던 이인모는 드디어 엄청난 말을 폭탄을 던지듯 짧게 내뱉었다고 해요. '나는 이런 곳이었다면 34년은 고사하고 3년도 견디어내지 못 했을 거야'라고. 그 자리에 있던 간부들은 할 말을 잃고 멍하니 그의 얼굴만 쳐다보았고, 마침내 그는 간다 온다 소리도 않고 그곳을 떠났다는 것이지요. 그 사실은 바로 김정일에게도 전달되었겠지요. 김정일은 당연히 분노하였을 것이고 '역시 자유를 맛본 자들은 믿을게 못 돼'라는 저주 같은 말로 그의 최후도 역시 비참하였겠지요. 그 때부터 그는 '당과 수령의 신임을 저버린 쓸모없는 인간'취급을 받았고 마침내 2007년 6월 누구도 찾지 않는 속에서 고독한 생을 마쳤다지요."

"그게 사실인가요?"

"그가 죽었을 때 김정일은 더는 입을 열지 못하는 그의 시신을 애국 열사릉에 안치시켰고 그 '광폭정치'의 선전효과를 지금도 톡톡히 보았겠지요. 그 사건이 있은 후부터 2000년 9월에 송환된 63명의 장기수들은 선전용으로 선발된 몇 명을 제외하고는 자유란 없고 평양 시민들과 같이 600그램의 쌀 배급과 배정되는 몇 가지 생활필수품에 의존해서 하루하루를 살아간다는 것이지요. 그들이 북한에 들어가서 헤어졌던 가족들에게 해줄 것은 아무것도 없다는 것은 물론이고."

"그런 일이 있었네요. 이인모라는 이는 자신이 긴 세월동안 의미를 찾기보다는 나름의 의리를 지키는 틀에 자신을 가두었던 것이네요. 물론 저의 섣부른 짐작일수도 있겠지만. 한국전 당시 거제도에 수용되었던 포로들도 일면 심리적인 혼란을 느꼈을 수도 있었겠네요."

"그랬겠지요. 반공포로와 친공포로로 나뉘어져 갈등이 폭력으로 노출되고 많은 사상자가 생기기도 하였었으니까요. 그들 역시 생의 의미와 명분 속에서 혼란스러웠을 거라는 생각을 해요. 내면의 갈등도 있었겠지만 감시와 변절에 따른 폭력도 무시할 수는 없었겠지요. 오래지 않은 과거 농경시대에는 대부분 3대가 함께 모여 살았지요. 주거환경은 지금과 비교하면 말할 수 없이 열악했지만 그렇게 단체생활에 익숙해야 했던, 세대가 함께 사는 단체생활은 가장의 권위를 세울 수 있는 기반이었지요. 단체생활은 질서에 순응해야 했고 늘 타인의 시선을 의식해야 했겠지요. 단체생활에서 개인의 존중보다는 의리를 강요하거나 질서유지의 덕목, 신념이라고도 생각했겠지요."

"신념의 틀이라기보다는 말한 대로 자기 자신이 주문을 건 명분의 외피를 두른 의리였겠지요. 우리는 알게 모르게 의리 없는 자로 낙인찍히는 것이 얼마나 고통스러운 생채기가 된다는 것을 잘 알고 있자나요. 그렇듯 의리가 사람들과의 관계에서 생성되는 힘이라면 의미는 철저하게 내면에서 생성되는 힘이겠지요.

자신의 삶의 목적이 무엇인가를." 그 당시 패잔병으로 몰려 강을 건너 산으로 숨어든 사람들 대부분은 자신의 삶에 대한 소중함을 가질 기회가 없었을 것이라고 현식은 생각했다.

"운조루에 잠시 들렀다가요." 현식은 구례에 오면 운조루를 들렀다가곤 했다. 넓은 들을 건너면 섬진강이 흐르고 그 건너로 또 산이 오르고 마을 뒤로도 산이 올라가는 곳, 굳이 명당의 조건을 알지 못하는 이도 반할만한 곳이었다. 그 뒤편에 쌀 두 가마정도를 담을 수 있다는 뒤주가 있었고 그 뒤주에는 '他人能解'란 문구가 새겨져있다.

운조루란 이름은 원래 사랑채 당호로서 '구름 속의 새처럼 숨어 사는 집' 또는 '구름 위를 나는 새가 사는 빼어난 집'이라는 말이 있었다. 그러나 가장 그럴듯한 것은 도연명(陶淵明)의 귀거래사(歸去來辭)의 칠언율시에서 첫머리 두 글자 운(雲)과 조(鳥)를 취했다는 설이다.

"아흔 아홉 칸의 집을 지을 부와 권세가 있었다지만 주인을 의식하지 않을 만한 곳에 가난한 이들을 위한 뒤주를 만들었다는 것은 대단한 발상이었던 것 같아요."

"그렇지요. 가난한 이들이 부담을 가지지 않게 배려했다는 것은, 더욱이 건물 아래 기단에 낮게 설치된 굴뚝의 모습도 같은 의미이겠지요. 큰집에서 배어 나오는 밥 짓는 냄새만으로도 불평등한 세상을 탓할 서민들이 부지기수였을 것이고, 굴뚝이 높아야 연기가 잘 빠진다는 걸 집주인이나 목수가 몰랐을 리 없겠지만, 집주인의 타인을 배려하는 흔적을 생각할 수 있는 곳이지요.”

“어차피 반상으로 신분이 구분되었고 언제나 부자와 가난한 자는 공존하는 것이지만 부자들이 예전의 이 집 주인처럼 가난한 이들을 조금만이라도 배려하는 마음이 있었다면 이 땅에 그런 불행은 없었을 테지요. 대부분의 사람들은 더 많은 것을 가지고 싶어 하는 것이 속성이니까요.”

“이 곳에 오면 마음이 편안해지는 느낌이 들어요. 높고 깊은 산을 뒤에다 두고 넓은 들과 그 너머 보이는 산까지.” 들을 내려가 읍내로 간다.

“읍내에 뭐 특별한 음식이 있나요?”

“산골이니 뭐 특별한 음식은 없고 그래도 족발탕이 유명해요. 거기 한 번 가봅시다.” 햇살은 뜨거워지고 들판은 초록이 무성하다. 읍내는 한산했다. 이른 점심이어서인지 식당도 마찬가지였다. 찜으로 한 족발은 일반적이지만 탕으로 만든 것은 처음이었다.

“약간 냄새가 나긴 하지만 맛있네요. 국물도 진하면서 구수하고.”

“다행이네요. 맛있게 드세요. 그럼 언제나 다시 여기 오시나?”

“글쎄요. 잘 있으면 오래있을 거고 그렇지 않다면 머지않아 다시 오겠지요. 단단한 마음을 먹고 준비해도 시원찮을 텐데 마치 도피하듯 여행이라도 가는 가벼운 마음이어서 불안하기도 해요.”

“여러 가지 머리도 복잡할 것이니 차분히 대응해나가도록 하세요.”

“네 알겠습니다.” 식사가 끝나고 현식이 계산을 했다.

“여러 가지로 고마웠습니다. 언젠가 다시 와서 뵙겠습니다. 건강하십시오.” 현식은 두 분께 인사를 드리고 정류장으로 향했다. 서울로 올라가는 버스 안에서 현순에게 전화를 했다. 그녀는 반갑게 전화를 받았다.

실체

“어디세요?”

“이제 구례에서 버스로 올라가고 있어요. 언제 시간 있으세요?”

“도착하는 시간에 제가 터미널로 나갈까요?”

“정말요? 그래주신다면 영광이죠. 오후 6시쯤 남부터미널에 도착하겠네요. 그럼 이따 뵙겠습니다.” 현식은 그녀의 반응이 의아했다. 서울로 가는 길이 가볍고 설레기는 오랜만이라고 현식은 생각했다. 호남고속도로로 합류하기까지 스쳐가는 산들이 정겹기까지 했다. 배낭에 넣어온 책을 보다가 잠이 들었다. 어젯밤에 들었던 이야기 속의 소녀, 빨치산이 데려갔다던 소녀가 나타나 현식에게 말을 건넸다.

“동생은 잘 지내느냐? 부모님을 여윈 것도 그랬는데 혼자 두고 온 동생이 불쌍하다.”고 했다. 현식은 뭐라 답을 주지 못했다. 잠을 더듬었을 때 버스는 톨게이트를 빠져나오고 있었다. 버스를 타고나서 설렘으로 가슴이 뛰었는데 가슴이 짓눌리듯 무거웠다. 그 소녀는 어떻게 되었을까? 다시 산을 내려올 수 있었을까. '마지막 빨치산'이라는 별칭을 얻었던 '정순덕', 그녀는 55년 작전이 종료된 지 한참이 지나서야 총상을 입은 상태로 체포되었지만 그녀는 살아있었기에, 그녀의 삶이 어떠하였든 그녀의 존재를 세상에 남길 수 있었다.

정순덕, 그녀는 화전을 일구며 살았던 산골마을에서 태어나 약초며 산나물을 뜯으며 살았으니 선머슴아 같던 소녀는 여순사건 시 소개령으로 산골마을을 내려와 살아야했고 와중에 연달은 흉년으로 입이라도 하나 줄여보려는 것이었던지, 열여섯 어린 나이에 한 번 본 이웃의 조실부모한 총각에게 시집을 갔다고 했다. 그녀는 혼례 때 연지곤지 분단장 해본 것이 처음이자 마지막 화장이었을 거라고도 했다. 다리에 총상을 입고 산중에서 십여 년, 체포될 때까지 옷 한 벌로 지내야 했다니 말이다. 결혼한 지 채 두 달도 안 되었을 무렵 난리가 났다는 소문이 돌고 인민군들이 산골마을에도 들이닥쳤다. 조실부모하고 배운 것 없던 신랑은 땅뙈기도 똑같이 나누고 고르게 잘사는 세상이 온다는 말에 두어 달 동안 인민군들 편에서 일을 거들었는데, 인민군들이 패퇴하자 그는 부역자의 오명이 씌워졌을 것이다. 그러니 아내인 그녀에게 짧은 말을 남기고 산으로 들어갔다는 것. 남편이 떠나고 다시 군경이 들어왔을 때 그녀는 빨갱이 남편을 둔 죄목으로 모진 고문을 감당해야 했다는 것. 그녀는 당시를 이렇게 전했다고 했다.

'고문이 한두 번으로 끝났던 게 아니었다는 것, 어디에 있는지도 모르는 남편을 찾아내라며 참나무 몽둥이로 무차별 타격을 가하는데 너무나 고통이 심해 혀를 깨물고 자살을 할까도 했었다고. 그 해 초겨울, 잠을 자다가 한밤중에 끌려가 남명 선생 묘비석에 꽁꽁 묶이게 되었을 때, 결국은 이렇게 죽는구나 하는 생각이 드니 차라리 남편 곁에서 죽어야겠다는 생각뿐이었고, 밤새도록 용을 쓴 덕분에 포승줄이 풀려 무작정 산줄기를 타고 산으로 올라갔다는 것.'

그렇듯 그녀는 공산주의가 뭔지 하나도 몰랐고 산에 들어간 유일한 동기는 오직 남편을 한 번 보아야겠다는 일념이었을 것이다. 그러다가 얼마 지나면 집으로 돌아가게 되리라 믿었고, 입산 자체가 죄가 된다는 생각을 그녀 자신은 해보지 않았을 것이다. 가난하지만 순박했을 어린 신부는 생각지도 않게 스스로 무시무시한 빨치산이 된 것이다.

길고 긴 지리산의 겨울, 허리께까지 쌓인 눈 더미 속에서 허기를 이기며 열세 번의 겨울나기, 비좁은 토굴 속에서 어떻게든 동상에 걸리지 않으려고 눈을 뭉쳐 그것으로 맨살을 문지르던 악몽 같았던 시간들이었다는 것. 마지막 두 명만이 남아있던, 둘은 식량을 구하기 위해 친척 집에 들렀다가 잠복해 있던 경찰에 의해 오른쪽 다리에 관통상을 입고 붙잡혀 산 속 생활을 마감했고 그 후 그녀는 무기징역을 선고받고 진주교도소에서 긴 수형생활. 살아서는 나가지 않겠다던 독한 마음을 바꿔 1985년 전향서에 도장을 찍고 8·15특사로 가석방. 막상 출소했으나 불구된 몸을 의탁할 데는 없었다는 것. 부모님은 돌아가셨고, 경찰관이 소원이었던 남동생 연좌제(緣坐制)에 묶여 그 꿈을 접어야 했고 그 후 그녀와 등을 돌리고 이미 의절했으니. 그녀는 23년간 옥살이를 하고나서 노인이 되어 다리를 절뚝이며 부모님의 묘소를 찾아갔을 때 고향사람들은 그녀를 보려하기는커녕 대문을 걸어 잠그고 욕을 해댔을 것이다.

파란만장한 삶이야 그렇다고 치고 그녀 역시 외롭게 쓸쓸하게 누구나 맞는 죽음을 맞이했겠지만 그 살아온 삶의 흔적은 남기고 죽었다. 꿈속에서 나타났던 그 소녀는 동생을 찾아오지도 않았으니, '빨치산은 총 맞아 죽고, 굶어 죽고, 얼어 죽는다'는 말처럼, 이름 모를 골짜기에서 그렇게 '세 번' 죽었을 것이다.

그녀가 터미널에서 기다린다는 설렘을 가져야하는데 그는 마음이 무거웠다. 터미널에 버스가 도착했고 내리면서 주변을 두리번거렸다. 그녀는 보이지 않았고 대합실 안으로 들어갔을 때 그녀도 입구를 들어서고 있었다.

"언제 도착하셨어요. 차가 밀려서 조금 늦었다 싶었는데."

"네 방금 전에 도착했어요. 웬일이세요. 이렇게 마중처럼 나와주시고."

"지리산에 다녀오신다니 그 정기를 조금 받고 싶어서요. 왜 반갑지 않으신가 봐요."

“그런 게 아니고 황송스러워서 그렇죠. 아무튼 고마워요. 서울에 가깝게 와서 너무 슬픈 꿈을 꾸어 마음이 무거웠는데.”

“무슨 꿈이었는데요?”

“꿈 이야기는 조금 이따 하고 저녁 먹으러 갈까요? 지난번에 너무 미안했어요. 그 사람도 이해가 되기는 하지만. 꼭 그렇게 할 필요는 없을 것 같은데.”

“좀 엉뚱하지만 미련이 있기 때문에 그랬을 것 같다는 생각을 했어요. 그렇다고 손에서 빠져나간 고기가 커보여서 그랬을 건 아닐 거잖아요.”

“글쎄 현순 씨한테 당시엔 너무 죄송스럽고 미안했어요. 뭔가 특별한 관계였다면 제 발 저리듯 한 마음이었겠지만…. 뭘 먹으러갈까요?

“산에서 내려오셨으니 고기 먹으러 가요. 이제 떠나신다니 뱃심도 있어야할 것이고.”

“그러지요. 날씨가 그러니 삼겹살은 좀 그렇고, 막국수에 편육으로 하죠. 막국수 좋아하세요?”

“네 좋아해요. 냉면보다는.”

“조금 걸어가야 해요. 걸어가면서 얘기하는 게 좋아요. 마주보는 것보다 한 방향을 보면서 얘기하는 것, 손을 잡을 수 있다면 더 좋겠지요.” 현식은 쑥스러운 듯 웃었다. 한여름의 열기는 밤에도 따끔거렸다.

“이 꽃 이름 아세요?”

"그럼요. 옥잠화여요. 시골집 뒤꼍 그늘에서 봄이면 뿔 고동 같은 싹을 띄우고 한여름에 뿔 나팔 같은 꽃을 피우곤 했지요."

"그러셨군요. 향기도 기억하시나요?"

"향기요?"

"그럼요. 여름밤에 길을 가다가 뒤를 돌아보게 하는, 누군가 부르는 것 같은. 한 번 맡아보실래요."

"정말이네요. 은은하면서 진한 향기, 참 아까 꿈 얘기 좀 해주세요."

"산에 사는 분들에게서 그 지리산에서 있었던 많은 이야기를 들었어요. 그 이야기 중에 어린 한 소녀가 꿈에 나타났어요. 여순사건 후 좌익에 연루돼 부모가 한꺼번에 돌아가시고 고아가 된 자매가 먼 친척집에 맡겨졌는데 어느 날 밤에 산에서 내려온 사람들이 자매 중에 초등학교 5학년인 언니를 데려갔대요. 그 후론 소식을 모르고. 그 소녀가 나에게 동생의 안부를 물었어요."

"그래서 뭐라고 했는데요?"

"지난 번 처음 만났을 때처럼 뭔가 이야길 하려다가 잠이 깨었어요."

"이제 살아있다면 할머니가 되었겠네요. 꿈에서 단발머리 소녀의 모습으로 나타났다면 아닐 수도 있고."

"어른들이 대부분이었지만 그 당시 많은 아이들도 흔적도 없이 흙이 되었을 테지요. 이제 그만 이야기해요. 저 앞이 식당이에요." 둘이 식당에 들어섰을 때 식당은 시원했다. 현식은 편육과 막걸리, 막국수를 시켰다.

"오늘은 제가 살게요. 몽골에 가서 돈 많이 벌면 현식 씨가 그 후엔 전부 사세요."

"마중처럼 나와 주신 것도 고마운데 밥까지 얻어먹으려니 좀 그러네요. 아무튼 맛있게 먹겠습니다."

"그곳에 가서 무얼 하실 건지 구체적으로 정한 것이 있으신가요?"

"아뇨. 전번에 말한 대로 아는 선배가 그곳에서 중고자동차 매매 일을 하고 있으니 좀 관망해보고 정하려고요. 좀 막연하죠. 이 땅을 떠나기 위한 것처럼. 근데 막국수 맛이 어떠신가요?"

"막국수 맛이 뭐 막국수 맛이지요. 좀 더 '막'스럽다면 좋을 것 같아요." 그 말을 하고나서 그녀는 웃었다. 술이 오가고 둘의 얼굴은 조금씩 붉어졌다.

"현순 씨 좀 어려운 거 물어봐도 돼요?"

"어려운 건 묻지 마세요. 아는 게 빈약하니. 근데 뭔데요?"

"현순 씨 결혼은 하신 거지요?"

"그게 뭐 어려운 거여요. 당연히 했겠지요. 이제 사십대 중반을 넘어서는데, 근데 지금은 혼자에요. 말하기가 좀 그렇지만 버림받았다고 해야 하나. 그 자가 바람을 피웠어요. 그것도 내 친구하고. 결국 서로가 서로를 버린 거겠지요. 그래서 다시는 남자를 안 만난다고 했는데 산에서 내려왔다니 현식 씨를 만나고 있는 거여요."

"그게 무슨 말이에요. 내가 뭐 간첩이나 파계승이라도 되는 것처럼 말씀하시네요."

"그런 건 아니고요. 연민이겠지요. 현식 씨에 대한 연민인척 하지만 결국 나에 대한 연민이겠지요. 누군가 연민이란 '편견에 감금되어 있는 자신을 해방시키려는 노력이다'라고 했는데 그 말은 어려워요. 그저 마주하고 있는 타인의 상황을 나의 감정에 이입시키는 거라고 생각해요. 연민의 또 다른 기능으로 '내 마음 속에 응어리졌던 쓸데없는 감정을 정화시킨다'라는 말도 마찬가지여요. 아까 현식 씨가 산으로 들어간 어린 소녀 이야기를 했는데 어쩌면 그건 약간 작위적인 연민이라고 생각했어요. 한 번도 본 적도 없는데 그런 감정을 갖는 건 그럴 수밖에 없는 거잖아요. 그 감당할 수 없었던 배신과 원망에 대한, 죽기를 작정한 적도 있었어요. 한 사람에 대한 배신이 아니라 둘에 대한 배신감 때문에." 현식은 아무 말도 하지 않고 술을 마셨다. 다들 멀쩡한 척 살고 있지만 아픈 사람들이 많구나 하는 생각이 들었다. 내친 길이었다.

"아이들은 없었나요?" 이번엔 그녀가 거푸 술을 마시기 시작했다.

"아들이 하나 있는데 그 자가 데리고 갔어요. 결국 그 자도 아직 혼자이니 아이 할머니가 키워주고 있지요. 어려서 헤어졌으니 고통이 덜 했어요. 모성을 이야기하지만 여자는 모진 면이 더한 것 같기도 하고. 사실은 그 고통을 이기려고 여기저기 봉사활동에 참여하기도 했어요. 아이를 버렸다는 고통을 이기기 위하여, 참회하는 마음이기도 하였겠지요. 그렇다고 어미로서의 허물이 지워질 수는 없었지만요."

그녀의 이야기가 끝났을 때 둘은 한동안 말이 없었다.

"나는 지금 힘들지만 현순 씨는 과거로부터 힘들었던 거네요. 앞으로 좋은 일이 있었으면 좋겠네요. 혹시 점집에도 가보셨나요?"

"안 가봤다면 거짓말이겠지요. 혼자서는 못가고 친구랑 같이 몇 군데 갔었어요. 운명이라는 사슬을 들여다보고 싶은 흔하면서도, 뭔가 수렁에서 빠져나오려는 비참한 몰골이었겠지요. 뭔가 비책을 받아내고 싶은. 점쟁이가 그러더군요. 섣불리 나서지 말고 기다리라고, 사십대 중반을 넘어서야 제대로 된 남자가 굴러든다고, 그 말을 믿을 수밖에 없었지요. 다른 방도가 없었으니 그랬을 거여요."

"그럼 지금도 그 말을 믿고 있는 건가요?"

"당연하지요. 안 믿으면 어떻게 하겠어요. 그렇다고 돈도 없고 능력도 없는 산에서 내려온 사내가 점쟁이가 얘기한 그 사내는 아니겠지요. 그래도 괜찮아요. 나에게 싸구려 연민이라도 남아있다는 것이 다행스러우니까요. 그것도 운명인지 모르겠어요."

그 말끝에 그녀는 황당한 표정이었다.

"그래요 그게 현순 씨 운명인 것 같네요. 운명을 존중해주셨으면 좋겠어요."

"무슨 소리를 하는 거여요. 아직은 꿈을 꾸고 싶은 소녀이고 싶은데.”

“그렇다고 흔히 하는 말로 백마를 탄 왕자가 앞에 나타나리라는 꿈은 현순 씨의 운명이 아닐 것 같으니 잘 생각해보세요.”

둘은 씁쓸하게 술을 넘겼다.

“아직도 두리번거리는걸 보니 아직 불안한 마음이 있는가보네요?” 그녀는 약간 빈정거리는 투로 그에게 말을 던졌다.

“그런가요. 지난번에 너무 당황스러웠던가 봐요. 앞으로 유의하겠습니다.” 둘은 자리에서 일어났다. 현식은 몸이 흔들렸다. 밤이었는데도 식당을 나오자 열기는 다시 따끔거렸다.

“조금 걷다가 편의점에서 맥주 한 잔 하고 가요.” 그녀도 조금 흔들렸다.

“다시는 사내 같은 것들은 처다 보지도 않겠다고 했는데 왜 다시 흔들리는 건지 모르겠네요. 산에서나 내려오는 별 볼일도 없는 분한테 말이에요.”

“사랑이란 무엇일까요?”

“뭐 질문이 그래요. 사랑하는 사람을 사랑의 숙주라 이야기하는 소설을 읽어본 적이 있나요? 사람이 사랑 속으로 들어가는 것이 아니라 사랑이 사람 속으로 들어온다는 것. 이성간의 사랑을 기준으로 한다면 사랑을 시작하는 기점으로 사람이 변한다는 것을 그렇게 이야기하는 것이겠지요.”

“그 말을 들으니 예전에 산에서 만났던 한 젊은이가 생각나네요. 그 친구는 혼자 산에서 비박을 하고 내려가던 길에 만났는데, 그런 이야기를 했어요. 연애할 때는 마음에 들지 않아도 이해할 수 있는 여유와 아량이 있었는데 결혼 후에는 그게 되지 않더라고. 결국 그 갈등이 깊어져 두 해만에 이혼하게 되었다고. 그 말이 일견 사실인 것 같기도 해요."

"아무튼 사랑과 결혼은 다른 거잖아요."

"그 말은 사랑과 질투의 그림자에서도 나타나는 것이잖아요?

"질투는 사랑의 함량을 나타내는 것이 아니라 사랑 속에 숨겨졌던 결핍을 나타내는 것이라면 같은 말이겠지요. 결국 사랑과 결혼은 같은 의미일 거구. 대개의 사람들은 사랑이 빠져나가면 평생을 질투 속에서 허우적거리며 살게 되는 것일 거구. 현순 씨의 과거는 이와 다른가요?"

"그건 너무 가혹한 질문이네요. 그 자가 바람을 핀 것도 결국 숨겨졌던 결핍 또는 약점이라고 하고 싶어요." 둘은 편의점 앞에 멈춰 자리를 잡았다. 현식은 캔 맥주와 오징어포를 사들고 나왔다.

"날씨처럼 너무 무더운 이야기를 나누었네요. 저녁도 잘 먹었고 평원에서의 전투와 행운을 위해서 다시 한 번 건배해요. 누군가 보고 싶을 그리움의 대상이 생긴 것이 더 먼저겠지요."

둘은 캔을 부딪치고 맥주를 마셨다.

"아직은 잘 모르겠어요."

"잘 모르겠는 대상이 현순 씨 자신인가요? 아님 나인가요?"

"결국 나를 잘 모르는 거겠지요. 아니면 모르는 척 하는 것이거나.” 다시 둘은 일어섰다.

“한 방향을 보고 걷는데 손도 잡으면 좋을 것 같은데.” 현식이 쑥스러운 듯 말을 마쳤을 때 현순은 현식의 손을 잡았다.

“지하철로 가실 거예요?” 현식이 물었을 때 그녀는 아무 말도 하지 않았다. 한참을 걸었을 때 현식이 거처하고 곳에 이르는 골목이었다.

“집에 들렀다 가실래요?” 현식의 말은 방향 없이 흩어졌다. 그녀는 말이 없이 돌아섰다. 현식은 멍하니 보고 있다가 그녀를 따라가 어깨를 감쌌다.

“잠시라도 들어갔다 가요.” 그녀는 취기가 올라오는지 머리를 흔들었다. 현식은 그녀의 손을 잡고 돌려세웠다. 그녀는 말없이 따라왔다. 문을 열고 안으로 들어갔다. 작은 오피스텔이었다. 그녀는 방에 들어서자마자 자리에 누웠다. 현식은 베개와 이불로 그녀의 몸을 덮어주었다. 현식은 화장실로 들어가 샤워를 했다. 차가운 물이 흐르자 술기운인지 그의 욕망이 꿈틀거렸다. 욕실에서 나왔을 때 그녀는 가늘게 코를 골며 잠들어 있었다. 현식은 양말을 벗겨내고 불을 끄고 그녀의 몸을 반듯이 해 주었다. 자리에 누웠지만 현식은 쉽게 잠들지 못했다. 본능을 억제해야 한다는, 그보다는 그녀의 반응을 알 수 없거나 볼 수 없다는 것, 당장의 욕망을 억제해야 한다는 괴로움이었다. 술기운은 욕망을 흔들었다. 잠들어있는 그녀의 몸을 보지 않으려했지만 그의 눈은 자꾸만 거기로 향했다. 현식은 잠을 설치며 설핏 잠이 들었다가 눈을 떴을 때 현순의 자리는 비어있었다. 자리에서 일어나 그녀의 흔적을 더듬었을 때 현관의 신발도 없었다. 현식은 갈피를 잡을 수 없었다. 이불을 정리하는데 접혀진 작은 메모지 한 장이 떨어졌다. 현식이 그녀의 흔적을 더듬거리듯 급하게 메모지를 펴들었을 때 벌레처럼 작은 글씨들이 기어 다니고 있었다.

어둔 밤이 왜 오는지 현식 씨는 잘 모르는 것 같네요.

한 번 가면 지난밤은 다시는 오지 않는 밤인데 ㅋㅋ.

현식은 점퍼를 걸치고 밖으로 뛰어나갔다. 아직 어둠이 가시지 않은 골목길은 텅 비어 있었다. 청소부 아저씨가 밤의 잔해를 비질하며 들어내고 있을 뿐. 지하철역 입구까지 달려 나갔지만 그녀의 흔적은 보이지 않았다. 역사 안까지 들어가 한참을 두리번거렸지만 그녀의 뒷모습을 찾지 못했다. 달려 내려갔던 길을 되짚어 오르며 현식은 어린 시절 할아버지 제삿날 동전을 주머니에 넣고 주막으로 갔던 길에 동전을 잃어버리고 절망스런 모습으로 지나간 길을 다시 오르던 자신의 모습이 떠올랐다. 어둔 밤이 왜 왔던 거지? 그녀는 뭔가 자신을 구속시키려는 몸짓으로 취한 척 현식의 집에 들어왔을지도 모른다는 생각을 했다. 어젯밤 현식은 욕실에서 물을 흘려 내리면서 단순한 욕정에 사로잡혔지만 그녀는 단순한 욕정이 아닌 그녀의 전부를 거는 욕망을 숨긴 채 취한 척 잠든 모습을 보였을 것 같다는 생각을 했다. 어쨌거나 지나간 밤은 다시 오지 않는 거고 현식의 머리는 복잡해진 채로 집으로 돌아왔다. 밤이 지나면 아침이 오는 것은 당연했지만 당장의 현실도 불확실했다. 몽골로 가야 하는 날이 내일이었다. 짐을 맡길 곳이 없었으므로 거처하고 있는 곳은 비울 수가 없었고 언제 돌아올지 모르지만 작은 공간을 정리해야 했다. 간단히 아침밥을 해먹고 현순에게 전화를 했다. 그녀는 전화를 받지 않았다. 거듭 전화를 하면서도 현식은 그녀가 전화를 받지 않을 거라고 생각했다. 옷가지를 챙기고 짐을 꾸렸다. 선배가 당연히 투자금을 말할 것 같은데 얼마를 말할지, 현식은 막연히 걱정했다. 떠나기 전에 딸아이의 얼굴은 한 번 보고 떠나야겠다고 생각했다. 오늘이나 내일 여름 방학이 시작된다고 했으니 학교 앞에서 기다리면 만날 듯 싶었다. 아내에게 전화를 하고 만나는 것이 이제 불편했다. 전학한 학교는 알고 있었기에 교문 앞에서 기다렸다. 현식은 교문 앞에서 기다리면서 초등학교시절 기다리던 여름방학을 떠올렸다. 겨울방학과는 달리 여름방학은 늘 아쉽게 끝나가곤 했다. 밀린 숙제만큼 산과 들로 미뤄놓은 놀이들이 그때까지 숱하게 남아있었기 때문이었을 것이다. 현식은 자신의 문제에만 집착하여 딸아이에게 소홀했다는 자책감이 들었다. 아마 아내에 대한 원망 때문이라고 자신을 합리화했을 것이다. 종업식을 마친 아이들이 한꺼번에 쏟아져 나오기 시작했다. 딸아이의 모습을 찾아서 현식의 눈이 바빠졌다. 아이들 틈에서 예진이가 보였다.

“예진아.” 현식은 반갑게 딸아이의 이름을 부르며 달려갔다.

“아빠, 웬일이야?” 예진이는 반가움보다는 서먹해하며 경계하는 눈치였다.

“예진이 보고 싶어서 왔지. 잘 지냈니. 엄마도 잘 계시고?” 예진이는 말이 없었다. 학교를 돌아 나오니 빵집이 보였다.

“예진아 여기 잠깐 들렀다 갈래?” 둘은 빵집으로 들어갔다. 빵과 음료수를 사고 자리에 앉았다.

“예진아 아빠 보고 싶지 않았어? 공부는 열심히 했고?”

“아빠랑 엄마는 왜 그래? 어른이 되어가지고 서로 싸우기나 하고. 난 창피해 죽겠어.”

“그래 예진아 미안해. 아빠가 미련곰탱이 같아서 그런걸 뭐. 방학되면 뭐할 거야?”

“뭐하긴 놀아야지. 근데 아빠는 어떻게 지내?”

“응 잘 지내고 있어. 내일 몽골에 가. 일할 데를 알아보려고.”

“다시 합쳐서 같이 살면 안 돼? 엄마도 힘들어하는 것 같은데.”

“글쎄 합치기는 어려울 것 같고, 이제부터라도 좋은 아빠가 되려고 노력할게. 아직은 공부를 열심히 했으면 좋겠어. 조금 더 커서 좋아하고 잘할 수 있는 것도 찾아보고, 알았지.”

“알았어. 엄마는 아빠를 미워하지만 나는 아냐. 아빠도 힘내.”

“그래 고마워. 예진이가 응원해주니 힘이 나네.” 현식은 지갑에서 용돈이라며 얼마간의 돈을 건넸다. 빵집을 나와 현식은 아이의 손을 잡고 처가로 다녔던 집 앞까지 갔다.

“들어가거라. 엄마에게 아빠 만났다는 이야기는 네 마음 내키는 대로 하고, 아빠가 다시 연락할게. 예쁜 딸 한 번 안아볼까.” 현식은 아이를 한 번 안아주고 돌아섰다. 아이에게 눈물을 보이기 싫었다. 아비라는 존재는 생물학적으로 씨만 뿌리고는, 양육에 있어서는 형편없는 존재지만 아이가 위험에 처할 때는 상황이 다르다. 아비라는 존재는 아이를 위해 단숨에 목숨을 버릴 수도 있는 존재인 것이다. 현식은 자신의 존재가 바람이 된 것 같았다. 바람은 무언가에 닿아야 소리를 낸다. 지금은 사납게 소리를 내고 있는 것이다.

솔롱고스

다음 날 공항으로 가면서도 현식은 뒤를 돌아보듯 현순을 생각했다. 어젯밤 일을 후회했지만, 고개를 흔들었다. 방학이 시작되면서 공항은 북새통을 이루고 있었다. 요즘 취업을 앞둔 젊은 이들이 가지가지 스펙이라는 것을 만들어가듯이 세대를 구분하지 않고 이제는 해외여행이 삶의 일부를 차지하게 되었다. 여행수지적자는 해마다 그 분량을 바꿔나간다. 중국의 사드 보복에 대한 여파도 작용했을 것이다. 누군가는 우리 몸속에 유목인 기질이 내장되어 있었을 것이라고도 했다. 공항을 나가는 것도 들어오는 것도 번잡스러웠다. 몽골에 도착하면 새벽시간이었다. 비행기는 이륙하여 바다를 건너는가 싶더니 가끔씩 불빛이 보이는 산맥을 건너갔다. 그곳은 서울보다 한 시간 뒤에 해가 진다. 그러나 4월부터 서머타임이 적용되면 우리와 같은 시간이 된다.

떠나기 전 여행기에서 읽었던, 솔롱고스를 생각했다. 몽골어로 '솔롱고(Solongo)'는 무지개라는 뜻이라고 했다. 대부분 유목민이었던 대지의 시대는 지나고 몽골초원의 젊은이들도 도시로 모여들었고 수도인 울란바토르에는 전체 인구의 반에 가까운 사람들이 모여 산다. 60년대 이후 우리의 산업화과정에서 나타났던 현상과 다름 아니었다. 몽골의 젊은이들에게 솔롱고스는 '무지개의 나라 한국'이라는 의미라고 했다. 북반구 고위도에서의 길고 긴 여름날 광활한 초원에 뜨는 반원형의 무지개, 몽골은 우리와 체형이나 언어 그리고 문화와 관습적 면에서 비슷한 점이 많다. 역사적으로도 두 나라가 직접적으로 깊이 얽혔던 관계로 그 애증관계가 뿌리 깊게 존재하고 있다. 경제적인 것에서부터 많은 것이 앞선 동쪽에 있는 우리나라를 몽골의 젊은이들이 솔롱고스라 한다지만 그건 이전 역사의 슬픈 산물이었다.

원나라 시절, 매년 고려의 많은 미혼 처녀들이 공녀로 끌려가야 했었다. 인기리에 방영되었던 사극 '기황후'에서의 기황후도 고려의 공녀출신이었다. 30년 동안 일곱 차례나 전쟁을 치렀지만 무신정권이 무너지고 굴욕적인 강화조약을 맺게 된다. 공물과 전쟁물자는 물론 나이 어린 처자들까지 바쳐야 했던 슬픈 역사의 시작이었다. 하층민 출신은 물론 권력가의 처자들도 그 대상이었다. 그렇게 먼 길을 간 처자들은 원의 고관대작이나 군사들의 처첩이나 왕실의 궁녀로 들어갔고, 그것은 일부 문신들을 포함 자신들의 안위를 위해 대의를 버린 슬픈 질곡의 역사였다.

현식은 비행기를 타고 세 시간을 더 가면 그곳에 도착하겠지만 이전에는 말을 이용하거나 걸어서 이동했을 것이다. 물론 당시 어린 처자들이 끌려갔던 곳은 현식이 가는 곳, 울란바토르는 아니었을 것이다. 당시는 원나라시절이었으니까. 열하일기에 보면 북경까지 걸리는 시간은 두 달을 넘긴 것으로 나와 있으니 말이다. 그 먼 길을 갔던 나이어린 처자들. 그렇게 먼 길을 가서는 왕실과 귀족들의 집에 정착해 살면서 고려 풍속과 문물을 확산시키는 역할을 했을 것이고 그중에서 자녀들의 돌과 명절, 혼인날 지어 입혔던 색동저고리가 무지개를 연상시켰기 때문에 '무지개 옷을 입는 나라에서 온 처녀들'이라고 부르기 시작해 한국을 솔롱고스라는 말이 시작됐다고 한다. 그렇듯 전설처럼 슬픈 역사의 상흔이 숨겨져 있는 말이었는데 이제는 그곳의 젊은 이들이 동경하는 땅으로 변하였다.

울란바토르 칭키스칸 공항에 도착한 시간은 자정이 넘은 시간이었다. 외국인이 한 국가를 처음 대면하는 얼굴과도 같은 공항 이름은 도시의 이름대신 유명인의 이름을 옮겨다 쓰기도 한다. 그 중에는 나름 훌륭하게 대통령직을 수행한 정치인이 많고 예술가들도 있다. 대부분 근세에 존재했던 이들이고 드물게는 로마에 있는 공항의 레오나르도 다빈치가 있다지만 칭키스칸은 오래된 인물이다. 우리의 인천공항도 세종공항으로 고민했다지만 몽골에서 칭키스칸은 특별한 사람이다.

13세기, 수많은 부족 간의 전쟁이 끊이지 않던 평원에서 그 자신의 삶도 모진 모래바람처럼 거친 풍파를 이겨나가야 했지만 몽골의 평원을 통일하고 유라시아 대륙의 절반 이상을 아우르는 사상 최대의 제국을 수립한 칭기즈칸. 그에 대한 믿음 하나만으로 사막을 가로지르고 눈보라를 헤치며 강을 넘어 광활한 몽골제국을 건설한 몽골 유목민들의 후예들, 지치지 않고 달렸다는 말들과 그 기동력을 더욱 강화시켜준 몽골군의 독특한 군장과 무기들, '복종하도록 하는 것보다는 추종하도록 하라.'는 말을 남겨 천년이 지난 오늘날의 새로운 리더로 재조명받게 된 그의 특별한 인간관계와 통솔력의 비밀은 무엇이었을까를 생각하며 입국수속을 마치고 나왔을 때 선배가 나와 있었다.

"칭키스칸의 나라 몽골리아에 오신 것을 격하게 환영합니다." 선배는 좀 과장되게 어깨를 감쌌다.

"꼭두새벽에 나오시느라 고생하셨습니다. 잘 계셨지요?"

"나야 뭘, 주차장으로 가서 숙소로 가자."

"요즘 하시는 일은 어떠셨어요?"

"글쎄 좋아지긴 하는 것 같은데 두고 보아야지."

"정치적으로 어때요?"

"늘 바람이 부는 땅이야. 겨울이면 우리 땅에도 이곳에서 날아간 황사가 몰아치듯이. 황량한 초원지대에서 부족끼리 싸우다가 제국을 이루었는데 다시 망하고 우리처럼 안과 밖으로 나눠지고 그렇게 세월이 흐르다가 공산혁명으로 소비에트연방공화국이 세워졌을 때 소비에트연방공화국을 등에 업고 몽골 인민혁명당을 조직한 수흐바타르는 1921년 7월 11일 당시 소련과 연합하여 중공군을 몰아내고 몽골 독립을 선포했지. 그래서 그를 몽골혁명의 아버지라 불리게 되고 동상이 세워진 것이지. 이를 기념하여 7월에 몽골의 최대축제인 나담 축제가 열리는 거고. 2차 대전 종료 후 한반도가 남북으로 나뉘어 미국과 소련의 군정 하에 들었던 것처럼, 물론 우리와는 역사적인 사정이 다르지만 몽골도 외몽골과 내몽골로 땅이 갈려지고. 다만 외몽골은 러시아의 영향력 하에 몽골인민공화국으로, 내몽골은 중국에 편입시켜 중국의 첫 번째 자치구로 남겨두었던 것이고. 구소련이 소비에트공화국이 되었을 때 처음 그 바람을 따랐고 다시 소련이 망했을 때 역시 그 편에서 이탈했지. 내가 이곳에서 몇 년 살면서 느낀 것은 칭키스칸의 바람과도 같은 전설이었어. 진시황이 그가 가진 권력의 크기만큼 죽음의 공포로 전율한 흔적을 남긴 것과는 다르게 그는 왜 그와 다르게 흔적을 남기려고 하지 않았던 것인가를 생각했지. 결국 그는 자신은 물론 그가 이루었던 그 거대한 제국의 흔적마저도 바람과도 같이 사라질 것이라는 것을 예감했을지도 모를 일이고. 오늘날 그가 존재했던 대지보다 그 변경에서 그를 더 추앙한다는 것은 추락해가는 제국의 미련처럼 한갓 인간의 욕망일 것이라는 생각을 했어. 나와 너의 욕망처럼 말이지. 그 후손들도 바람처럼 사라진 그를 내세워 현실적인 자신들의 욕망을, 바람처럼 사라진 자존감을 조금이라도 채워보려는 몸짓으로도 보인단 말이지. 현실정치까지야 잘 모르고, 이제 이 곳 사람들도 남들보다 잘 살겠다는 욕망의 바람이 불고 있다는 것 정도만 알고 있지."

"선배는 사업보다 작문이 더 취향에 맞을 듯한데, 어때요?"

"그래 그럴지도 몰라. 역시 사업은 아무나 하는 게 아니라는 걸 새삼스럽게 깨닫기도 하지. 너한테는 환상을 심어주지 못해서 미안하지만." 숙소에 도착했을 때 아직 어둠이 가시지 않고 있었다.

"피곤할 텐데 오전까지는 쉬고 점심시간 쯤 회사로 나와."

선배가 정해준 방은 작고 지저분했다. 방은 세 개였는데 나이 든 여자 하나와 젊은 여자도 같은 집에 사는 듯 했다. 낯선 곳으로 여행을 온 것인지, 밥벌이를 하러 온 것인지 현식은 아리송했다. 자리에 누웠지만 잠이 오지 않았다. 방을 정리하고 선배가 알려준 회사로 찾아갔다. 날씨는 청명했지만 태양이 가까워진 듯 뜨거웠다. 시 외곽으로 주택들이 산을 올라가듯 이어지고 있었고 시내는 온통 공사판이었다. 선배의 회사는 상가건물이 모여 있는 외곽이었다. 계단을 올라 이층으로 올라갔을 때 사무실 안에 선배가 있었다. 문을 두드리고 안으로 들어갔다.

"어서 와, 피곤하지. 여기 직원들하고 인사나 해." 현지인들인 듯한 직원들이 자리에서 일어나 인사를 했다. 직원은 선배를 포함해 세 명이었다. 직원 한 명은 선배의 거처에서 만난 젊은 처자였다. 선배는 그녀를 매니저라고 소개했다. 선배는 한국에서 중고차를 수입하여 판매하는 일을 하고 있었다. 선배는 5년 전부터 이곳에 있었으니 언어는 어느 정도 소통할 수 있었지만 현지인을 끼지 않고는 일을 할 수 없을 것이다. 선배는 회사가 돌아가는 사정을 설명했다.

"대부분의 생필품을 수입해야 하는 이곳에서 성수기는 우리의 설날과 같은 '챠강사르'와 7월 중순경에 열리는 '나담축제', 그리고 9월경의 새 학기와 연말 등 1년에 4번 정도라고 봐야하지. 신차의 수요는 거의 없고 대부분 중고차야. 주택사업 등 건설경기 활성화되고 있어 굴삭기 등 중장비의 수요도 늘어나고 있고. 네가 오면 어차피 사업을 확장해야 하는데 중장비 쪽을 공략하려고 해. 사업자금을 융통하고 있지만 너도 형편이 되면 1억쯤은 가능하겠지?

선배는 담담하게 말했다. 그것이 순간 현식을 흔들리게 했다.

"선배도 알다시피 제가 많은 퇴직금을 받은 것도 아니고 그 정도는 어려울 것 같은데요."

당연히 투자금을 말할 것이라고 생각했지만 너무 빠르게, 게다가 많이 요구한다는 생각을 했다. 먼저 들어와 사업을 했던 사람들이 실패하고 다시 투자자를 끌어들여 사기를 쳐 생존해가는 일이 많다는 것도 대충은 알고 있었다. 현식은 선배가 그럴 위인은 아닐 거라고 철석같이 믿고 있었다.

"그럼 얼마정도나 가능한데?" 선배는 난처한 표정으로 현식을 보고 있었다. 현식은 5천을 이야기했다.

"그 정도로는 동업을 할 수가 없지. 개인적으로 다른 일을 찾아보든지 여행을 하러 왔다손 치고 며칠 머물다 가든지." 선배의 말은 부드러우면서도 단호했다. 현식은 잠시 고민에 빠졌다.

"그럼 7천정도, 그 이상은 어찌할 수 없습니다." 선배는 다시 난처한 듯 창밖을 내다보더니, "그래 그러도록 하자. 돈은 바로 입금시키도록 하고."

너무 쉽게 결정한 게 아닌가 고민했지만 선배를 신뢰할 수밖에 없었다. 하루가 저물고 선배는 환영회를 겸하여 저녁을 먹는다며 식당으로 갔다.

"멀리서 왔으니 특별한 음식으로 대접해야겠네. 몽골은 방목이 쉬운 양고기와 염소고기가 주류를 이루지. 이곳 사람들은 채소에서 흙냄새가 난다고 좋아하지는 않아. 겨울철이 길고 농사짓기도 어렵고, 곡류와 채소는 귀하면서도 선호하는 편은 아니야. 그리고 중국을 포함한 동남아국가들처럼 향신료를 잘 쓰지도 않고. 음료는 우유로 만드는 수태차를 주로 마시고 티벳 등과는 대조적으로 식물성 차는 귀한 거지."

"유목생활이다 보니 뭘 싸가지고 다니는 것이 어려웠겠지요, 물도 귀한 것이고, 그래서 고기를 물로 씻으면 맛이 없어진다고 생각했을 거예요. 한국에서는 내장요리를 하려면 온갖 방법으로 냄새를 제거하지만 여기 사람들은 내용물만 제거하고 그대로 요리하는 편이지요. 피도 마찬가지고요. 피를 버리면 늑대 등 야생동물들이 들이닥칠 위험도 있으니 피를 빼지도 않아요. 소금도 귀한 편이어서 소금을 많이 넣은 음식을 선호하는 편이어요. 이제는 외국인들이 많이 들어와 덜해졌지만." 매니저 아가씨가 선배의 말을 이었다.

“오늘 너를 위해 특별히 주문한 요리는 허르헉이라는 요리야. 우리는 국물을 낼 때 여러 번 우려내기도 하지만 여기서는 뒤통수를 맞을 짓이지. 가난할 뿐만 아니라 춥고 긴 겨울을 나야하기 때문에 그 귀한 영양가를 버린다고 생각하는 것이지. 허르헉은 목장의 우유통 같은 양철통에 토막 낸 양고기를 넣고 장작불에 뜨겁게 달군 차돌, 다시 소금 간을 한 감자와 양파 등의 야채를 넣고 3시간이상 끓여야 하는 몽골에서는 최고의 요리지. 이동이 잦은 유목민들이 영양을 섭취할 수 있는, 우리로 치면 전골 같은 요리라고 해야 하나.” 사전에 주문을 했던지 요리가 커다란 그릇에 고기가 담겨 나왔다. 현식은 노린내가 날 것 같다고 생각했지만 심하지는 않았다. 방목했던 양이니 약간 질긴 듯 했지만 오히려 풍미를 다했다. 술은 보드카였다.

“여기서는 아이락이라는 젖으로 만든 발효주가 전통주이지만 오랫동안 소련의 영향으로 보드카를 주로 마시지. 우리의 전통주라 하는 증류주는 고려 때 우리 땅을 침공했던 몽골의 영향을 받기도 했을 거야.” 보드카는 도수가 높아서인지 현식은 목이 타는 듯 따끔거렸다. 매니저라는 여자는 선배와 아주 익숙한 사이인 듯 했다. 후에 안 것이지만 그 여자는 선배와 동거를 하고 있었다. 선배는 한국에서 이혼을 했고 매니저라는 여자와 동거를 시작했는데, 집에 있던 나이 먹은 여인은 그 여자의 어머니였다.

사업은 그런대로 흘러가는 듯했다. 물론 선호도면에서는 떨어지지만 국산 중고차가 일본이나 미국산 자동차보다 저렴하면서도 좋은 이미지 때문에 수입 중고차시장에서 국산차가 차지하고 있는 비율은 높은 편이었다. 수송경로는 인천항과 평택항, 부산항을 통해 중국의 신깡항까지 해상 컨테이너를 이용해 운송되고 이어 몽골횡단철도를 통해 몽골의 접경까지 운송된 뒤 육상운송으로 수도인 울란바토르로 전달되는 경로였다. 몽골의 철도의 궤간은 러시아를 따라 광궤이지만 중국 철도는 표준궤 궤간을 따르므로 몽골-중국 국경에서 대차를 갈아 끼우거나 환적해야 했다. 이 경로는 대몽골 수출에 있어 가장 저렴하면서도 단기간에 배송될 수 있다는 이점 등으로 인해 대부분의 업체가 이용하고 있었다. 문제는 중장비를 수입하면서가 문제였다. 몸체가 크니 노출된 상태로 단기간이라고는 하지만 14일 간이나 이동할 수밖에 없고 중국을 통과하는 현지 주민들에 의해 배터리 등 노출된 부품들이 많이 없어진다는 것이 문제였다.

처음 선적한 중장비가 들어왔던 기간은 한겨울이었다. 몽골의 수도 울란바토르는 전 세계에서 가장 추운 곳이라 할 수 있다. 한겨울에는 영하 40도까지 떨어진다. 여름이 시작하면서 도착한 현식은 9월부터 첫눈이 내리고 11월부터 본격적으로 추워질 때 그 추위를 경험 해보고는 견디기가 힘들었다. 상상하기 힘든 끝없는 대평원처럼 역시 상상할 수 없었던 추위였다. 역에 도착한 중장비를 하역했지만 부품은 다 사라진 상태였다. 기름도 마찬가지였다. 중국을 통과하는 동안 노출된 상태로 이동한 이유였다. 그야말로 살을 에는 추위에 부품을 구해다 다시 조립하는 일은 온 몸이 얼어드는 추위였다. 손이 곱아 움직일 수도 없을 때 현식은 눈물이 나왔다. 속으로는 눈물이 나왔지만 얼굴근육이 움직여지지 않아 눈물을 흘리지도 못했다. 곁에서 보고 있던 역무원들이 겨울철 소의 등에 덮는 덕석 같은 냄새도 가시지 않은 소의 털가죽을 현식의 어깨에 걸쳐주었고 사무실로 안내해주었다. 구매자에게 전달하려면 미룰 수 없는 일이었다. 보세구역을 통과하면서도 마찬가지였다. 상대적으로 우리보다 법이 자세하게 모든 사안을 규정하지 않았고, 따라서 담당자의 재량이 크게 작용하는 경우가 많은 탓이었다. 현식은 중고차는 여러 번 경험했지만 중장비는 아직 익숙하지 않던 분야였다. 대부분의 몽골 세관원은 서류가 미비하거나 설명이 불충분한 화물, 의심스러운 화물에 대해 고율의 세금을 부과하려고 했다. 어렵게 장비를 움직이게는 했지만 고율의 세금을 내야 했다. 선배는 사정도 모르고 현식을 몰아붙였다.

사무실의 사정은 점차 나빠져 갔다. 매니저라는 선배의 동거녀는 씀씀이가 헤펐다. 선배는 매니저를 쉽게 자신의 여자로 만들었다. 어느 한 편 사업상 유리하다고 생각했을지도 모를 일이었다. 그러나 그건 함정이었다. 많은 외국인들이 경험했고 전해지기도 했을 텐데, 그것은 치명적인 덫이었다. 같은 방향을 보고 가야하는 사업파트너로서 긴장관계를 유지하지 못한다는 것은 사업을 포기한 거나 마찬가지였다.

현식은 현순에게 편지를 썼다. 보고 싶다는 말이야 당연한 것이었지만 한 번 들어오라는 말은 하지 못했다. 상황이 나아지면 초원에 풀이 돋아나는 유월쯤 한 번 그러리라는 생각은 막연했다. 현식 자신의 문제도 한심했지만 몽골의 사내들은 대부분 무능력했다. 술에 절어 사는 자들이 많았고 거칠었다. 유목의 척박한 환경에서 자라 자본주의의 각박한 환경에 적응하지 못하고 저항하는 몸짓으로도 보였다. 상대적으로 여자들은 드셌다. 성에 대해서도 개방적인 편이었다. 누군가는 게르라는 개방된 공간에서 공동으로 살아야 했던 영향이라고도 했다. 선배도 그 굴레에서 벗어나지 못했다. 젊은 여자를 데리고 살면서 여자에게 딸린 가족들이 집으로 들어오고 그들도 부양해야 했다. 그러니 사업도 투명하지 못했다. 한번은 현식이 그 문제를 따지고 들었지만 그는 화를 내거나 변명만 늘어놓았다. 현지화폐의 가치가 떨어지는 환율도 영향을 미쳤다. 선배는 현식에게 추가적인 투자금을 요구했지만 현식도 이제는 현실을 직시해야 했다. 현식의 입장에서 많은 돈을 투자했지만 건져낼 수 있는 것은 없었다. 한동안 고민하다가 선배의 집에서 짐을 싸고 나왔다. 알고 지내던 한국인 친구에게 잠시 몸을 의탁하기로 했다. 그렇게도 기다리던 여름이 오고 있었지만 더 이상 그곳에 머무는 것이 지옥과도 같았다. 친구는 여행이라도 다녀오자고 했지만 그럴 용기도 여유도 없었다. 현실도피 같은 몽골행이었지만 너무나 참담했다. 사업은 성공과 실패를 떠나 아무나 할 수 있는 것이 아니었다. 특히 이국에서는 말할 것도 없었다. 선배의 경우와 같이 여자문제는 늘 두드리고 건너야 하는 돌다리였다.

독한 보드카를 마시지 않고는 잠도 잘 수 없었다. 이제 돌아가야 한다고 생각했다. 마지막으로 선배를 만나러 갔다. 선배는 사무실도 거처도 없애고 어디론가 잠적했다. 전화도 받지 않았다. 그의 잘못만도 아니었으니 그를 어쩔 수는 없다고 생각했다.

박 씨

다시 돌아오는 길, 탕자가 집에 돌아가는 몰골이 이럴까 싶었다. 전 재산이었던 돈만을 잃은 것이 아니라 결국 사람도 잃었다. 선배는 원망의 대상이기도 하지만 친구를 잃은 것이기도 했다. 그저 긴 여행이라고 하고 싶었지만 속은 쓰리고 아팠다. 교도소에 수감된 범죄자들의 일반적인 방어기제가 '회피'라고 했다. 자신이 위해를 가했던 피해자들의 아픔은 의도적으로 외면하겠다는 심리, 그만큼 자신과 주변사람들에게 느끼는 아픔은 강한 것이리라. 현식은 자신이 그 모양이라고 생각했다.

밤을 향해 가는 비행기에 타는 사람들의 표정은 어둔 밤을 닮아있다. 일을 마치거나 일을 도모하기 위해서 오가는 이들도 있겠지만 대부분 여행을 마치고 돌아가는 이들, 돌아가기 위해 여행은 떠난다지만 풍선처럼 부풀었던 마음들이 쪼글쪼글 바람이 빠진 모습처럼 보였다. 어떻게 살아가야하나, 기다리는 사람이 없다는 것이 현식을 더 절망스럽게 했다.

비행기는 몽골보다 이르게 여명이 오는 인천공항에 도착했다. 피곤한 몸으로 청사 밖으로 나왔을 때 습한 기운이 짜증을 불러일으키고 있었다. 몽골에서는 나무 한그루가 대단하도록 소중함을 느꼈었지만 갈망하였던 연초록 녹음에서도 습한 기운이 자신을 움츠러들게 하고 있었다. 공항버스를 타고 바다를 건너면서 낯선 듯 갯냄새가 다가왔다. 그래도 전세로 비워두었던 방이 있다는 것이 다행스러웠다. 정류장에서 내려 역시 낯선 골목길을 걸어 올라간다. 현순에게 전화를 하고 싶었지만 그럴 수 없다고 스스로를 억압했다. 먼 곳을 다녀온, 열쇠는 쑥스러운 듯 선뜻 문을 열지 못했다. 사계절이 지나 주인을 맞는 방도 낯가림을 했다. 창문을 열고 구석구석 인사를 나누듯 방청소를 했다. 갑자기 허기가 몰려왔다. 집 앞에 편의점으로 가 라면 두 개를 샀다. 계란과 양파도 샀다. 현식은 자기만의 요리법으로 최대한 고급스럽게 라면을 끓였다. 현식은 라면을 냄비에서 덜어내며 군 시절 장거리행군을 마치고 온 몸이 물먹은 솜처럼 무거워진 채로 복귀하던 날들이 떠올랐다. 부대에 복귀하면 하고 싶은 일들이 얼마나 많았던가, 먼저 목욕탕엘 가야하나, 단골 술집에 가야하나, 친구를 만나야하나 등으로 말이다. 라면을 먹으며 우선 해야 할 일을 생각했다. 우선 단순하게 소위 '알바' 식으로 할 수 있는 일을 생각했다. 이제 허튼 꿈을 꾸지 않기로 했다. 뒤를 돌아보면 결코 원망과 자기학대가 늪처럼 빠져들 것만 같았다. 인터넷으로 자리를 구할 수 있을 것 같았다. 라면을 먹고 포만감으로 자리에 누웠지만 선풍기가 단순하게나마 바람을 만들어주지 않으면 잠들 수 없을 것 같았다.

거센 빗소리가 창문을 두드리는 소리에 잠에서 깨어났다. 어린 시절 낮잠을 자다가 잠에서 깨어나면 어른들이 '학교 가여지' 하며 놀리던 말들이 생각났다. 소낙비가 창문을 두드리니 날씨는 더 후덥지근했다. 오랜만에 돌아왔지만 초라한 몰골로는 누구도 만나고 싶은 생각이 없었다. 현순, 그녀에게 전화를 하고 싶었지만 그것도 참았다.

이틀 동안 방안에 틀어박혀 그렇게 지났다. 우선 무슨 일이든지 해야겠다고 생각했다. 인터넷을 검색했더니 양재동의 화훼농원에서 한 달쯤 알바를 구한다고 나와 있었다. 현식은 주인에게 전화를 했다. 꽃에 관심이 많다는 것을 이야기하고 일할 수 있겠는지를 물었다. 전화를 받는 이는 여자였다. 한 번 농원에 나와 보라고 했다.

방 안을 정리하고 현식은 밖으로 나갔다. 양재동까지는 버스를 타고 갔다. 대단위 하우스가 밀집된 곳이었다. 농원마다 이름표가 붙어있었다. 은하농원은 하우스의 중간쯤에 있었다. 하우스의 문을 열고 들어갔을 때 습한 열기와 꽃향기가 엉겨 달려들었다. 주인인 듯한 여자에게 찾아 온 용무를 말했다.

"사람구한다고 해서 오전에 통화했는데요."

"어서 오세요. 한 달쯤만 사람이 필요한데 일할 수 있겠어요?

"괜찮으시다면 그렇게 하겠습니다. 그런데 해야 할 일이 무엇이죠?"

"농장에서 꽃이 들어오면 안으로 옮겨 진열하고 손님이 와서 구매하면 다시 차에 옮겨 싣는 일을 주로 하는 거여요. 어려운 일이 아니니 너무 걱정하지 마세요."

"죄송하지만 보수는요?"

"한 달로 백십만 원 드리겠습니다. 점심도 같이 먹고요."

"내일부터 출근하겠습니다. 다른 곳도 한 번 돌아보고 내일 뵙겠습니다." 현식은 하우스가 이어져있는 꽃집 안을 둘러보았다. 사람들의 얼굴처럼 각각 다른 종류의 초화류와 다년생 수목이 자신들만의 모습과 향기를 가지며 자신을 사가라고 서 있었다. 날마다 꽃을 본다는 것이 좋을 것 같았다. 우선 일을 하다가 방향을 보고 싶었다.

아침에 일어나면 일하러 가야 할 곳이 있다는 것이 현식을 자리에서 일으켰다. 간단히 아침을 먹고 버스를 타고 농원으로 갔다. 부부가 함께 화원을 운영하고 있었고 대개 여자가 현식이 해야 할 일을 지시했다. 남자는 농장에서 꽃들을 가져왔다. 농장에서 주문한 꽃이 들어오면 꽃을 옮겨 진열하고 대개 지방의 꽃집에서 꽃을 주문하면 리어카에 화분을 옮겨 차에 실었다. 단순한 일이었다. 하루가 지나가는 시간은 지루했지만 주말에 하루 쉬는 날을 기다렸다. 처음 출근한 날 주인 사내는 현식에게 이름을 묻더니 그러면 '박 씨'라고 하면 되겠네요 하고 호칭을 정해 버렸다. 처음에는 당황스럽고 어이가 없었지만 어쩔 수 없었다.

현식은 대개의 사람들이 이 호칭에 얼마나 얽매어 사는지를 생각했다. 저마다 남과 구별되는 호칭을 얻기 위하여, 호칭에 따르는 수입과 권력을 얻기 위하여 바동거리는 삶을 생각했다. 처음에는 '박 씨'라는 호칭이 하찮아 보이고 자신이 추락한 모습인 것 같아 서운하고 야속했지만 차츰 적응이 되어갔다. 군림은 물론 남을 등칠 일도, 속일 것도 없는 무급인 인생이었다. 화분을 옮기다가 꽃가지를 분지르고 젊은 주인여자에게 핀잔을 듣기도 했지만 그런대로 잘 적응해나갔다. 뭔가 몸을 움직이면서 희망을 가질 수 있다는 것을 생각했다. 단순하고 반복적인 일을 하면서 현식은 노동의 의미에 대해 생각했다. 젊은이들의 일자리 문제는 개인의 문제를 넘어서 국가적인 과제로 대두되었다. 노동을 즐겨하는 사람은 없다. 그러면서 일자리 때문에 젊은이들 삶이 휘청거린다. 수년을 햇빛을 보지 못하고 공무원시험에 매진하는 젊은이들의 수가 엄청나다. 일자리가 부족한 것이 아니라 좋고 나쁨을 따진다. 일반적으로 나쁜 일자리는 외국인 노동자들의 몫이 되었다. 수렵채집사회에서 농경정착사회로 변화해가면서 권력자는 노동력을 착취하기 시작했다. 권력은 그 수단이었다. 현식이 읽었던 두꺼운 책에서 저자들은 이렇듯 농경의 시작을 부정적인 시각으로 보았다. 농경사회의 도래를 두고 '총 균 쇠'의 재러드 다이아몬드는 "인류사 최악의 실수", '사피엔스'의 유발 하라리는 "역사상 최대의 사기"라 말할 정도였다. 그럼에도 세력을 확장하면서 집단을 더 번성시킬 수 있는 방법은 농경이 유일했다. 대신 가혹한 농업노동을 체계적으로 진행하기 위해 지배자와 피지배자 두 다른 대립이 극한으로 치달은 시기였다. 그러면서 남녀의 구별과 신분의 구별이 심화됐다. 그러면서 노동은 왜곡되기 시작한 것이다. 그러나 그 이전 성경에서부터 시작되었을 것이다. 금단의 열매를 따먹은 이브와 아담이 낙원에서 추방되면서 노동의 형벌을 받게 되었다는.

농원에서 일한 지 보름이 지나가던 즈음이었다. 점심시간인데도 손님들이 밀려들어 일을 하고 있었는데 낯익은 얼굴이 다가오고 있었다. 현식은 고개를 숙이고 그에게 보이지 않으려고 했다. 그러나 그는 “야, 너 현식이 아냐? 여긴 웬일이냐?”며 현식의 옆에 멈춰 섰다. 현식은 엉거주춤 자리에서 일어났다.

“오랜만이네. 아는 분인데 잠깐 도와드리려 왔어. 근데 여긴 웬일이야?” 현식은 당황스러워야했다. 그는 동기생이었고 정보기관에서 근무하고 있었다.

“전역했다는 소리는 들었는데, 어떻게 지내는 거야? 나는 산책 겸 가끔 이곳을 다녀가기도 하거든.”

“요즘 일이 없어서 여기 와서 일을 도와주고 있어. 지금 바빠서 차도 대접 못하겠네. 다음에 보자.” 현식은 그와 마주선 자리에서 피하고 싶었다.

“그래 알았어. 사무실이 가까우니 언제 저녁이나 먹자.” 장갑을 벗고 바지에 문지르고 그의 손을 잡았다. 그가 사라지자 현식은 아득해졌다. 자신의 모습이 흙 묻은 목장갑처럼 초라하다는 생각을 했다. 갑자기 끊었던 담배생각이 났다. 이웃농원의 최 씨에게 담배를 한 개비 얻으러갔다.

“갑자기 담배는 왜?”

“그냥요. 한 대 피우고 싶어서요.”

“방금 전에 누가 다녀가는 것 같드만. 누군데?”

“그냥 친구여요. 괜스레 이 모습을 보였으니.” 최 씨는 담배와 불을 내 주었다.

담배에 불을 붙였을 때 어지럼증이 일었다. 한 번도 예상치 못한 일이었는데, 현식은 농원에서 ‘박 씨’로 자연인이 된 줄 알았는데 아직 과거의 어떤 의식 속에 잡혀있는 것이라고 생각했다. 오후 내내 일이 손에 잡히지 않았다. 퇴근하기 전에 그동안 여러 번 망설였던 현순에게 전화를 했다. 오히려 안 받으면 좋겠다는 비겁한 마음을 먼저 생각하고 전화를 했다. 그러나 세 번인가 신호가 흘러갔을 때 전화를 여는 소리가 들렸다.

현장

“와, 오랜만이네요. 살아서 돌아오신 건가요?”

“현순 씨 반가워요. 여러 번 망설이다가 전화를 했는데 전화를 받아주신 것도. 지금 오디세요?”

“서울에 있어요. 현식 씨는 어디신데요?”

“양재동쯤이에요.”

“저는 신림동인데 사당동쯤에서 만날까요?”

“시간이 되시겠어요?”

“적지에서 무사히 돌아왔는데 한 번은 만나드려야지요. 조금 있다가 봬요.” 현식은 전화기를 닫고 한숨을 쉬었다. 현식은 플라타너스 가로수 길을 걸어가면서 사람과의 인연을 생각했다. 동기생을 만났을 때 왜 그리 불편했던 건지. 그리고 아무런 경계도 정해지지 않은 여자를 만나면서 마음은 왜 풍선처럼 부풀어 오르는 건지. 삶이란 그런 것이라고 생각했다.

오르막길이 있으면 내리막길도 있다는 것. 지하철에서 내려

약속장소인 서점으로 갔다. 서점을 약속장소로 하면 행여 상대방이 조금 늦더라도 기다리는 시간을 유용하게 사용할 수 있을 거란 생각에서였다. 퇴근시간의 서점은 번잡스러웠다. 현식은 신간코너로 가 새로 나온 책을 펴들었다. 책도 사람처럼 익숙한 내용을 찾아 든다고 생각했다. 활자화된 책들은 이제 시들해졌다. 과거에 장안의 종이 값을 올리며 이름을 날렸던 작가들이 느낄 공허를 생각했다. 한때는 대중들의 우상과 같은 존재였는데 어떤 이유에서건 그 명맥을 잇는 사람들은 전무했다. 일부 작가들은 성적인 일탈로 그 명예가 하루아침에 땅에 떨어졌던 것도 마찬가지였다. 출입구를 힐끔거리며 책장을 넘기고 있을 때 그녀가 들어섰다. 눈이 마주쳤을 때 그녀는 손을 흔들었다.

"현순 씨 반가워요. 잘 지냈어요?"

"그럼요. 가끔씩 현식 씨도 그리워하면서, 어디 부상당한 데는 없어요?"

"네, 사지는 멀쩡한데 마음이 부상을 당했겠지요. 사람도 잃고 돈도 잃고 돌아왔으니."

"그건 어찌 보면 예정된 수순이었을 거예요. 현식 씨는 문외한인데다가 보기에도 전혀 전투하러 갈 자세가 아니었고 전투기량도 도달하지 못했었으니까요. 그 정도 비용은 감수하셔야지요. 여자 맘도 마찬가지고." 서점을 나오면서 현식은 얼굴이 붉어졌다. 거리의 플라타너스가 도시의 삭막함을 가리고 있었다.

"여행처럼 그곳에 갔으면서도 정작 사막에는 가보지 못했어요. 그만큼 여유를 갖지 못했다는 의미이겠지요. 그보다는 사막에 가면 지상에서 사라질 것 같은 두려움을 있었다고 해야 하나, 그곳 사람들이 나보다 더 순진할 줄 알았는데 아니었어요. 서로가 물고 물리는 야생의 세계, 아무튼 자본주의에 익숙해져 간다는 것은 인간의 내면을 황폐하게 만드는 것 같았어요. 삶은 윤택할지 모르지만 정신은 더 공허해지는 상황이었을 거예요."

"밥이나 먹으러가요." 그녀는 말을 끊어냈다. 뒷골목의 소머리 국밥집에 마주앉았다.

"그날 아침 현순 씨가 말도 없이 사라지고 놀이공원에서 엄마를 잃은 아이 같이 처량한 느낌이 들었어요. 사내라는 것들은 어머니라는 여자의 몸을 통해 세상에 나왔듯이 여자 속에서 존재감을 갖는 한없이 나약한 존재들이라고 할까. 권력을 가진 자들이 그 권력을 통해 취하는 것도 그 방편이겠지요. 그래서 다는 아니지만 권력이나 부를 가진 자들은 그 수단으로 여자를 가볍게 생각하기도 하고 그렇지 못한 자들은 여자들을 학대하거나 하는 등으로 무겁게 생각하는 거겠지요."

"그럼 여자들은 어떻다고 생각해요?"

"아이고 누가 보면 싸운다고 하겠네. 밥이나 먹고 합시다."

"근데 지금은 뭐하시는 거여요?"

"화훼농원에서 한 달 기한으로 알바를 하고 있어요. 꽃밭에서 지내니 우선은 행복해요. 한 번 놀러오세요."

"여유를 갖고 어디 괜찮은 일자리라도 알아보지, 너무 자신을 하찮게 만드시는 거 아녜요? 아이 뒷바라지도 해야 할 텐데."

"아까 하던 이야기를 해야 하겠네요. 남자들은 대개 여자를 통해서 자신의 존재감을 가지려고 한다고. 그러면 여자들은 어떻게 할까요? 여자들은 남자를 통해서 기본적으로 생존의 문제를 해결하고 품위를 유지하며 자신의 존재감을 가지려고 한다는 것이지요. 물론 요즘 젊은 여성들은 다르지요. 요즘 혼인 연령이 늦어지고 결혼을 기피하는 근본적인 이유가 무엇일까요? 여성들이 경제적인 활동을 통해서 남자에게 종속되지 않아도 살아가는 세상일 수 있으니까 그러하겠지요. 미안해요. 현순 씨가 한 말에 이상한 논리를 끌어들여 면박을 주는 것 같아서."

"일순 현식 씨 말이 맞는 면도 있을 거여요. 흔히 하는 말로 사랑이라는 것을 제외한다면."

"아! 그러네요. 남녀의 만남을 너무 기능적인 면으로만 본 것 같네요. 죄송해요." 현식은 공깃밥 하나를 더 시켜서 먹었다.

"한 달 일 끝나면 지리산에나 한 번 가요. 현순 씨하고 한 번 가보고 싶어요."

"아뇨. 번듯한 직장 구하면 연락주세요. 현식 씨는 야망이 없는 건가 꿈이 없는 건가 모르겠어요. 현식 씨 한 말 그대로 기본적으로 생존의 문제를 해결하고 여자로서 품위도 유지하고 싶으니까요."

"너무 보고 싶었는데, 그 바람과는 상관없이 자꾸만 엇나가는 것 같네요. 피해의식처럼…. 불쾌하게 받아들이셨다면 사과할게요. 죄송해요. 현순 씨 조금 기다려주면 안 되나요. 사실 남녀간에 만난다는 것에 지향점이 애매하잖아요. 단순히 감각적인 취향에 휩쓸리기도 하고."

"여자는 그렇지 못해요. 아까 현식 씨가 말한 대로 생존의 문제가 달려있거든요. 품위의 유지는 그 다음이고. 여자 나이 사십이 넘어서 심심풀이로 남자를 만난다거나 친구로 만난다거나 하는 것은 아니잖아요."

"우연히 만났고 어떤 계획도 없이 만나다보니 그런 거잖아요. 현순 씨의 상황이 어떤지도 잘 모르고."

"물론 그럴 수도 있겠지요. 그렇더라도 남자가 방향성이라 해야 하나 지향점을 여자한테 보여주지 못한다는 것은 상대방에게 관심이 없다고 생각하게 되는 것이지요. 언젠가 이야기 한 거 같은데 사람에게 연정이 생겨나는 게 아니라 연정이 사람 속에 들어왔을 때 연정이 생겨나는 거라고. 그 말은 연정이 사람을 그렇게 바꾸어버린다는 뜻일 거예요. 정신이 돌아버린다는 말은 좀 과장된 표현인 것 같고. 그러더라도 뭐 미더운 구석이 있어야 하는 거 아닌가요?"

"오늘은 술을 안 먹으려고 했는데 한 병만 먹어야겠네요. 미안해요. 여러 가지 정리되지 못한 현실로 그저 친구로만 생각했으니까요."

"꼭 그렇지는 않겠지만 여자들은 자신의 상황이 어떠하든 반복해서 만난다고 했을 때 남자를 친구로 만나는 사람은 없어요.

펄럭이는 바람 속에 내면의 바람을 만드는 비열한 속성이라고 해야 하나. 아니면 단순히 일탈을 꿈꾸거나, 말하는 게 그렇지만 좀 그런 면이 있을 거여요 이제 뭔가 정리해야 할 시점이라 쓸데없는 말까지 늘어놓게 되네요. 현식 씨 너무 내가 한 말에 얽매이지는 마세요. 지금은 미약하지만 곧 창대해질 수도 있을 테니까요."

"말이라도 고마워요. 설령 내가 현순 씨 심정을 잘 안다고 해도 마찬가지, 같은 자리에서 어떤 사물을 본다 해도 대상에 대한 느낌은 다 다를 거예요. 아까 말했던 현순 씨에 대한 연정이 들어오는 것 같아요. 그러다보면 현순 씨는 내 곁에 없을지도 모르지만. 그게 내 운명인 것처럼. 그래도 오늘은 너무 고마웠어요. 동기생이 농원에 우연히 들어와 마주치면서 너무 비참했었거든요. 이제 나가시죠. 괜찮다면 한강에 같이 나가고 싶은데 어때요?"

"이 밤에 한강에는 왜요?"

"내 마음속에 들어 온 현순 씨에 대한 연정이 현순 씨에게 닿았으면 하는 마음이겠지요."

"그렇다고 치고, 좋아요." 별로 기대를 하지 않고 던진 말이었는데 현순은 선선히 받아주었다. 둘은 버스를 타고 구반포에서 내려 한강둔치로 나갔다. 오래된 아파트촌이었는데 그 아파트들을 허물고 새로운 아파트촌이 들어서고 있었다. 초여름이었지만 밤에도 사람들이 강바람을 즐기고 있었다.

“밤에 이렇게 한강에 나온 것은 처음이네요. 낮에 보는 풍경하고는 너무 다르네요. 한강은 호수처럼 넓고, 저 건너 삭막한 아파트 숲들은 그렇다 치고, 긴 다리들만 없었으면 더 좋았을 텐데.”

“저 아래 철교만 하나 있을 때는 뚝섬에서 강남으로 농사를 지으러 배를 타고 다녔다는 이야기를 들은 적이 있었어요. 그 당시 저 아파트 숲이 총총한 곳은 다 백사장이었겠지요. 사람들도 많아지고 욕망도 많아지고, 돈도 많아지고… 다만 작아진 것은 인정머리이겠지요.”

“꼭 그렇지는 않을 거예요. ‘곳간에서 인심난다’에서 말이 있듯이 돈이 많아졌으니 인정머리도 더 많아졌겠지요.”

“물론 그런 면도 있겠지요. 그러나 가팔라지는 욕망으로 우리네 삶도 가팔라지는 것은 사실이니까요.”

“저 둔치 둑에 좀 앉았다가요.”

“멈춘 듯 흐르는 강물이 참 좋은 것 같아요. 파울로 코엘료가 지은 ‘흐르는 강물처럼’이라는 책에서 기억하고 있는, 그 이야기 속에 마치 우리의 욕망을 쫓기 위해서 달려가는 듯, 우리 모습을 돌아보게 하는 이야기가 있어요. 천사가 그에게 이렇게 물어요. ‘자넨 무엇 때문에 그렇게 분주하게 사는가?’라고. 이에 이렇게 대답하지요. ‘책임감 때문이지요.’라고. 천사가 다시 물어요. ‘하루에 십오 분만이라도 일을 멈추고 아무것도 하지 않은 채, 세상과 자네 스스로를 돌아볼 수는 없나?’하고. 그러니 그는 ‘그러고 싶지만 시간이 없다'고 대답해요. 그러자 천사는 그에게 훈시를 하듯 이렇게 말하거든요. '누구에게든 시간은 있네. 용기가 없을 뿐이지. 노동은 축복일세. 그것을 통해 우리의 행동을 돌아볼 수 있다면 말이야. 그러나 일에만 매달려 삶의 의미를 도외시한다면 그것은 저주야.'라고. 일과 휴식을 배분하고 살만큼, 아니 휴식시간이라도 잘 활용할 수 있는 여유가 없이 살았을 거여요. 나야 그런 말 할 형편도 아닐 거고. 절대적인 노동에서는 비켜나 있었으니까. 그나저나 좀 더 자유롭고 싶어요. 결코 도달할 수 없는 비원일지라도."

"그 자유라는 것이 회피이거나 도피성의 것이 아닌가요. 한때 무소유가 회자되었던 적이 있었지요. 그도 마찬가지였을 거여요. 그렇게 주창할 수 있었다는 것은 건방진 표현이지만 절박해질게 없었다는 이야기일수도 있겠지요. 그나저나 이번 알바 끝나면 지리산에 한 번 같이 가고 싶은데." 현식은 작은 돌을 주워 물수제비를 뜨며 어색하게 말을 던졌다.

"물수제비가 일곱 번 건너뛰면 생각해볼게요."

"정말요?" 현식은 소년처럼 가볍게 둔치 위로 올라가 여러 개의 돌을 주어 손에 쥐었다. 심호흡을 하고 허리를 숙여 돌을 던졌다. 다섯 번까지는 건너갔지만 일곱 번은 쉽지 않았다. 다시 돌을 주워왔고 끝내 일곱 번은 만들지 못했다.

"오늘은 안 되겠네요. 다음에 한 번 더 기회를 주셨으면 하는데."

"유행가 가사처럼 다음 기회라고 말하진 말아주세요. 현식 씨는 내가 절실하지 않다는 것을 반증하는 것이기도 한 거니까요. 이제 가요."

"남쪽 바닷가 어딘가에 '그래도'라는 섬이 있다는 걸 알고 있나요? 그 섬에는 삶에 좌절하고 상처를 받은 사람들이 잠시 들어 치유하고 회복하고 다시 떠나는 곳이지요. 그래도 딱 세 번만 더 기회를 주셨으면." 현식은 신중하게 작은 돌을 골라 물가로 내려갔다. 최대한 허리를 숙이고 돌을 던졌다. 역시 다섯 번을 건너가고는 물에 잠겼다. 다시 자세를 잡고 던졌다.

화면으로 본 동물이야기 중에 중남미에 서식한다는 바실리스크 도마뱀처럼 돌은 가뿐가뿐 물을 건너뛰어 일곱 번을 넘겼다. 현식의 이마에는 송송 땀이 맺혔다.

"이제 가시죠." 계단을 올라서며 현식은 현순의 손을 잡았다. 그녀는 현식의 손을 뿌리치지 않았다.

"지금은 미약하지만 현순 씨가 내 안이 아닌 우리 안에서 안식과 품위를 챙길 수 있도록 노력해볼게요."

"왜 '네 안'에서가 아니고 '우리 안'에서에요?"

"나는 절대자의 권능을 가지고 있지 않으니까요. 너와 내가 아닌 우리가 될 때."

"그건 자신감이 결여된 애매한 설정인 것 같은데요."

"그게 나의 한계일거여요. 때로는 남자가 뻥치는 게 미덕일 수도 있는데 나는 그러지 못해요. 옳고 그름의 문제가 아닌, 정서의 문제라고나 할까. 사실 아이 엄마와도 그래서 틈이 생겼는지도 모르겠어요."

"자기 합리화나 변명 같은데요. 남자로서는 치명적인 결점처럼." 현순은 손을 빼며 무안해했다.

"지리산에는 한 번 같이 가는 거죠?" 현순은 아무런 답이 없었다. 전철역까지 걸어와 현순이 가는 편에 섰다.

"오늘 고마웠어요. 내 편이 생긴 것 같은 위대한 시간이었어요. 이달 말에 봬요." 전동차가 도착하고 현순은 손을 흔들었다. 현식은 천천히 걸어 집으로 간다. 오늘은 편히 잠들 것 같았다.

농원 일은 숙달되면서 더 지루해졌다. 단순노동이라는 것이, 주인으로 내 일이 아니라는 것이 심리적으로 작용하는 듯했다. 한 달이 지나고 농원의 주인부부와 저녁식사를 했다. 남자는 건설회사에 다니다 구조조정으로 실직하고 부인이 하던 일을 함께 한다고 했다. 그러니 여자가 주도적이었을 것이다. 직접 현식에게 내비치지는 않았지만 그 남자도 자괴감을 억누르며 생활하는 듯 했다. 요즘 많은 남자들의 사정이 다 그랬다.

"짧은 기간이었지만 일 할 기회를 주셔서 감사했습니다. 나름 한다고 했는데 제대로 못한 점도 있고."

"나름 사정이 있으시겠지만 많은 욕심을 가지지 마시고 일도 잘 풀렸으면 좋겠어요. 그런데 이제 무슨 일을 하실 건가요?"

"조금 현장 일을 해보고 결정해야 할 것 같아요. 경력을 이어서 일을 하려면 뭔가 있겠지만 다시 조직 속으로 돌아가 일할 자신이 없어요. 물론 품위와 경제적으로도 유리할 것 같다는 생각이 들기도 하지만. 세상이 순리적으로 돌아가는 것 같지만 나부터 순리적이지 못하니 그런 걸 기대할 수도 없잖아요. 오다가다 만난 것처럼 지난 것인데 이런 자리도 만들어주셔 감사한 마음이어요. 가끔 지나다 들리겠습니다." 자리에서 일어서면서 여자는 한 달간의 임금을 봉투로 건넸다.

"늘 아내가 가진 통장으로 봉급이 들어갔는데 이렇게 두툼한 봉투를 받으니 기분이 새롭네요. 감사합니다." 그렇게 그네들과 헤어졌다.

현식은 현순과 약속한 지리산행을 생각했지만 아직 아니라고 생각했다. 인터넷을 검색했지만 여의치 않았고 돌아오는 길에 인력소개업소를 찾아갔다. 오후 여덟시가 넘었는데 사무실은 불이 밝혀져 있었다. 소장에게 인사를 하고 찾아 온 용무를 말했다.

"완전 초보네요. 견딜 수 있을지도 모르겠고." 소장은 현식을 한심하다는 듯이 내려다보았다.

"일당이 적더라도 일자리만 연결시켜 주십시오." 하소연하듯 소장에게 읍소했다.

"고정된 일자리는 어렵고 일단 내일 새벽에 나와 보소." 현식은 다시 한 번 허리 숙여 부탁하고 집으로 돌아왔다. 다음 날 새벽 다섯 시에 일어나 소개업소를 찾아갔다. 벌써 여러 사람들이 소개소에 나와 자신이 팔려가기를 기다리고 있었다. 한참을 기다렸지만 더 이상 불러지지 않았다. 새벽으로 나와 기다린 보람도 없이 낙담하고 있는데, 소장에게 전화가 걸려왔다. 전화통화를 끝낸 소장이 말했다.

“곰방 할 사람 있나요? 소장의 외침에 남아있던 사람들이 고개를 돌렸다. 현식은 절박한 심정으로 소장 앞으로 달려갔다. 현식은 곰방이 무슨 일인지도 몰랐다. 후에 안 것이지만 빌라신축현장 등 소규모 현장에서 벽돌, 타일 등 건축자재를 등짐으로 나르는 일로 일본어에서 유래된 말을 그대로 쓰고 있었다. 현식은 어제 귀띔으로 들었던 소개료를 소장에게 건넸다.

현장은 신림동 외진 주택가였다. 전철을 타고 다시 마을버스로 한참을 올라가야 했고 지나는 여러 사람에게 위치를 물어야 했다. 현장에 도착하여 현장소장에게 인사를 하고 지시한 일을 시작했다. 차에서 내려진 시멘트를 어깨에 지고 비를 맞지 않도록 가건물 안으로 쌓은 일이었다. 계단을 오르는 일이 아니어서 다행이라고 했는데, 40kg이나 나가는 시멘트를 어께에 메는 일부터가 쉬운 일이 아니었다. 허벅지에 올렸다가 다시 가슴에 안아다가 오른쪽 어깨에 올리는 일이었다. 열 번 정도는 힘으로 옮겼는데 익숙한 일이 아니어서 서 있는 시간이 더 많아졌다. 현식의 모습을 현장소장이 지켜보고 있었다.

“이리 와보세요. 이런 일 처음이시죠? 서 있는 시간이 더 많으면 언제 저걸 다 옮겨요? 봉사활동 온 것도 아니고 차비나 드릴 테니 돌아가세요.” 현장소장은 매정하게 말했다. 그로서는 당연한 것이었지만 현식은 당황스러웠다.

“소장님 죄송합니다. 다시 한 번 더 기회를 주십시오. 임금은 일한 몫만큼만 주시고요.” 소장의 팔을 붙잡고 사정했다. 절박했다. 아니 절박해져야 했다. 여기서 내침을 당하면 다시 돌아올 수 없을 것 같았다. 소장은 어이없다는 듯 현식을 다시 보았다.

“왔으니 하는 데까지 해 보세요.” 소장은 큰 인심이라도 쓰는 듯 현식을 외면하고 말했다. 현식은 고맙다고 고개를 숙였다. 흔들거리고 비틀거리며 시멘트를 날랐다. 이마에서 땀이 흘러 눈을 쓰라리게 했고 겉옷까지 젖어가고 있었다. 같은 일을 하던 분은 머리가 희끗한 분이었는데 가볍게 그 무거운 것을 들어올렸다. 내가 구분동작으로 한다면 그 아저씨는 단 번에 어깨에 올렸다. 하나도 힘든 모습이 아니었다.

“어이 천천히 해. 처음인 다 그런건게 말여.” 현식을 놀리는 건 아니었지만 위로도 되지 않았다. 하루 종일 현식은 백 포대쯤을 옮겼다. 소장은 다시 인심이라도 쓰는 듯 10만원을 던지듯 건넸다. 일단 시작은 한 셈이었다. 옷을 갈아입고 같이 시멘트를 날랐던 아저씨께 막걸리나 한 잔 대접하겠다고 했다. 그 아저씨도 고개를 끄덕이셨다. 언덕배기를 내려오다가 순댓국집으로 들어갔다. 순댓국에 막걸리를 한 병 시켰다.

“한 잔 올리겠습니다. 앞으로 잘 부탁드립니다. 근데 아저씨는 얼마나 이 일을 하셨어요?”

“얼마나 하기는, 나도 두 달 전에 시작했어. 그러니 이 나이에

곰방 일을 하는 거지."

"근데 자네는 뭐하다가 여기 막장까지 흘러든 건가?

"막장요?"

"그려 막장이지. 본디 막장이라는 말은 '갈 데까지 갔다' 또는 '이젠 꿈이고 희망이고 뭐고 없다' 등의 극단적인 부정의 상황에서 주로 표현하는 말인 거지. 그 말의 시작은 60년대와 70년대 석탄 산업이 전성기를 구가하던 시절, 광부들이 땅을 파다가 '더 이상 무연탄이 안 나온다'는 절박한 상황에서 '막장이다'라는 말을 사용했던겨. 물론 우리가 먹는 막장은 메주가루와 보리쌀 등으로 만드는 장의 이름이 있기도 하지만. '막장 드라마'처럼 다양한 분야에다, 상황을 잘 모르는 사람이 들어도 한 번에 의미를 파악할 수 있는 대중성으로 인해 최근 자주 회자되는 말이 되었던 거쟈녀."

"그래요. 막장드라마니 하는 말은 자주 들었지만 그런 유래가 있다는 것은 잘 몰랐어요. 근데 아저씨는 무얼 하시다가 이 막장에까지 오시게 되었어요?"

"교사로 근무하다가 명예퇴직을 하고 친구와 함께 사업을 시작했다가 쪽박을 차게 된 거지. 친구의 꼬임이라고 남들에게 말하곤 했지만 그건 핑계인거였어. 순전히 욕심이었지. 돈을 쉽게 벌 수 있다니 연금도 포기하고 일시불로 받아 투자했던 거지. 결국 친구와도 웬수가 되고. 술에 쩔어 세상을 원망하다가 아내와도 이혼하고. 그래도 살아야겠기에 이곳에 오게 된 거지."

"아고, 그런 일이 있으셨네요. 그것도 나이가 들어서, 요즘은 어떠세요?"

"뒤를 돌아보아야 뭔 소용이 있간디. 이제 내 몸 하나 건사하고 사는 거지. 이 나이에 한 번 쓰러지면 다시 일어서는 건 하늘의 별을 따는 것처럼 어려운 일인 게야. 자네도 무슨 사연인지는 모르지만 정신 똑바로 차리라고."

"아, 네. 고맙습니다. 우선 일하는 게 자세가 나와야 할 텐데, 걱정입니다."

"힘든 거야 당연한 거고. 일을 하면서 자기 몸 관리를 잘해야지. 무얼 하든지 마찬가지지만. 내일 아침에 일어나면 온 몸이 쑤실 거야. 그래도 몸을 움직여야 빨리 적응할 수 있어. 오늘 반가웠네. 자넬 환영하는 의미로 오늘 막걸리는 내가 사겠네."

"염치가 없어지네요. 감사합니다. 다음에 제가 대접하겠습니다." 둘은 전철역입구에서 헤어졌다. 현식의 몸은 천근만근이었다. 그래도 꾸준히 운동을 해서 덜한 것이라고 생각했다. 집으로 돌아와 이내 쓰러졌다. 눈을 떴을 때 창을 넘은 햇살이 창문이 두드리듯 환했다. 현식은 자리에서 일어나려 했지만 몸을 움직일 수가 없었다. 후다닥 자리에서 일어났다. 뛰어 내려가 지하철을 타고 현장에 도착했다. 현장은 분주하게 움직이고 있었다. 지각이었다. 현장소장은 한심하다는 듯 나의 시선을 외면했다.

"죄송합니다. 늦었습니다." 소장은 일언반구 대꾸도 하지 않았다. 어제 같이 일했던 아저씨는 벽돌을 나르고 있었다. 아저씨는 눈치를 주고 등짐을 질 도구를 가리켰다. 한꺼번에 20장을 지라고 말씀하셨다. 한 장에 2kg이라면 40kg 쯤을 지고 3층까지 올라가야 했다. 다리가 후들거렸다. 김 씨 아저씨가 오르내리는 속도를 맞춰 주었지만 그래도 쉽지 않았다. 오전 일이 끝나고 점심시간, 아저씨가 현식에게 말했다.

"힘들지. 여기 적응할려고 하지 말고 빨리 다른 일을 찾아보도록 해. 여기서 일하기는 아직 젊고 아깝잖아."

"무슨 일을 할까요?"

"인력소개업소 같은 일을 알아보아. 자격요건이 대단한 것도 아니고. 한 반년 정도 여러 군데 현장경험을 하고서 말이야."

"네 한 번 알아보겠습니다." 현식은 막연했지만 바라다 볼 방향이 보였다. 오전 동안은 몸을 움직이는 게 힘들었다. 그래도 김 씨 아저씨 같은 분을 만나 다행이라고 생각했다. 단순한 일의 반복이었다. 시간이 가면서 점차 생활에 적응이 되어갔다. 일하면서 다양한 직업에 종사했던, 자의든 타의든 현실에서 내팽개쳐져 추락한 사람들이 대부분이었다. 현식은 운명이란 걸 다시 생각했다. 처음에는 몸이 적응할 수 없어 빠릿하지 못했지만 익숙해지면서 요령도 피우게 되었다. 어디에서 무슨 일을 하든 안전이 제일이었다.

열흘 동안의 신림동 일이 끝나고 이삿짐센터 일을 나갔다. 남의 집 물건을 포장하고 가구를 옮기는 일은 실제 해보지 않았더라도 군 생활 중 가끔 해본 일이니 쉽게 생각했는데 한나절 동안 박스를 포장하고 짐을 옮기는 일은 결코 쉬운 일이 아니었다. 물건이나 집 자체에도 부딪치는 상처를 만들지 말아야 하니 엄청 신경을 많이 써야 했다. 반복해서 물건을 들고 나르는 일은 허리에 많은 부담을 주었고 피아노 등을 옮겨야 할 때는 숙달된 이가 없으면 쉽지 않은 일이었다. 짐을 다 차로 옮기고 나면 다시 이사 갈 곳으로 이동해 짐을 옮겨서 풀고 재배치해야 했다. 꼬박 하루가 소요되는 시간이었다. 이삿짐 중에 책이 많았는데 다시 분류하여 정리하는 일은 시간이 많이 걸렸다. 날마다 그런 일을 반복해서 하는 이들의 고충을 생각했다. 오후에는 술 생각이 간절했지만 실수를 할까봐 섣불리 마실 수가 없었다. 짐을 빼는 것보다 넣는 일은 시간이 덜 걸렸다.

현식은 집에 돌아오면 각 작업장별로 작업의 특징과 유의할 점들을 정리했고 소개 업소에서 인력관리를 위해 챙겨야 할 일들을 정리했다. 그리고 지리산과 관련된 조부로부터 자신까지 지리산에 다가갔던 이야기들, 삶의 문제도 마찬가지였다. 흔히 이야기하는 잡부로서의 생활이 한 달이 지나고 있었다. 가끔씩 현순과 연락을 했다. 그날도 현순에게 보고 싶다고 전화를 했다. 그녀는 뜬금없이 주말에 밤차를 타고 지리산에 가자고 했다.

"웬일이어요?" 현식은 그녀의 반응이 당황스럽기까지 했다.

"갑자기 산이 그리워졌어요. 좀 다녀와야 할 것 같아요."

"일해야 하는데." 현식은 너스레를 떨었다.

"그래요. 그럼 혼자 다녀올 테니 일이나 열심히 하세요."

"아직 시간이 남았으니 고민해보겠습니다. 아니, 금요일 밤에 출발하시죠?

"그래요. 그럼 금요일 밤에 용산역에서 만나요."

"뭘 준비해야 하나요?"

"아뇨. 계란이나 삶아 오시던지. 그 날 만나요." 현순의 목소리는 밝아보였다. 이삿짐 일이 끝나고 다시 시작한 일은 학교 증축현장이었다. 일이 끝나고 오랜만에 김 씨 아저씨에게 전화를 했다.

"아저씨 막걸리 한 잔 대접해드리고 싶은데, 현장이 어디세요? 제가 그 쪽으로 갈께요." 아저씨는 전에 같이 일했던 신림동근처라고 말씀하셨다.

"그럼 저번에 거기서 여섯시에 뵙죠." 팔월이 지나고 있지만 저녁나절에도 날씨는 따끔거렸다. 거의 한 달 만이었다. 식당에 들어섰을 때 아저씨가 먼저 와 계셨다.

"먼저 와 계셨네요. 잘 지내셨어요?"

"그려, 자네는 어땠는가?"

"저야 뭘, 이제 조금씩 적응하고 있어요. 현장에 대한 감각도 생기고."

"그럴 때일수록 조심하게. 아무리 조심해도 사고는 나게 돼 있응께. 현장을 다닐 땐 반드시 주변을 확인하고 다녀야 혀. 급하다고 뛰어 다녔다간 날카로운 물건을 밟아 파상풍에 걸리거나, 뒤엉킨 자재에 걸려 넘어지고, 구조물에 부딪히거나, 미처 발견하지 못한 개구부에 빠져서 추락할 위험도 있는 것이니. 자네는 눈썰미가 있어 잘할 테지만 말여. 현장에서의 탐구는 어떠한가?"

"술 한 잔 드시고 말씀하시지요. 노동현장 같이 흔히 말하는, 몸으로 때우는 일은 농촌과 마찬가지로 고령화가 심각하잖아요. 그나마 외국인근로자가 없으면 현장이 돌아가지 않을 정도이니 말이에요. 단순 잡부뿐만 아니라 숙련공도 점차 외국인들로 대체되고 있는 것은 아저씨도 다 알고 계신 것이고."

"우리 사회는 급격한 산업화가 되면서 노동이 미덕이 되기도 했지만 다들 먹고 살만해지면서 '내 자식에게 그런 일은 물려주지 않겠다'라는, 다시 왕조시대 반상을 구별하던 시대로 돌아가고 있는 셈이지. 사무실에서 컴퓨터 자판을 두들기면 양반이고 노동일을 하면 상것이라는 인식으로 말여. 그것보다는 임금의 왜곡이 그것들을 더 부추겼을 거야. 군대문화도 한 몫 했을 거구. 경력자를 우대하는 거야 당연한 거지만 젊은이들의 진입장벽으로도 작용했겠지. 못 배운 자들이나 하는 일이라는 그릇된 문화도 마찬가지고. 조직이 있는 곳에는 어느 곳이나 존재하는 서열문화도 마찬가지지. 무조건 먼저 시작한 사람이 상전이라는 의식, 그래서 갑질은 어느 곳이나 있는 것이지."

"우리 산업에 직격탄이었던 IMF와 관련이 있는 건가요?"

"당연하지. IMF는 우리 사회에 너무 깊은 상처를 남겼던 근래에 가장 큰 사건이었어. 부도가 속출하면서 건설업이 주저앉고 임금이 삭감되거나 동결되고, 외국인 노동자들이 유입되어 임금도 낮아졌던 거고. 사용자와 불합리한 점이 있어도 일용직이라는 한계 때문에 노조 같은 단체도 설립될 수 없어 권익을 보호받을 수도 없었던 거고. IMF가 지난 지 20년이 가까워지지만 임금이 물가상승률이나 평균소득 상승률을 고려할 때 그 전보다 절반 이하로 줄었다고 봐야하지."

"제가 현장에서 보니 인력관리가 제대로 되지 않는 것 같아요. 저도 처음에는 현장에서 일을 배울 수 있을 것이라고 생각했지만 그게 되지 않더라구요. 현장은 그럴 환경도 되지 못하고 기술공은 초보자를 가르칠 여유도 갖지 못하는 것 같고. 현장에서 좀 서투르고 헤맨다 싶으면 '이럴 거면 집에나 가라', '너는 이런 일 하지마'라고 갈구는 것이 대부분이고 소개업소에서 초보를 보낸 경우 '일 할 줄 아는 사람을 보내 달라', '앞으로는 초보자 보내지 마라 이럴 거면 거래 안하겠다'며 숙련공만 보낼 것을 요구하더라구요. 이는 결국 차별성을 드러내는 것이잖아요. 물론 그렇게 하는 것이 어쩔 수 없는 것이라 해도."

"다들 개구리가 올챙이 적 생각은 못하는 거지. 기술을 배우겠다면 차라리 기술훈련학교를 통해서 자격증을 취득하는 게 백배 낫겠지. 모른다고 갈구는 일도 없고 모르는 부분이 있다면 다시 알려주기도 하고 자격증을 취득하지 못했다면 다시 배울 수도 있으니 말이야."

"제가 일을 하면서 보니 현장에서 일하는 것은 학교에서 배울 수 없는 것들도 많았어요. 인테리어 같은 것도 마찬가지겠지요. 목수나 철근공 같은 일도 현장에서뿐만 아니라 몸으로 하는 일들 대부분이 도제식인 경우가 많잖아요. 자격이 있다 하더라도 선임자가 있듯이. 병원에서 의사들도 마찬가지이구요. 그래서 안면이 있는 사람들을 스승으로 삼고 배워야 하자나요. 그건 것도 건설현장에서는 드문 일이니 젊은이들이 유입되지 못하는 거고요."

"짧은 시간에 현장에서 많은 것을 보고 배운 것 같군. 이제 그런 내용을 잘 정리해서 활용하도록 하게."

"알겠습니다. 식사도 하시지요." 두부찌개를 주문하여 식사를 했다.

"인력사무소를 운영한다면 수수료의 값을 할 수 있도록 일하는 이들에게 신경을 써주어야 할거야. 현장에서의 관리도 마찬가지고. 요즘 젊은이들이 취업난 때문에 국가에서 많은 예산을 투입하기도 하는데 일용직 근로자들의 권익보호를 위한 장치도 필요한 거고. 가능하면 그런 방면에도 신경을 써봐."

"네 알겠습니다. 어느 곳이나 사람이 있는 곳이면 갈등이야 있는 거지만 젊은이들이 들어오는 일은 드물고 중년 퇴직자들이 많이 들어오면서 서로 물리적인 다툼까지도 생기는 거 같아요. 서열문화 때문에 그런 것도 같고. 그리고 쉽게 물리적인 폭력을 써버리는 것도. 저도 마찬가지지만 가정이 해체된 경우가 많으니 경제적인 관념도 희박하고. 합숙생활을 하다보면 여가시간을 즐길 공간이나 여유도 없는 것 같고."

"내가 일 하면서 보면 자기관리를 하는 사람들도 있지만 그렇지 못한 사람들이 많지. 월급제가 아니기 때문에 쉬는 날은 당연히 임금도 없고 그러니 놀아도 노는 게 아니고 그냥 하루 공친다고 생각하는 거지. 그러니까 스트레스가 쌓이고. 담배는 물론 일이 끝나면 술로 풀고. 인력사업을 한다면 그런 분야도 착안하면 좋을 거야."

"네 감사해요. 오늘도 좋은 말씀까지. 성경에 근거한 거지만 낙원에서 쫓겨나면서 노동을 하지 않으면 안 되었다는 설정은 자가당착인 듯해요. 기독교인이든 아니든 권력이나 자본의 축적으로 일을 하지 않거나 상대적으로 적게 하는 것이 누구나 추구하는 삶이니까요. 미국을 만든 청교도들이 노예를 부렸다는 것도. 혁명을 꿈꾸었던 체 게바라의 이야기에서도 그런 이야기가 나오지요. 쿠바혁명이 끝나고 그도 트랙터를 몰며 사탕수수 수확에 나섰던 듯 싶습니다. '처음에 시작할 때는 의욕적으로 일을 시작했지만 시간이 갈수록 땡볕에 자기 자신도 게으름을 피우게 되더라'는 공산주의자들도 결국 권력을 가진 자들이 노동의 착취를 이루었듯이."

"그건 너무 어려운 이야기인 것 같네. 그래도 노동조합이 생기면서 근로자들의 권익이 많이 향상되었고. 물론 일용직이나 파출부 등 단순직들은 상대적으로 그 권익을 보호받지는 못하는 것은 사실이지만. 그런 면에도 관심을 가졌으면 좋겠네."

"알겠습니다." 현식이 계산을 했고 자리에서 일어났다. 플라타너스 잎들은 밤에도 바람을 만들지 못하니 후덥지근했다.

"자네나 나나 사내들이 참 찌질해졌지. 굳이 남녀가 헤어지는 이유를 찾는다면 그런 게 있다더군. 남자는 정서적인 면, 즉 생활 습성의 벽을 느끼거나 성생활도 불만이었을 때, 그렇다고 남자들이 직접적으로 이혼을 요구하는 경우는 거의 없는 것이고. 상대적으로 여자들은 경제적인 면, 돈 문제가 많았고 시댁과의 갈등 등이라고 나와 있거든. 남자들은 감정적이고 여자들은 이와 다르지. 어찌 보면 여자들이 훨씬 현실적인 셈이지. 자네나 나나 그건 마찬가지인 것 같고. 어찌 그렇게 되었는지 몰라. 옛말 그른 게 없어. 과부 삼년이면 깨가 서 말이고 홀아비 삼년이면 이가 서 말이라는 말, 최소한 이가 세 말은 되지 않도록 노력해야겠지. 열심히 살다보면 같이 살자는 이가 있을지도 모르겠고. 물론 자네는 아니야. 아직 쟁쟁한 나이니까. 오늘 저녁 고마웠네. 건강도 잘 챙기고. 다음에 또 보도록 하세."

"이제는 어차피 혼자 사는 게 대세인 세상이 온다더라구요. 그걸 연습한다고 생각하면 되는 거지요. 뭐."

"그래 맞어. 1인 가구 수가 늘어가는 것이 현대사회의 질환처럼 애기하기도 하지만 피할 수 없는 삶의 갈래가 되어가고 있으니 어쩔 수 없을 거야. 자네가 나름 해법을 연구하기 바라겠네."

"네." 현식은 손을 흔들었다.

"네 고마웠습니다. 건강하시고 다음에 뵙겠습니다." 둘은 전철역에서 헤어졌다.

금요일이었다. 하루는 쉬고 싶었지만 현식은 정해진 일이 있어 현장으로 갔다. 소풍가는 아이처럼 마음이 들떠 일이 제대로 되지 않았다. 한 시간쯤 먼저 일을 끝내고 집으로 가 준비를 했다. 간식으로 떡이나 준비해야겠다고 생각했다. 현식은 산에서 뭘 먹는 것을 좋아하지 않았다. 아버지에게 드릴 산에서 필요한 것도 배낭에 넣었다. 오랜만에 산에 간다는 것에 마음을 들뜨게 했다. 혼자 밤차를 타러 갈 때는 두리번거리며 뒤를 돌아다보기도 하였는데 지금은 상황이 달랐다. 동행이 있다는 것, 그것은 설렘이었지만 한편으로는 속박이기도 했다.

산에 오르다

횡단보도를 건너 역사로 가는 계단을 올라가는데 에스컬레이터를 타고 오르는 그녀가 보였다. 현식은 계단을 뛰어올라 그녀에게 손을 흔들었다. 두리번거리며 만나야 할 대상으로 다가가는 것보다 만남의 기쁨이 배가 되는 듯 했다. 계단이 끝나는 곳에서 손을 잡았다.

“반갑습니다. 잘 지낸 거지요?”

“나야 뭐 그렇다고 치고 왜 연락도 없었대요.” 그녀는 서운한 듯 말꼬리가 내려갔다.

“아직 우리가 될, 아니 내 편이 되어달라고 외칠 자신이 없었을 거여요. 이제 조금 내 앞을 내다보고 있어요.”

늦은 시간이었지만 역사 안은 떠나온 것인지 돌아온 것인지 분간하기 어려웠다. 현순은 표를 예매했다고 했고 현식은 맥주를 사 배낭에 넣었다. 밤으로 가는 열차는 무궁화호였다. 구례구역에 도착하면 새벽 세시쯤이었다. 좌석을 가졌다는 안도감이 있었지만 밤차로 여행을 떠난다는 것은 편안한 상황으로 받아들여야 하는 것이 아니었다.

"좋아하는 가수의 노래 가사 중에 그런 내용이 있지요, '때로는 일기장에 내 얘기도 쓰시나요'하는. 현순 씨 일기장에 내 얘기도 썼던가요?"

"쓰기만 했겠어요. 달이 오르는 밤이면 달님보고 묻기도 했겠지요. 내 님이 지금 어디에 계시는가 하고."

"물론 사실이 아니겠지만 듣기는 좋네요. 몽골의 사나운 겨울바람을 마주하면서 쇳덩이에 살점에 떨어질 것 같은 추위 속에서도 견딜 수 있었던 것은 내 편이 하나쯤이 있는 거라는 생각이었어요. 예정된 것처럼 가지고 있던 돈도, 사람도 다 잃었지만 그래도 내 편 하나쯤은 있을 거라는 생각, 사실은 막연했지요. 그래도 좋았어요. 맥주나 마실까요."

"열차를 끌어가는 힘이 전기로 바뀌면서 뭔가 맥이 빠진 것 같은 생각이 들어요. 자신이 만들어내는 동력이 아니라 외부로부터 전달받는 동력, 점차 우리네 삶도 그렇게 되어가는 것이 아닐까요. 극단적으로 삶을 포기하는 이들이 늘어가는 것도, 요즘 남자들이 연애를 기피하는 것도 마찬가지일 거예요. 감정노동을 회피하는 것이라는 것, 그래서 조건을 맞추기 위한 눈치만 늘어가는 것 같고."

"저마다 거친 삶을 살아서 그런 게 아닐까요. 문명의 발달로 도구를 이용하면서 쉽고 빠른, 편안한 삶을 추구하면서 그런 것도 마찬가지구요. '데이트 폭력'이라는 것도 이의 반증일거예요."

"몽골에 계실 때 사실은 한 번 불러주기를 기다렸을 거예요. 오래전부터 한 번 가보고 싶은 곳이기도 했고, 끝내 기별을 받지 못하고 열이 올랐을 거예요. 아마 현식 씨 일이 잘되기를 바랐던 것도 같고."

"정말이에요? 그런 생각은 하지 못했어요. 짧은 기간이지만 그곳에서 여자를 전혀 안 만났다고는 할 수 없는 거잖아요. 그래도 다른 생각은 하지 않았어요. 더운 여름과 긴 겨울로 이어지는 계절의 단순함에 적응하지 못한 이유도 있을 거예요. 자 축배를 해요. 우리의 재회를 위하여."

열차가 서대전역을 지나고 현순은 현식의 어깨에 기대고 가는 숨을 내쉬며 잠들었다. 현식도 눈을 감았다. 현식은 자신의 손을 현순의 손 위에 놓았다.

자정이 지났고 열차는 남원을 지난다. 현식은 전방 철책선에서 근무하면서 긴 강으로 흐르던 '혼불'을 읽었다. 시대적인 배경은 일제강점기였지만 현식이 자라면서 체험한 농촌생활과 크게 유리되지 않았다. 왕조가 무너지면서 외형상의 신분제는 무너졌지만 일제의 억압과 수탈 속에서 반상(班常)으로 철저하게 구분되었던 신분 때문에 생겨나는 고통의 표현, 유교적인 습속에서 비롯되는 가족과 남녀 간의 갈등 속에서 사내들이 욕망의 배설물처럼 여인들에게 내던져지는 고통은 말할 것도 없다. 남녀 간에 사랑을 말할 수 있던 시대는 그리 오래된 것이 아니다.

농경으로 오랫동안 정착생활을 했던 민족은 생존을 위해 국경을 넘어야했고 그곳에서의 생활 역시 마찬가지였다. 이야기 속에는 시대적인 배경은 다르지만 인간의 삶의 모습이 남아있다. 갖가지 모습으로 드러나는 인간의 성정, 저마다 드러내는 내면의 다채로운 결들도, 그렇게 살아갈 수밖에 없는 저마다의 운명들 속에 선악의 잣대는 사치스럽다는 생각을 했다. 저자는 고통스럽게 글을 이어가면서 저마다 어떻게 살아가야하는지를 염려하게 했다는 것이다. 옳고 그름을 잣대를 제시하기보다는 이 시대를 살아가는 저마다는 개별적인 존재가 아닌 칡덩굴처럼 서로 얽히고설켜 살아가는 존재라는 것, 태양이 떴다고 달이 사라지는 것이 아니듯, 내 안에 네가 있고 네 안에 내가 존재한다는 것을 생각했다. 어둔 창밖으로 섬진강이 흘러가면서 현순이 깨어났다.

"여기가 어디에요?"

"섬진강 물소리가 들리지 않나요. 이제 거의 다 왔어요."

"침도 흘리며 잔 건 아니죠?" 현순은 그 말을 하면서 쑥스러운 듯 입가를 훔쳤다.

"내가 잠자는 시간 무슨 생각을 했어요?"

"전방의 철책선에서 근무할 때 읽었던 책, '혼불'을 생각했어요. 공동체의 지배체제와 어떤 형태로든 존재하는 종교, 그와 맥을 같이하는 관습, 저마다의 성정과 생존이라는 명목으로 발현되는 모습들을, 지금 우리가 살아가는 모습도 그와 크게 다르지 않을 거라는 것도."

“나도 산에 다니면서 읽었어요. 배낭에 한 권씩을 꼭 넣고 다녔지요. 내가 존재하는 뿌리처럼, 킨타쿤테가 나오는 ‘뿌리’처럼 내가 존재하는 근원을 생각하곤 했어요. 단지 이야기 속의 주인공이 아닌 나의 조부모며 부모님까지 나를 존재하게 했고 그분들에게 빚을 지고 살아간다는 것도. 나의 삶도 마찬가지겠지요. 좋은 기운이든 나쁜 기운이든 누군가에게 알게 모르게 전해졌고 전해질 거라는 것도.”

“현순 씨도 그 책을 읽었군요. 반갑습니다. 현순 씨의 이야기를 들으면서도 미국의 시인이며 사상가인, 내가 존경도 하는 에머슨이 ‘성공’의 의미를 규정하듯 이야기한 열 가지를 생각했어요. 그중에 마지막, ‘우리의 삶이 한 생명이라도 편안하게 숨 쉬는데 도움이 되었다는 사실을 아는 것’이라는, 나는 그 말을 좋아해요. 그것은 자신을 소중하게 생각하는 바탕에서 비롯되는 것이니까요. 나의 존재를 의미케 하는 것이니까요. 우리의 삶은 대부분 물질적인 것으로만 관계를 규정하고 존재감을 부여하기도 하잖아요. 먼 태고로부터 흘렀을 저 섬진강처럼 긴 이야기를 읽으면서 서로의 문제는 서로 얽혀있다는 것을 생각해요. 이야기를 쓴 분은 지독한 고통을 녹여 자신은 물론 이야기를 읽는 사람들에게 연민과 그리움을 불어넣어주고 있는 것이지요. 그래서 인간의 본질은 연민과 그리움이라는 것을 생각해요. 저마다 경험한 소치로 그것에 다가가기도 하지만 이야기를 통해서 그것에 도달하기도 하지요. 이제 거의 다 왔어요. 내릴 준비를 해야겠네요.”

열차가 구례구역에 도착하고 주로 배낭을 멘 사람들이 열차에서 내렸다. 역사를 빠져나오니 택시들이 기다리고 있다. 눈이 내리는 계절이 아니니 마을버스도 기다리고 있다. 마을버스를 타고 성삼재로 가는 길에 내려 화엄사 쪽으로 가기로 했다. 버스에 오르기 전 현식은 산을 올려다보았다. 희뿌연 어둠속에 산이 가득했다. 산이 가득함으로 숱한 비극을 잉태하였고, 천연덕스럽게 늘 그 자리에 있는 것이라고 생각했다. 버스는 읍에 들러 터미널에 기다리고 있던 이들을 태우고 산으로 들어간다. 산에 이르기 전 둘은 버스에서 내렸다. 열이레 하현달빛에 이슬이 푸르게 젖어든 길을 잡는다. 화엄사로 오르는 길은 물소리를 따라 올라간다. 일주문을 들어섰을 때 새벽예불소리가 바람처럼 흐른다. 붉은 빛이 번진 대웅전 앞에서 잠시 손을 모으고 개울을 건너 산을 오르기 시작한다. 산을 넘은 빛이 내려오기 시작하고 새들이 깨어나기 시작했다. 둘은 물소리에 침묵하며 산을 오른다. 현순의 숨소리가 가팔라진다. 무냉기에서 잠시 쉬어가기로 했다.

"오랜만에 왔더니 다리가 떠듬거리네요. 현식 씨는 어때요?"

"산행은 오랜만이니 마찬가지지요. 그래도 동행이 있으니 거치적거리기도 하지만 이렇게 쉬어갈 수 있어 좋은 것 같아요."

"무슨 말을 그렇게 해요. 거치적거리다니."

"그건 사실이니까요. 혼자 다니는 자에게는. 같이 산다는 것도 마찬가지겠지요. 좀 자극적인 말도 편하게 들어주셨으면 좋겠어요. 그래야 관계가 돈독해질 것 같다는 생각도 들고요."

“어유, 그게 무슨 궤변인가요. 고운 말이 와야 고운 마음이 생겨나는 것이지요.”

“현순 씨, 눈을 한 번 감아보실래요.” 현순은 의아하게 그를 바라보았다. 응큼함을 느끼는 듯 했지만 현순은 눈을 감았다. 현식은 그녀에게 다가가 입술대신 뺨에 입술을 맞췄다.

“뭐야. 할려면 똑바로 해야지.” 이번엔 현순이 일어나 그에게 다가갔다. 그에게 눈을 감으라고 했다.

“잠깐, 키스를 할 땐 왜 눈을 감는 걸까?”

“그야 당연히 눈을 감아야만 더 크게 느낄 수 있는 거니까 그렇겠지. 경아가 주인공으로 나오는 ‘별들의 고향’에서 반짝이는 별 아래서 첫 키스를 할 때 경아는 눈을 말똥말똥 뜨고 있었거든. 그 때 남자가 이렇게 말했지. ‘경아! 눈 감어’라고. 경아는 결국 비극적으로 죽는 것으로 끝나지만 그녀는 당황스런 첫 키스를 간직하고 눈을 감았다고 생각할 수도 있는 거겠지. 아니면 응큼스럽게 그 다음 동작을 용인한다는 의미이기도 하거나. 자, 눈 감았어.” 그렇게 현식은 눈을 감았다. 이마에서 흐른 땀이 눈으로 들어가 쓰라리게 했다. 순간 현순의 체취가 느껴졌다. 처음 이성간에 입을 맞추는 것처럼 둘은 어색하게 서로를 안았다. 위에서 사람들 소리가 들리고 둘은 뻘쭘하게 앞산을 보며 자리에서 일어나 다시 배낭을 멨다. 물소리가 가늘어지면서 길은 가팔라졌다. 현식은 나뭇가지를 하나 들고 현순이 잡게 하였다. 코가 땅에 닿을 만큼 숨이 가팔라지는 코재를 올라간다. 앞을 보는 대신 뒤를 더 많이 돌아다보며 현식은 삶의 굴레를 생각했다. 다시 가는 물소리가 들리며 차일봉이 올려다 보인다. 노고단에 이르는 임도에 올라서면 산은 밋밋해진다. 현순의 얼굴에 피곤함에 안도감이 지나간다. 짙푸른 신록의 그늘로 천천히 걸어 올라간다. 대피소에 들러 땀을 씻고 준비한 간식을 먹었다.

"노고단에 올랐다가 행선지를 어떻게 할 거야?" 현순이 물었을 때 현식은 머뭇거렸다.

"반야봉까지 갔다가 내려가서 아버지 뵙고 갈래요?" 이번엔 현순이 뜨악하게 현식을 건너다보았다.

"왜 내가 현식 씨 아버지를 보고 가요?"

"내 친구니까 그런 거지. 뭐 부담은 갖지 않으셔도 되는데."

"그래도 현식 씨 아버님 입장에서는 현재 상황은 잘 모르면서 자칫 혼란만 드리게 될 수도 있잖아요. 어렵게 나선 길이니 벽소령쯤에서 하룻밤 묵고 천왕봉까지 갔다가 내려가도록 해요. 현식 씨가 어렵다면 혼자라도 그렇게 할 거여요."

"현순 씨 체력으로 그렇게 할 수 있겠어요?"

"그런 건 걱정하지 마시고요. 현식 씨 장래나 걱정하세요. 서둘러야겠어요."

둘은 대피소에서 나와 노고단을 오른다. 오가는 사람들이 많다. 원추리꽃이 가녀린 꽃대들이 바람에 흔들리고 가지가지 야생화들이 피면서 지고 있다. 노고단에 올라서 멀리 산을 건너가고 섬진강으로도 내려간다. 현식은 노고단 정상 돌탑아래 잠시

무릎을 꿇었다. 현순은 의아한 듯 현식을 바라본다. 태양은 뜨거웠고 바람이 시원했다. 돌탑을 세 바퀴 돌고 둘은 다시 노고단 고개로 내려가기 시작했다. 오르고 내리고 연하천 대피소에서 밥을 만든다. 코펠에 김치와 돼지고기를 넣고 찌개를 만든다. 노고단까지 올라오면서 떡으로 간식을 먹었지만 시장기가 밥을 재촉했다. 현순은 배낭에서 준비해온 장아찌를 꺼냈다. 뜨거운 밥과 김치찌개는 지친 육신을 위로해주었다. 서로 밥을 나누어 먹는 행위도 마찬가지였다.

"현식씨표 김치찌개가 맛있네요. 앞으로도 자주 먹을 수 있을까요."

"그럼요. 기회를 주신다면 자주 해드릴 수 있도록 하겠습니다. 근데 아버지를 한 번 만날 생각은 없으신가요?"

"남자들은 다들 왜 그래요. 여자를 자신의 소유물인 것처럼. 그런 것에서 좀 자유로워지면 안돼요? 현식 씨 아버님은 자세한 내용은 잘 알지도 못하시고, 아직 아이엄마와 어떻게 되었는지 말씀드리지 않았잖아요. 그런데 내가 나타나면 어떻게 생각하시겠어요. 아저씨, 생각 좀 하며 들이대라니까요."

"너무 오버하는 것 아니에요? 나는 단순히 이런 멋진 친구가 있다는 걸 말씀드리고 싶은 건데. 싫으면 관두시고." 다시 둘은 말없이 밥을 먹었다. 산 그림자가 짙게 산을 내려가고 있었다. 짐을 정리하고 다시 출발했다. 벽소령에서 1박을 한다고 계획했는데 세석까지 가기로 했다. 현순이 문제였지만 강행하기로 했다. 벽소령을 지나면 잠시 편안한 길이 이어진다. 세석에 도착했을 때 반야봉에 노을이 흔들렸다. 벽소령대피소에 예약이 되어 있는데 취소하고 세석에 사정을 해보기로 했다. 대피소 직원은 가능하다고 했다. 취사장 안은 왁자했다. 점심에 남겨놓은 밥을 라면에 먹기로 했다. 가져간 소주도 나누어 마셨다. 땀을 많이 흘려 대충이라도 씻기로 했다. 평원에는 구절초와 산오이풀 등이 산상에 정원을 이루고 있다. 풀벌레소리가 음악처럼 흐른다. 왁자한 대피소에서 나와 뒤편으로 올라갔다.

"별들이 참 많다. 도시의 공해를 피해 별들도 이곳으로 피난 왔나봐."

"공해도 공해지만 불빛 때문일 거야. 사람들처럼 별들도 존재감을 갖고 싶은 심정으로."

"근데 여기에서는 봐주는 사람도 별로 없잖아."

"그건 별로 문제가 되지 않을 거야. 진정성이 문제지. 그리고 도시에 사는 사람들은 보아주어야 할 것들이 너무 많아서 별이 보인다 해도 제대로 보아주지 않는다는 것을 알게 되었을 거야. 오늘 힘들었지. 내가 꼭 안아줄게." 현식은 현순의 어깨를 끌어안았다. 한참을 그렇게 있다가 입술을 더듬었다. 현순은 피하지 않았다. 둘의 몸은 뜨거워지고 있었다. 현식의 손이 가슴으로 파고들었다. 현순의 손은 단호하게 현식의 손을 뿌리쳤다. 현식은 끌어내려진 손을 다시 강하게 밀어 올렸다.

"소리 지를 거야."

"마음대로 해. 아무도 듣는 사람도 없을 테니. 현순 씨가 지난 번에 내 방에서 새벽에 황망하게 나갔던 날 나 자신을 엄청 무시해야했지. 등신 같은 놈이라고." 현식은 웃옷을 벗어 바닥에 깔았다. 현순은 눈을 감고 완강한 표정으로 입을 악물었다. 현순은 몸에 힘이 빠져 나가고 있는 듯 있다가 갑자기 벌떡 일어나 앉았다.

"잠깐만, 현식 씨 오늘은 이정도로만. 누군가 그렇게 말했어. '형식 없는 내용은 공허하고, 내용 없는 형식은 천박하다'고, 이건 너무 공허하잖아." 현식은 대꾸하지 않았다. 가슴으로 깊게 파고들었다. 한 손으로 머리를 감싸고 현식은 가슴을 탐했다. 현순의 가슴에 뽀얀 별빛이 부서지고 있었다. 현식의 손이 바지로 내려갔을 때 그녀의 손이 다시 현식의 손목을 잡았지만 힘이 빠져 있었다.

밤하늘에 가득했던 별이 금세 어디론가 떠나고 없었다. 현식의 초등학교 시절 봄 소풍지는 갯벌이 가득한 바닷가였다. 갯벌에는 무수한 게들이 기어 다니다가 인기척에 제 집을 찾아들고 있었다. 깨끗하게 차려입은 옷이 질척거리는 갯벌 흙에 젖는 것은 아랑곳없이 그 미끄러운 구멍에 손을 집어넣었다. 하지만 손이 다 들어가도록 게는 더 깊은 곳으로 갔는지 손에 잡히지 않았다.

현순은 하굣길 갑자기 소나기를 마주쳤던 날이 떠올랐다. 시야를 가릴 수 없는 살갗에 닿던 따가운 빗줄기, 피할 나무그늘도 없어 빗속을 파고들어야 했던 날, 비에 흠뻑 젖었을 때 오히려 온 몸으로 흘러내리는 빗줄기가 시원했던 여름날이 바람처럼 흔들고 지나간다. 현식은 깊이 넣었던 손을 빼내 겉흙을 다시 파내고 다시 손을 집어넣어 게를 찾아내려고 안간힘을 썼고 현순도 빗속으로 성큼성큼 들어가고 있었다. 현순이 눈을 떴을 때 별똥별 하나가 빛을 태우며 급하게 산으로 내려오고 있었다. 현식의 몸에 묻은 뻘흙이 현순의 몸에 닿아 질척거렸다. 소낙비가 그치고 다시 몸이 차가워지고 있었다. 현순이 몸을 일으켰을 때 풀냄새가 느끼했다. 현식은 현순의 가슴에 다시 얼굴을 묻었다. 뜨거운 부끄러움으로 한동안 그렇게 있었다. 손을 잡고 내려와 대피소 아래 샘으로 가서 서로 부끄러워진 얼굴을 씻었다. 현식은 두 손으로 모은 물을 현순에게 건넸다.

별들은 다시 반짝거리며 존재감을 발하고 있었다. 대피소 안은 전화기 불빛들이 웅성거리고 둘은 구별된 잠자리에 몸을 눕혔다. 손을 잡았지만 얼마 되지 않아 제자리에 돌아와 있었다.

잠에서 깨었을 때 스무날 하현달이 산을 넘어서고 있었고 조용히 짐을 챙겼다. 산중의 너른 평원은 이슬에 푸르게 젖어있었고 발등을 적셨다. 무거운 몸으로 장터목에 닿았을 때 많은 사람들이 산에 오를 채비들을 하고 있었다. 현순은 더 이상 오르지 못할 것 같다고 그랬지만 그 자리에 머문다면 추위에 시달릴 것 같아 산을 오르기 시작한다. 예전에 울창한 숲을 이루었던 곳이라는데 인간 송충이들이 나무들을 다 갉아먹었다. 그러고도 불에 닿아 죽어버린 나무들, 이제 그 흔적마저도 사라져간다. 통천문을 지난다. 얼마 안가면 하늘이 열리리라. 현순은 숨소리마저 거칠어져 머리를 땅에 두었다. 현식은 현순의 배낭을 가슴에 안았다. 일출을 기대했지만 통천문을 지나면서 산은 안개가 적군처럼 점령해오고 있었다. 산 무더기 전부가 먼 곳으로 떠나고 안개가 바다처럼 흐르고 있었다. 스무날 하현달도 안개 속에 묻혀버렸다. 드디어 천왕봉이다. 애초부터 계획했던 곳은 아니었다. 둘은 표지석을 잠시 끌어안았다. 비켜서서 둘도 끌어안았다.

"사랑해. 이 봉우리가 무너져 내릴 때까지." 현순은 살포시 웃었다.

"3대가 내리 적선한 자만 일출을 보러 오라 했는데, 나는 그렇다 치고 그대는 나 때문인 것 같아 미안한 마음이네. 혼자 왔거나 그러한 이와 왔더라면 볼 수 있었을 텐데."

"그런 게 아니라 워낙 제대로 된 일출을 보기 어려우니 핑계를 만들어 준 것이겠지 뭐. 3대로 내리 적선을 하는 집안이 얼마나 될라고."

"그런가. 그렇다면 다행이구. 아쉽지만 내려가요. 내려가는 길이 멀 거라는 거, 그치만 덜 힘들겠지."

안개가 산을 내려가면서 봉우리들이 섬처럼 떠다니기 시작했다. 하현달도 다시 반야봉을 넘어가고 있었다. 장터목 대피소에서 간단히 떡라면으로 아침을 먹기로 했다. 현식은 현순을 잠시 눕게 하고 물을 길어와 라면을 끓였다. 일부러 불을 약하게 천천히 데웠고 코펠 뚜껑이 열어달라고 들썩거릴 때 현순을 깨웠다. 뜨거운 국물이 깊은 허기에 닿았을 때 추위와 새벽안개에 젖었던 움츠렸던 몸이 펴지는 듯 했다.

"계란이 있었으면 좋았을 텐데, 양파도 마찬가지고." 현순의 말을 끌어내기 위해 현식이 말했을 때도 현순은 아무 말도 하지 않았다. 안개도 걷히고 아침햇살이 산을 내려가고 있었다. 현식은 현순의 침묵이 아침 햇살 때문이라고 생각했다. 아니면 어젯밤이 아직 그녀에게 머물고 있기 때문일 거라고 생각했다. 사내라는 것들은 한 끼를 때우듯 지나는 것일 수도 있겠지만 여자들에게는 쑥스러움이든, 다른 무엇이든 그러하지 않을 거라는 생각도 했다. 식사가 끝났을 때 현식은 물을 데웠다. 현식은 커피를 좋아하지 않지만 산에 들어서는 한 잔씩은 마셨다.

"커피 드시죠." 그녀에게 커피를 건넸을 때 조금 생기를 찾은 듯 했다.

"산중에서 먹는 커피가 특별하네. 앞으로 살아갈 날도 이 커피처럼 따뜻하고 달착지근했으면 좋겠네." 그녀는 조금 쑥스러운 듯 이를 내보였다.

"커피는 쓴 맛으로도 먹기도 하자나요. 늘 달착지근하다면 사는 게 뭐 그럴 거 같은데. 그래도 그렇게 해드리고 싶네."

"이제 천천히 내려가요. 백무동으로 내려가야 할 것 같네." 둘은 짐을 챙겼다. 오래전에 장터가 있었던 듯 사람들이 내려오는 이들도 오르려는 사람들도 많아졌다.

"내려가는 길이 멀게 느껴질 거야. 올라올 때와는 다른 성분, 우리 삶이 늘 그렇듯이." 반야봉을 올려다 볼 때까지는 평탄한 길이 이어지지만 거친 너덜길이 이어진다. 한참을 내려가서야 물소리가 들린다.

"내려가면 어디로 갈 거야?"

"서울로 가야지. 백무동에서 서울로 가는 버스가 있으니까."

"어렵게 같이 내려왔는데 같이 올라가야지. 아버지께 같이 가는 건 그렇더라도."

"내려가면서 한 번 생각해볼게. 근데 달궁 쪽으로 가는 교통편도 불편하고, 그러니 다시 거치적거리는 존재가 될 거야."

"무슨 소리야. 하룻밤에 만리장성을 쌓는다는 이야기도 몰라."

"그 말뜻은 잘 알고 계시는 거예요?"

"뭐, 짧은 시간이라도 깊은 인연을 만들 수도 있다는 말 아닌가?"

"흔히 그렇게 알고 있지만 그게 아니라는 거여요. 만리장성을 쌓는 부역장에 남편을 보낸 여인의 집에 나그네가 들어서는 홀로 사는 여인에게 흑심을 품었을 때 그에게 부역장에 남편에게 찾아가 옷을 전달해달라는 조건을 내걸고는 하룻밤을 보냈는데, 그 나그네는 그 남편 대신 평생 만리장성을 쌓아야했다는 이야기도 있는 거여요. 하룻밤이 때로는 달콤한 인연을 만드는 것이 아닌 족쇄가 되기도 한다는 의미가 심장한 경우인 것이기도 한 거지요." 현식은 할 말을 잊었다. 물소리가 들리면서 백무동에 닿았을 때 햇살은 산을 올라가고 있었다.

"그럼 그렇게 해. 내가 화엄사 근처의 민박집에서 하룻밤을 지낼 테니까 현식 씨는 아버지를 뵙고 다음날 구례에서 만나는 걸로." 현식은 고민하는 듯 하더니 얼굴에 화색이 돌았다. 마천으로 가는 버스를 타고 다시 달궁 쪽으로 가는 버스를 탔다. 달궁에서 성삼재를 넘어가는 버스가 없었으므로 성삼재까지 택시를 타야 했다.

"그럼 아버지 만나고 내일 구례에서 만나. 11시쯤."

"그래 그럼 내일 보자구." 한참을 기다려 택시가 왔고 현식은 손을 흔들었다. 다시 아버지를 만나러 가는 길이 조금은 무거웠다. 아버지가 거처하시는 숙소근처에 도착했을 때 아버지는 텃밭에 물을 주고 계셨다.

"아버지." 라고 불렀지만 반가움 속에 경쾌함은 묻어나지 않았다. 그래도 현식의 아버지는 반가운 듯 물뿌리개를 그 자리에 두고 현식에게로 왔다.

"잘 지낸 거냐. 언제 들어왔어?"

"두 달쯤 지났어요. 잘 지내셨어요?"

"고생 많았겠네. 그런데 갑자기 여기는 웬일이냐?"

"싸워서 이기고 돌아왔다고 말씀드리면 좋을 텐데, 사람도 돈도 잃고 그렇다고 세상구경을 한 것도 아닌 채로 돌아왔지요."

"그 이야기는 차차 하기로 하고 들어가자, 저녁도 준비해야 하고."

"나머지 물주는 일은 제가 할게요. 하고 싶어요."

"그래라. 그럼 마치고 들어오너라." 현식은 개울에서 물을 길어다 김장채소로 자라는 무며 배추에 뿌려주었다. 현식은 푸른 기운 속에 오래전에 읽었던 법정스님의 '서산에 해 기울어 산그늘이 내릴 무렵 훨훨 벗어부치고 맨발로 채소밭에 들어가 김매는 일이 요즘 오두막의 해질녘 일과이다. 맨발로 밭 흙을 밟는 그 감촉을 무엇에 비기랴. 흙을 가까이 하는 것은 살아 있는 우주의 기운을 받아들이는 일이다.'라는 글귀가 떠올랐다. 현식은 밭둑에 들어가 신발을 벗고 양말도 벗고 나왔다. 이틀간의 산행으로 고통 받았던 발바닥에 흙이 닿는 감촉은 보드라웠다. 개울에서 올라오면서 밟히는 돌에 따끔거리기도 했지만 여러 상념들이 사라지고 정신까지도 부드러워졌다. 물을 먹은 채소들은 금세 싱싱해지는 듯 생기를 뿜어냈다. 물주기를 마칠 무렵 아버지께서 나오셨다.

"밥 먹자. 맨발로 다녔어?"

"네, 모처럼 발에 흙이 닿으니 내게도 생기가 오르는 것 같아요. 채소를 잘 가꾸셨네요."

"청정한 지역이니 저절로 잘 자라는 것이지 뭐. 들어가자."

"네, 개울에서 몸 좀 씻고 들어갈게요."

"여긴 초가을인데도 물이 차가워. 안에서 씻도록 해."

"아녀요. 금방 씻고 들어갈게요." 수건을 들고 현식은 다시 개울로 내려갔다. 개울물소리가 청량했다. 잠시 몸을 담그고 나왔을 때 땀으로 부풀었던 살갗이 움트러들었다. 집안으로 들어왔을 때 현식의 아버지는 밥을 푸고 계셨다.

"앉아라. 산골 살림이다보니 찬이 풀밭이네. 몽골에서는 어떻게 된 거니?

"네. 나름 조심스럽게 시작했는데 일이 잘 풀리지 않았어요. 예정된 것처럼 사람을 제대로 보지 못했던 것도 같고. 죄송해요. 가정도 일도 제대로 건사하지 못하고."

"세상도 사람도 그대로인 것은 없으니 당연한 것이지. 돌아와서는 어떻게 지냈니?"

"밑바닥 일부터 시작했어요. 이제는 현장에서 체험한 것으로 관련된 일을 준비하고 있고요. 어려움이 있겠지만 새롭게 뭔가 시작해보려고 해요."

"이제 시행착오를 겪었으니 너무 큰 욕심을 부리지 말고 해라. 에미하고는 정리한 거냐. 예진이가 보고 싶구나." 현식은 답을 하지 않았다.

"예진이는 잘 지내고 있어요. 저도 생활이 안정되어야 양육비도 제대로 줄 수 있을 텐데."

"피곤할 테니 오늘은 일찍 자거라. 나는 요즘 정리하는 게 있어 작업을 해야 하니까."

"네 알겠어요. 내일 아침 올라가려구요. 구례에서 만나야 할 친구고 있고."

"그러려무나. 자판 두드리는 소리를 자장가 삼았으면 싶다."

무슨 정리를 하시는 건지 궁금했지만 현식은 자리에 누웠다. 몸은 피곤했지만 쉽게 잠들지 못했다. 꿈이었던지 현순이 살려달라고 소리를 지르며 현식에게로 달려오고 있었다. 현식은 그녀를 잡으려다 그냥 지나쳐버렸다. 그녀를 다시 쫓아가려고 팔을 휘저으며 달려가다가 꿈에서 깨었다. 잠꼬대를 했던지 현식이 눈을 떴을 때 그의 아버지가 가까이 다가와 있었다.

"나쁜 꿈을 꾸었나보구나." 이불을 덮어주며 아버지는 책상으로 돌아가시는 듯 했다. 산중이어서 빛은 더디 왔지만 새들은 부지런을 떨었다. 현식이 자리에서 일어났을 때 여덟시가 지나 있었다. 밥 냄새가 구수했다. 현식은 개울로 내려가 찬물에 세수를 했다. 풀벌레소리가 왁자했다.

"제가 밥을 해드려야 하는데 늘 얻어먹기만 하네요. 이래저래 보탬이 되지 못하는 것 같네요."

"그런 소리 말거라. 그래도 가족이 있다는 게 얼마나 소중한 건지 잘 알고 있잖아. 때로는 거치적거리기도 하지만. 결국 혼자인 것이지만. 너무 인연에 얽매이지는 말도록 해라. 경험이 지혜로 축적되기도 하지만 상처로 남아 자신을 두고두고 괴롭히기도 하는 거니까. 앉아라. 시래기를 넣고 된장국을 끓였으니 맛도 한번 보고."

"아버지 사실은 여자 친구가 하나 생기긴 했어요. 같이 오려고 했는데 그 친구가 어려워해서 그냥 재를 넘어갔어요. 아버지가 말씀하시는 것이 뭘 알고 말씀하시는 것 같아서요."

"어젯밤에 네가 그런 느낌을 주었지. 아버지보다 더 중요한 사람이 멀지 않은 곳에 있다는 것을. 아직 혼자 지낼 수는 없는 것이니 좋은 방안을 찾아보도록 해라. 나는 관여치 말도록 해라."

"아버지, 고마워요. 지리산을 통해 저 개인적으로는 아버지를 통해 이제 과거에서 벗어날 수 있는 공간을 만들어주는 것 같아요. 할아버지가 살았던 시대부터 아니 그 이전부터겠지만 우리는 내 생각과 견해가 다르면 적으로 타도해야할 대상으로 그렇게 살아왔던 것 같아요. 그리고 가족이라는 범주를 벗어나 같이 잘 살기를 도모하기보다는 나와 내 가족만 생각했던 것도 마찬가지고. 우리의 역대 대통령들이 그 사례를 극명하게 보여준 것 같아요. 아내가 공석이면 다른 방법을 찾아야지 공부해야 할 자식을 데려다 그 역할을 맡긴 것도 그렇고, 먹고 살만큼의 돈이 있었으면서도 또 다른 것의 도모를 위한 것처럼 보이지만 결국 자식들을 위한 것이었던 것 같아요. 그 자식들의 일탈로 치부될 수도 있겠지만 그건 그 아비의 마음이었을 것 같은."

"내가 고맙구나. 내가 요즘 고민하며 나름 정리하는 것도 그런 지향점을 가지고 있지. 산은 산대로 존재하게 해야지 인간들이 숨어드는 공간이 되면 안 되는 것으로 말이다. 다 먹었으면 산을 넘어가도록 해라. 넉넉하지는 않지만 꼭 필요할 땐 나에게 손을 벌리도록 해라. 조금은 보태줄 수 있으니까."

"말씀만으로도 숨어들고 싶네요. 꾸지람을 멋지게 포장하셔서. 건강하시고 아버지가 꿈꾸시는 것, 응원하고 기대도 할게요. 전화 드릴게요.”

“오늘은 나가지 않으마. 지나가는 차가 있으면 잘 보여서 얻어 타고 가거라.” 현식의 아버지는 손을 흔들었다. 현식은 몇 번을 돌아보고 신작로로 나와 걸어가기 시작했다. 차가 자주 지나다니지도 않았지만 지나갈 때 마다 손을 들었다. 하지만 차들은 그냥 지나쳐갔다. 아침햇살이 내려오는 길을 걸어 올라간다. 한참을 가다가 다시 지나는 차에 손을 들었다. 지나치는 듯 하던 차가 앞에서 멈춰 섰다.

“구례까지 가는 길인데, 가시는 데까지만 태워주시죠.”

“타세요.” 부부인 듯 운전석에 앉아있던 사내가 웃으며 말했다.

“감사합니다. 근데 아침 일찍 길을 나서신 거네요.”

“그래요. 어디 갈 데가 있어서. 등산오신 건가요?”

“네, 산에 왔다가 아버지가 달궁에 계셔서 뵙고 가는 길이어요. 버스도 다니지 않고 산을 걸어 넘어갈 걱정이 태산이었는데, 세워주셔서 고맙습니다. 이 근처에 사시나요?”

“네, 정년퇴직하고 수 년 전에 이곳으로 들어왔어요. 산이 좋아서 산에 기대고 사는 거지요.”

“산에 기대고 사시는 게 어떠하신지 궁금하네요. 저는 직업군인으로 근무하다가 본의 아니게 나와야했고 이제 지리산을 오래전의 소도라는 곳처럼 숨어들거나 영적인 정화의 공간으로 찾고 있지요.”

“직업군인으로 근무했다고? 나도 마찬가진데, 숨겨지기는 하던가요?"

"나를 숨기기보다는 이제 이곳에 숨겨진 이야기를 만나고 있어요. 대간에서 흘러내린 줄기에 사는 사람들은 말도 식성도 삶의 모습도 닮아있지요. 대간을, 대지를 알아가는 것은 너와 나, 우리를 알아가는 것이고 그것보다는 산처럼 순박하게 살아가던 이들이 비틀거리던 시류에 운명을 걸어야했던 비운의 이야기들이라는 것이 더 맞겠지요."

"어렵네요. 그런 것들은 생각하지도 못하고 산짐승처럼 무심하게 살아가기나 하는데."

"말이 무심이지 그게 참 어려운 거잖아요. 저는 그렇게 생각하거든요." 성삼재를 넘어서며 잠시 침묵이 흐르고 구불거리며 산을 넘어간다.

"왜 지리산이 이념의 질곡을 감당해야했을까요?"

"블랙 스완(Black Swan), 18세기 오스트레일리아 남부에서 흑고니가 발견되면서 생긴 용어라는 걸 알고 있겠지요. 17세기 말까지 수천 년 동안 유럽인들은 모든 백조는 희다고 생각해왔었는데, 네덜란드의 한 탐험가에 의해 흑고니가 발견한 후 일반적인 통념이 깨지는 충격을 받은 데서 유래하는 말이지요. 긍정적인 의미보다는 부정적인 의미로 쓰인다는 것도, 관찰과 경험에 의존한 예측을 벗어나 예기치 못한 극단적 상황이 일어나는 일을 일컫는다는 것도. 지난 번 미국 대선에서 언론과 여론조사기관은 대부분 힐러리의 당선을 점쳤으나 인공으로 만든 기계는 예외였다는 것을 아시지요. 그건 무얼 의미하는 것일까요?"

"네 지식이나 정보의 함량과 관계없이 사람들은 '확증 편향'을 가지고 있다는 것이겠네요. 자신이 믿고 싶은 것만 믿는다는 것, 이것이 이 땅에서 혁명을 완성할 수 없었던 것이었을 테고. 당시 산에 기대고 살던 사람들이 정보라는 것이 직접 대면하는 이들이 강요하거나 전해주는 말이 전부였다면 지리산은 상징적인 존재였겠지요."

"그렇지요. 지금도 그 오류는 계속 이어지고 있는 것이고. 한 인간의 참 모습을 아는 건 참 어렵지요. 인간은 그렇게 편향적으로 살아갈 수밖에 없는 존재라는 것. 대열에 앞에 선다면 말할 것도 없을 거여요. 마치 특정 종교의 교리처럼 절대성을 갖는 것이겠지요. 그래서 주의 주장으로 편을 만들고 줄기차게 가르는 것까지."

"굉장히 중요한 말씀이시네요. 특히 이념문제에서 우리들은 편향될 수밖에 없는 것이지요. 본래부터 믿었던 것이나 그걸 바탕으로 새로운 정보가 있더라도 믿고 싶은 것이나 믿는 것, 그러니 정치라는 것이 존재하기도 하고." 차는 작은 암자를 지나 천은사 입구를 지나고 마을의 모습이 나타나기 시작했다.

"저는 이곳에서 내려야 할 것 같네요. 다음에 그곳에 가면 한번 찾아뵙겠습니다. 태워주셔서 감사했습니다." 현식은 차가 떠날 때까지 그 자리에 서 있었다.

전화기를 꺼내 그녀에게 전화를 했다. 한참 만에 전화를 받았다.

"현순 씨 지금 어디세요?"

"매천사여요. 이쪽으로 올 거여요?"

"매천사는 웬일로?"

"그냥 한 번 와보고 싶었어요. 기다릴게요." 현식은 마을길로 들어서 한적한 들길을 지난다. 그녀는 왜 매천사에 갈 생각을 했는지 궁금했다. 젊은 여성들이 인권 등의 현실 문제에 직접 참여하기도 하지만 그녀는 여러모로 그런 역사인식은 현실적인 문제로 받아들이지 않는 것으로 알고 있기 때문이었다. 매천사에 도착했을 때 한낮의 정적이 그 자리에 머물고 그녀의 모습은 보이지 않았다. 사당 안으로 들어갔을 때 그녀는 대월헌(待月軒)마루에 앉아있었다.

"아주 오랜만에 만난 것처럼 반갑네. 예서 무슨 생각을 하고 계시나요?"

"오랜만에 마루에 앉아보는 것도 좋지만 '달을 기다리는 집'이라는 것이 마음에 드네. 날마다 볼 수 있는 시간을 달리하며 달을 기다리며 마음을 걸어둔 곳, 시를 쓰고 세상을 바라보는 모습처럼."

"시대를 구분하지 않고 많은 사람들이 자신의 안위, 현실참여를 하더라도 뭔가 후일을 도모하는 마음도 갖는 건데, 예를 들면 아무 권력도 없던 예수를 따르던 제자들의 모습처럼, 그러나 하나밖에 없는 자신의 목숨을 거는 것은 대단히 어려운 지경일

거야. 보통사람들의 기준으로 하면 도대체 그 뜻을 헤아리기가 어려운 것이고. 자 이제 한 바퀴 돌아보고 나가자구요. 현순 씨가 이곳에 오려했던 마음을 이해하는 것도 어려운 것이고.”

“왕조시대 여성의 위치는 비루했지요. 왕조가 몰락하고 좌우 이념의 틀에 박혀 허우적거렸던 근현대사도 마찬가지고, 어쩌면 그 이면에는 여성의 존재감이 없었다는 것이 이유가 될지도 모르겠네.”

“그렇게나 깊이 생각했다니, 현순 씨가 달리 보이네. 여성이 존재감을 가지지 못했다는 것은 이상과 현실이 조화를 이룰 수 없었던 결정적인 이유가 되었던 것 같고. 아버지의 후광이었다 하더라도 여성이 최초의 대통령이 되었다는 것은 이 땅에서 아주 특별한 경우였는데, 이유야 어찌되었던 그녀의 몰락이 다시 수그러들거나 잠재되었던 이념을 대립을 불러온 것을 무어라고 해야 하나, 어떤 한계처럼 느껴지기도 하고.”

“아고, 다시 머리가 아파지려고 하네. 다시 한 번 돌아보고 가요. 누구든 나이가 들면 자신의 범주에서 벗어나기가 힘들지만 현식 씨를 만나면서 쓸데없이 새로운 시각을 갖게 되는 것 같네.”

“이왕 여기까지 왔으니 봉서리에도 한 번 가봤으면 하는데, 조부와 군 생활을 같이 하셨던 정해운 중위가 묻혀 있다는 곳에 번거롭겠지만 한 번 같이 가보고 싶은데. 현순 씨가 여기오니 문득 그런 생각이 드네.”

"뭐가 그렇게나 복잡해. 정확히 어딘지도 모르는 곳에 가려고 하는겨."

"할아버지가 없었다면 나도 없었던 거잖나. 할아버지 목숨을 구해주셨다니 내가 가서 한 번은 인사는 드렸으면 하는 마음."

"알겠어. 지리산을 내려왔으니 넓은 마음으로다 통 크게 양보를 하지요." 둘은 천천히 돌아 나와 마을버스를 탔고 현식은 지난번에 만났던 분에게 전화를 했다.

"잘 지내셨지요? 지난번에 정 중위 말씀을 해주셨는데 암매장된 정확한 곳은 모르더라도 술이라도 한 잔 올렸으면 해서요. 시간이 되시겠어요."

"아. 그래요. 해야 될 일이 있지만 다음에 해도 되니 그렇게 합시다. 내가 차를 가지고 터미널로 갈 테니 그곳에서 만납시다."

"예. 감사합니다." 현식은 그분에게 감사한 마음이었다. 터미널에 도착하여 기다렸을 때 그 분이 차를 가지고 오셨다.

"잘 지내셨어요? 일정이 있으신데 이렇게 시간을 내어주셔서 감사합니다. 개인적으로 그분을 추적했지만 현충원에 위패만 모셨다는 것을 확인했지만 너무 아쉬워서요."

"나도 생각은 있었지만 가보지 못했는데 정확한 위치야 모르는 거고 한 번 가봅시다."

"참 여기는 제 친구입니다. 이번 산행에 동행했던." 현식은 조금 어색하게 현순을 소개했다. 차를 타고 읍내에서 조금 떨어진 봉서리라는 곳에 도착했다. 안내해주신 분도 막연했을 테지만 뒷산으로 오르기 시작했다. 현식은 그 밤에 그곳을 오르던 사람들을 생각했다.

"뭔가 다른 말을 했을 수도 있지만 닥쳐올 암울한 상황에 전율하며 산에 올랐겠지요. 그렇게 많은 이들이 아무 흔적도 없이 사라졌을 테니. 전장에서 부상당한 몸으로 동거하던 여인을 만나러 온 남자 그리고 그를 기다렸을 여자."

"그렇게 험한 세월을 직간접으로 보고 들으며 그저 운명인가보다 생각했지만 직접 당하지 않은 입장에서 무슨 말을 할 수 있겠습니까. 참 안타까운 시절이었다는 것으로 뭉뚱그려 말할 수밖에."

건너다보이는 앞으로 북에서 남으로 흐르던 섬진강이 동쪽으로 굽이치며 돌아 흐르고 사성암이 올려다 보이는 곳이었다. 어디라고 말할 수 없는 낮은 산의 정상부였다. 안내해주신 분도 두리번거리셨지만 현식이 자리를 정했다. 풀을 한줌 뜯어내고 널찍한 돌을 주어다 제단처럼 만들었다. 컵에 막걸리를 따르고 현순에게 권유하여 함께 절을 올렸다. 따랐던 잔을 뿌리고 다시 한잔을 제단에 올리고 절을 했다.

"이제 이 땅에 다시는 이런 비극이 생겨나지는 않겠지요. 다행히 어르신 덕분에 꿈속에서라도 할아버지를 만난다면 이제 할 말이 생겨서 참 다행이어요. 물론 산소에 가도 마찬가지이겠지만 말이에요."

"나도 마찬가지일세. 이제 나이가 들으니 그 때 생각을 더 많이 했을 테고. 진작 그 위치를 알고 있던 분이 살아계실 때 이곳에 왔었다면 좋았을 것 같다는 생각을 했는데, 죽기 전에 이곳에 오게 되어 마음이 좀 편해졌어요."

"이제 이 땅에 이념문제가 해방 후의 모습처럼 다시 불거지지는 않겠지요."

"그건 아닐 거요. 남북이 화해모드로 전환하는 듯 하지만 핵심은 핵문제가 아니라 북한의 체제유지인거고. 교류를 통한 개방을 한다면 현 3대에 걸친 일인독재시스템은 붕괴되리라는 것은 불을 보듯 뻔한 일일 테고. 우리 대한민국은 결국 해방 후의 정국처럼 좌우이념대립이 과거보다 격화될 거라고 나쁜 생각을 하고 있지요. 이 땅에서는 편을 가르는 것이 나와 내편이 잘 먹고 잘 사는, 이기는 것이라는 것을 너무나 잘 알고 있기 때문이겠지요."

"그럼 그 누군가가 한 말처럼 조국이 있는 것이 아니라 산하만 있는 것이 아닐까요?"

"다시 문제는 원점으로 돌아가서 먹고사는 문제가 있는 것이지요. 그것을 도구화하여 권력을 유지하기도 하고 그것 때문에 진실이며 정의를 외면하기도 한다는 것. 생존의 처연한 단면이겠지요."

"얼떨결에 따라왔는데 정의니 진실이니 남자들만이 가진 특권처럼 새삼스럽게 생각되네요. 다시 모든 문제는 여성으로 돌아가는 것이지요. 최근 1인가구가 급격하게 증가하고 있는 이유

중의 하나로 여성의 존재감을 말할 수 있을 거여요. 여성의 지위 향상으로 인한 비혼과 이혼의 증가는 가부장적 질서가 붕괴되고 모계사회화 되어간다는 증표일거여요. 과거엔 깃발만 꽂으면 묻지도 따지지도 않고 바람에 펄럭이던 특정지역의 선거정서가 무너진 것도 여기에서 기인한 것이 아닐까요? 유례를 찾기 힘든 3대에 걸쳐 이어진 확고한 북한정권도 실은 가부장적인 질서에 바탕을 두었다고 봐야 할 거여요. 이제 장마당으로 통칭되는 시장경제 도입으로 확고했던 질서의 붕괴조짐을 감지할 수 있었을 것이라고, 그래서 여러 위험부담을 무릅쓰고 대화에 나섰다고 봐야 하겠지요. 이제 패러다임의 변화, 새로운 질서의 변곡점에 서 있다고 봐야 하겠지요. 남자들도 어머니라는 여성의 몸을 빌려 태어났다는 것을 생각하면 될 것 같아요. 여성들이 균형추의 역할을 할 때 우리 사회는 좀 더 성숙한 정의나 평화를 얻을 수 있을 거예요."

현식은 먼 산처럼 지리산을 건너다보았다. 어쩔 수없이 끌려갔든, 자의에 의한 것이었든 당시 산으로 들어가던 숱한 이들도 건너다보았다. 자신의 문제를 벗어나 이념은 물론 지역과 계층간의 갈등을 현식은 고민했다고 생각했는데 그건 남자들의 역사였다. 여성들은 인간의 본질적인 오류, 사내들의 부속물처럼 다뤄졌고 아직도 그 문제에 직면하고 있다는 사실을 현식은 다시 생각했다. 할아버지의 비망록을 보고 정 중위를 생각했고 우연처럼 그가 한줌의 흙으로 돌아갔을 산비탈까지 오게 되었다. 현식이 다시 지리산을 올려다보았을 때, 아직 찾지 못한 산하(山河)처럼 뜨거운 눈물이 금세 차가워져 가슴으로 흘러내렸다.

여전히 이 땅에는 어처구니없는 세월이 흘러가고 있는 것인가.

***

跋文

우리들의 새로운 지평을 위하여

박정용

문학평론가 / 문학시선 발행인

처음인 듯 발문 부탁을 받았다. 변화하는 시류처럼 시집이나 소설집 말미에 해설의 형식으로 마무리되는 것이 일반적인 세태에서 발문을 부탁하는 거야 그렇다고 치고 부탁한 작자는 일면식도 없던 낯선 관계였으니 적잖이 당황스러웠다. 발문이라는 것이 작자를 잘 알지 못하는 독자들을 위한 것이랄 수도 있기 때문이었다. 발문을 쓰는 필자는 작자와 오랜 친분관계를 유지하였음을 드러내는 것이고 알게 모르게 이어진 관계 속에서 탐색된 작자의 인간됨 및 문학적 이력, 작자와 발문 필자의 관계 등을 드러내어 일반 독자들이 작품에 쉽게 다가갈수록 도와주는 것이라고 알고 있었기 때문이었다.

아침마다 온라인으로 전해지는 그의 짧은 글을 접했고 약간의 관심을 표명했는데, 뭔가 그 나름으로 공감을 나눌 공간이 있을 거라고 판단한 듯 했다. 그러더라도 원고지 천매가 넘는 긴 이야기를 읽는 것도 쉽지 않은 일이었고 경험한 일이 아니었기에 어려운 숙제를 받아든 것처럼 당황스러웠던 것이 사실이었다. 문학회 연말행사 준비로 바쁜 철이었기에 주말 새벽으로 미루어 두었고 작정하고 글을 읽기 시작했다. 그 형식이 어떠하든 문학은 인간의 존재방식에 답을 주기도 하고 질문을 던지기도 한다. 과연 그의 이야기 시작은 누군가의 자서전 같은 이야기에 질문을 던지듯 시작하고 있었다.

'참으로 어처구니없는 수많은 세월이 흘러갔다'는 것으로.

태고로부터 그 자리에 있었던 지리산이라는 서정의 공간과 할아버지로부터 그 손자에 이르기까지 굴곡진 역사가 느려진 서사를 가진 공간속에서 이야기는 부유한다. 우리가 사는 이 땅은 어떤 곳이며 이 속에서 우리는 어떻게 부당하고 억울하고 힘겨운 삶을 극복하고 도전하며 사람답게 살 것인가, 그리고 과연 그 극복은 가능한가 하는 것에 의문을 던져두었던 것이다.

전후세대로 부끄러운 식민지 시대는 겪지 않았지만 해방이라는 찬란한 선물과 함께 안겨진 분단시대에 태어나서 오늘에 이르렀다. 가난이야 그렇다고 치고 때로는 인간다운 삶을 박탈당하고 살도록 강요당했다. 여기서 인간적 권리의 회복이란 어떻게 가능한 것인가 하는 질문에 대한 답을 찾는 것이 작자가 우선적으로 설정한 주제다.

작자가 설정한 주인공은 실제 인물인 듯 그러나 사실은 아니다. 작자는 이를 대체체험(代替體驗)의 허구적 실험방법으로 서술해 나가고 있다.

셰익스피어의 〈베니스의 상인〉에 나타나는 샤일록 체험도 이와 같은 것이리라. 작자는 유태인 의사 로뻬스가 영국 왕을 독살하려 했다는 혐의로 처형되고 유태인들에 대한 증오와 분노가 폭발하던 시기에 그렇게 흥분한 관객들에게 대리만족감을 주며 박수갈채를 받을 수 있는 인물로서 샤일록을 만들고 이 작품을 무대에 올렸음에 틀림없다. 그가 다양한 인물을 등장시킬 때마다 그 인물의 입장에서 생각하며 그의 신분에 맞는 언어를 구사하며 그 속에 자신을 몰입시켰기 때문이라고 볼 수 있다.

이 땅에서 복잡다단한 환경에 던져진 인물은 과연 어떻게 살아남으면서도 그 인간적 자존심과 명예를 지킬 것인가라는 질문에 대답하려면 작자 자신이 진심으로 그 인물이 되어 그의 입장에서 생각하는 것이다. 역지사지(易地思之)의 필법이라 해도 좋다.

우리가 제멋대로 부는 바람이나 흘러가는 강물에 인생을 맡기지 않으려면 우리가 운명으로 받아들인 한반도, 특히 우리의 대한민국이 어떤 곳인지는 알고 있어야 한다. 우리는 누구나 특정 이데올로기와 체험의 울타리 속에 밀폐되어 사물을 보고 느끼고 판단해 왔다. 밀봉교육은 남파간첩만 받아 온 것이 아니다. 북의 인민이나 대한민국의 모든 백성들도 그 이데올로기와 역사적 유산을 물려받으며 그 자리가 허용하는 밀봉교육으로 세뇌되며 살아오고 있는 것이다.

이것은 근원적으로는 누구를 굳이 탓할 문제만도 아니다. 누구나 더럽고 부끄럽고 치사스러운 개인 정보를 꽁꽁 감추고 살아야 화를 입지 않듯이 분단현실이 그렇게 살도록 만들어진 구조이기 때문이다.

그래서 남쪽은 남쪽 이데올로기의 울타리 속에 우리를 밀봉해 놓고 있고 북쪽은 그들대로의 이데올로기의 울타리 속에서 인민을 강제하며 그들만의 진실을 선전하고 있다. 이렇게 되면 서로 정도의 차이는 있지만 넘어서는 안 될 절대적 금기사항의 울타리 속에서 논의되는 어떤 진실도 자기방어를 위한 수단이며 도구일 뿐이다.

일제의 유산을 물려받고 강대국들에 의해서 분단되어 비극을 연출하도록 강제되고 있는 땅. 인간적 자긍심을 포기하며 타락해야 편하도록 만들어진 나라. 이곳에서 우리가 이를 거부하며 저항하며 명예롭게 살 수 있는 길은 무엇인가? 작자는 막연하지만 저마다 주인이 되는 세상, 초인을 기다리지 않아도 되는 세상을 꿈꾸고 있다.

이 소설 속을 관통하는 근현대사의 시대적 문제와 갈등을 풀어가는 글 속에는 그들이라는 별개의 사람들이 아닌 오늘을 살아가는 우리들의 모습이 담겨져 있어 쥐기만 하면 잡은 책을 놓을 수가 없게 하는 마력이 있다

풍부하고도 깨알같이 소소한 희귀 자료가 유난히 돋보이고 세심한 준비와 검증 그리고 재미까지 곁들여진 글이라 읽는 내내 싫증을 내거나 나중에 읽어야지 하는 생각이 들지 않는 이야기이다. 마치 한 시대를 시원한 냉수 한 사발로 들이 킨 여운이 남는 글이다.

***

김창환 장편소설

산하를 찾아서

초판 인쇄 _ 2019년 1월 2일
초판 발행 _ 2019년 1월 5일
지은이 _ 김창환
펴낸이 _ 안혜숙
편집·표지 디자인 _ 임정호
교정 _ 박지유

펴낸곳 _ 도서출판 문학의식
등록 _ 2018년 6월 7일
등록번호 _ 785-03-01116
주소 _ 인천시 강화군 불은면 불은남로 341(오두리)
전화 _ 02.582.3696
이메일 _ hwaseo582@hanmail.net

값 15,000 **원**
ISBN 979-11-964565-3-5 03810